费孝通选集
（纪念版）

# 访美四书

费孝通　著
张　喆　主编

重庆出版社

**图书在版编目（CIP）数据**

访美四书 / 张喆主编 ； 费孝通著. -- 重庆 : 重庆出版社, 2025. 7. -- ISBN 978-7-229-20192-0

Ⅰ. I267.4

中国国家版本馆CIP数据核字第2025Z3C284号

**访美四书**

FANGMEI SISHU

**张　喆　主编　　费孝通　著**

策划编辑:李　雯
责任编辑:符　蕾　李　雯
责任校对:刘春莉　李小君
装帧设计:刘　尚

重庆出版社 **出版**

重庆市南岸区南滨路162号1幢　邮编:400061　http://www.cqph.com

重庆出版社有限责任公司品牌设计分公司制版

天津淘质印艺科技发展有限公司印刷

重庆出版社有限责任公司发行

全国新华书店经销

开本:787mm×1092mm　1/32　印张:15　字数:300千

2025年7月第1版　2025年7月第1次印刷

ISBN 978-7-229-20192-0

**定价:75.00元**

如有印装质量问题,请向重庆出版社有限责任公司调换:023-61520678

# 旅美寄言

目录


3 | 这是在战时

8 | 在东非的昆明

15 | 一张漫画

21 | 人情与邦交

27 | 限购课榜

34 | 关于女人

38 | 向西去
——人家走了100年的路,我们10年就得赶上

44 | 如此农家

# 初访美国

55 | 人生的另一道路

68 | 贫困的早年

82 | 自由之邦的传统

94 | 年轻文化的前途

109 | 幸福单车的脱节

121 | 机器和疲乏

136 | 劳资的鸿沟

147 | 关于华侨

156 | 文化的隔膜

165 | 老而不死

177 | 鬼的消灭

190 | 男女之间

203 | 眼睛望着上帝

215 | 民主的沉睡

226 | 平民世纪在望

240 | 经济的修正

255 | 余笔

# 美国人的性格

265 | 美国在旅程的尽头

273 | 在记录与起码之间流动着

282 | 有条件的父母之爱

289 | 不令人服输的成功

296 | 猜不透上帝的意志

304 | 蛮一点,孩子!

314 | 道德上有个毒刺

324 | 原本是负了气出的门

332 | 后记

# 访美掠影

353 | 释题代序

361 | 颠倒了日夜

366 | 两个“皇后”的下场

371 | 车、油、路的三位一体

376 | 城乡对流、南北对流

382 | 地道车和“涂抹”

386 | 家务机械化

391 | 殷实之家

395 | 新型市场

401 | 能源危机

406 | 电子系统

411 | 斗智的世界

416 | 一种新的社会纽带

422 | 博闻强志的电脑

428 | 应用压倒理论

434 | 黑人问题

443 | 民族拼盘

452 | 美国的华人

456 | 出路总是会找到的

465 | 信心危机

# 旅美寄言

若是我们无愧于中，而被人轻视侮辱根本是无伤于己的，人不知己，有何患乎。总有一天反而会使骄狂的人觉得自己的浅薄。

# 这是在战时

撩开座右的窗幕，计时我们的飞机该到了世界屋脊的檐下，四周却只是白茫茫的一片，云雾遮隔了“万水之源”的高峰。刚一转身，一阵头晕，又把我按倒在座上。

东方的云雾这样浓！不只是云雾，还夹杂着烽烟！

昏昏迷迷地，我就这样被载出了国境，那是6月5日。

今天是七七，进入美国国境已经足足两个星期。微雨的黄昏，平居独室，很像是昆明的仲夏天气。遥望万里外的家，这时已该是深夜，孩子在梦里大概还在呼唤我的名字。

我确乎时常记着导报的读者，并没有遗忘许下的通讯。匆匆虽只一月，万里江山一日行，好像已隔得很久。从半个地球上拾来的感想一时都向笔底挤来，反而不知怎样下笔。若是我所有的印象只许用一句话来表达，我愿意写五个字："这是在战时。"

一出国门，下机不久，永远不会受旅客欢迎的检查员，就会带着抱歉的笑容，用这句话来说明他不能不给我们一点麻烦。旅馆的账房也很顺口地用这句话来解释他不能立刻安置我们的苦衷。战争改变了正常的生活。"这是在战时"一句话是到处会碰着的答案。

出境不过8小时，相隔不过一座高山，然而"这是在战时"五个字的用法却完全不同。这是在战时，所以物价升了翅膀；这是在战时，所以晓东街的灯光可以终宵不熄；这是在战时，所以……爬过喜马拉雅山，同样是这五个字，却被用来谢绝普通的旅客，因为士兵已经包下或征用了"东方伦敦"最华贵的旅馆，同样是这五个字，却被用来压倒金钱的魔力，有钱，没有用，战争第一——我有一点糊涂，也许是一天的航程，加上我还没有全复原的病体，使我糊涂得想不出这五个字一飞过山就会有这样不同的涵义。

离开印度，我们一路都由军站招待，我的疑案在这里得到了一些线索。他们的物资在这里，他们的力量在这里。我们虽然没有看见“力量集中，军事第一”等等标语，可是假如你有机会去看一看他们的军营，不必有人用话来说明，你自然会领略到所谓集中，所谓第一是怎么一回事。以吃的东西来说，普通人有钱不准买或不准多买的东西，在军营里有的是。美国的城市里闹肉荒，并非屠宰场关了门，而是猪肉大批地运到前线去了。一个士兵早晨起来，可以吃一盆“热猫”，热猫是两片麦片加上蜜，一杯茶，一杯牛奶，用糖也没有限制。中午是一块肉或一块鱼、蔬菜、洋芋、甜食，还有一杯果汁，晚餐大致相同。除了这些由军营供给的伙食外，士兵们可以花普通人低一半的代价，在canteen里买到冰淇淋、苏打水、可可糖和啤酒。香烟每人每日限购20支，此外还有从国内送来的慰劳品，可以按份领取，住则两三人一个房间，虽则有地方用帐篷，但大多是临时造的营房，和清华园学生宿舍的布置差不多，只是没有楼。

在某一个军营里，有一位上校带我们去参观各种设备。他们有可以供给两万人用的洗衣房，全套最新式的洗衣机器，十多间冷藏房，里面挂满着宰好了的牛肉羊肉，满房的鸡蛋。那位上校还是很抱歉地说这星期没有咖啡，很对不住士兵。

一个入伍的士兵，每月薪水是100美金。家里若有需要给养的人，另外有安家费，吃住及医疗食品供给。美国是富，然而并非摆阔。他们的人民平均要付35%的所得税，其他的捐和公债在外。有钱的人死了，80%的遗产全给政府拿去。举国集中了力量来维持士兵的生活，士兵的生活怎么不会好？军事第一必须得从士兵的待遇做起，我想这是最简单的逻辑。

不但在吃和住上，士兵的待遇已超过了普通平民的标准，而且在士兵生活的其他方面一样不惜工本。每个军营里有电影院，有读书室，有娱乐场，有礼拜堂和公墓。公墓是简单而庄严，我和朋友们说笑话，我不但愿意在军营里生，也愿意在军营里死——这样才使人乐于从军。人到处是一样的，我们不应当专门以精神力量来维持我们的战争。吃得来苦固然是我们的长处，然而吃苦并不是一个目的。我们没有物资固然无话可说，但是，倘若有物资而被囤积起来或是被行尸走肉者去挥霍，而不送到前方去，那么除了罪恶二字之外，还有什么可说呢？

这是在战时！世界上没有人可以再维持原来的生活

程度，除了从事于战争的人之外，也没有人有权利要求恢复原来的生活程度。倘若有人在战时还是恣意享受，甚至提高了原来的生活程度，那我们就不必多去追究他致富的路径，他一定是国家的罪人。

写到这里，我想起了前几个月在村子里见到的我们的士兵。他们在攀折我们住所附近的树枝，我想去干涉他们，可是一见他们缺乏营养的面孔，我缩了回来。后来他们对我说："谁愿惊动老百姓？我们不也是自乡下出来的？可是我们没有法子吃生米，又没有钱买柴，怎么能不出来砍树呢？"——我还有什么话可说？同样是在战时！

1943年9月12日

# 在东非的昆明

我们的飞机降落在东非的一个高原上，距离赤道不应很远，但是高爽凉快，除了那些米老鼠卡通上常见的仙人掌树外，不像是热带。据说这是非洲的屋脊。我们在屋脊上跳过了两洲，不到10天，真不容易使自己相信。为了保守军事秘密起见，我们到一个地方就提一个中国名字：过了印度的青岛，就到东非的昆明。我没有到过青岛。不知道所谓印度的青岛提得切不切，可是东非的昆明我敢相信决不致有人反对。骤然的阵雨，连天的山峦，除了没有个湖，什么都使我们触景生情，使人反而更觉异乡的寂寞。我记起了小时候写在宫窗上的一首诗来："长拟求闲未得闲，又劳行役出秦关，逢人渐觉乡音异，却恨莺声似故山！"这地方相似故山之处，何止莺声一项！

主持这军站的上校在我们到达之前已经知道我们要

经过这地方。等我们住定了就开一辆小车来邀我们去便饭。我在上次通讯中已说过美国军队里的伙食，不管味道好不好，东西总是不差的。我们和很多弟兄们一起吃，有很道地的欧仆殷勤侍候。我们觉得很奇怪，在这个战地，哪里来这么多的人工。一问原来都是投降的意大利士兵，意大利人矮矮胖胖，本是最适合做这种工作，最难得的是他们高高兴兴地当差。上校对我们说，这些人真不差，又自由，又有事做。他们不但有工钱，而且还可以有在国内梦想不到的牛肉和牛奶吃。这种优待俘虏也使我们觉得相当惊异。意大利士兵本来对这次战争不起劲，在这些欧仆脸上已露出了法西斯蒂快要崩溃的预兆。

饭后我们先到上校自己的宿舍里去。他一样一样地指点给我们看，什么是美国运来的，什么是他自出心裁在当地制造的。一个巨大的冰箱真不知他们怎样运上这高原，可是后来参观了他们的飞机修理厂，才觉得这件小东西实在算不得什么。我们团团坐在沙发里，抽着他送给我们的雪茄，随意地谈起天来。

“我真想离开这地方。”他说，很正经地。

“是想家?”老金回头指着我向他说，“他没有出来就想回家，真是你的同志。”

“家当然想，但想离开的原因倒不是这个。”

“这个地方太冷了，不是？而且太高，也有不舒服的地方。”

“也不是。”

“是为了？”

“这地方都弄好了，没有意思了。我来的时候，这是个意大利的破军营。这一年，我一样一样地安置妥当了，现在就没有意思了。我想再去找个破军营，荒山也好，再弄一个军站去。”

我们不知道怎样接口。我想说的是：“这家伙真是。”可是我没有说，因为我觉得有一点异乡的怪味儿。这是美国几百年传下“向西去”的拓荒精神显然是深入了他们的血液。新鲜，冒险，硬干，向前，加上了他们特具的组织力，在这短短的几百年中，开辟了一个新大陆。现在这精神又使他们在世界各个角落里得到表现的机会了。

“上校，你是西点军校出来的么？”

他笑了，“我本是个公司的经理。我在此地不是一样，在经理这几千个孩子们的生活？”

这又使我们大家没有话了。在中国总好像从军就得是军校出身。做买卖的赚钱，平时赚钱，战时赚得更凶。念书的念书，开了战，头也埋得更低。我们似乎从没有想到过军事中同样是要有组织力的经理，有昆虫知识的专家。军事若成一门学问，这门学问一定比人类学更是包罗万状，无所不需的。

他说得高兴，“我们一起看看去，我们的洗衣房是世界最大的!”于是我们大家冒着突然下降的暴雨，从冷藏库一直看到修鞋厂。他满面笑容地告诉我们：“两万人在此不成问题。你瞧，这件军服洗得多么干净，烫得多平挺!”可惜的是那位洗衣房的管事却对我们说，他在美国经办那个厂比这个还要大十几倍。我们都同声否认说：“这是世界上最大的!”上校哈哈大笑。美国人一切形容词都要加一个est才觉得痛快。他们有最高的摩天楼，他们出最多的麦子，他们也有最凶的流氓和最漂亮的女人，只有一个他们却加不上最字，那就是他们的历史。最长既不是，最短也不是。

关于飞机修理厂，我还是不多说的好，多说了怕这封信又寄不到。若检查员让我说一句，这句话是：“望尘莫及。”只要这厂的1/10搬到中国去，就大得空前了。

参观了这一周，虽则有车坐，也已经够累了。你想：从猪圈看起看到他们怎样把旧的啤酒瓶改造成玻璃杯，怎能叫我们不筋疲力竭呢？我们回到宿舍，刚想休息，那位好客的上校又打电话来说，晚上有电影，他会派车来接我们。他们的娱乐是天天有的，那天晚上是电影，而且说主角是加莱柯柏。美国人精神真好，我们怎能扫人家的兴致呢？于是答应了。到晚，我们全体出席。

这回电影的片名我已记不起来，可是真巧，好像是特地为我们选的。故事是这样：有五六个教授合作编一部百科全书，他们自以为无所不知，每个字都能引经据典，原原本本地加以注释。可是有一天有个汽车夫不知怎地冲进了这间书房里去，一口土白，博学多才的大教授一字不懂。于是其中有一位就决心要去搜集活的文字。结果碰着一个女流氓，她因为要躲避帮里老头子的什么事，逃到了教授的家里。这两套文化碰了头，混闹了一场。这本是个喜剧，可是却正讽刺着了我们这五个东方文人。

一回到房里，我们的夜话也就开始了。大家都忘记了要早些休息的话。

张先生摇着头说："晚上这套文化，我们怎能要得！白天的那一套非把它弄来不成。"

"这是一套呀！要白天的也就非要晚上的不成。"这是老金的哲学。

"可是这怎么成呢？简直是胡闹，我们看着就不顺眼。"

"问题就在这里。你要他们的大工厂，就会有大都市。有了大都市，女人的腿就会架在教授的头上。你怎么可以截长补短。这本是一个东西，一套。要就要，不要就关起门来。门关不住了还是要开，你怎么办？"

我们人虽少，意见却很多。白天文化和晚上文化，机械生产和都市罪恶，有人说不但应当分，而且可以分。有人说非但可以分，而且非分不可。夜话不会有结果，也只能使教授们兴奋得不能入睡而已。我怕的不是得不到结论，而是白天文化没有生根，晚上文化却已深入。至少，我想，要有西方这样的大工业，四五十年还不一定有希望，可是要把上海造成一个罪恶中心，一两个月就得了。

夜深了，下一天半夜还要起程，一跳要跳过非洲，连着再一跳要跳过大西洋，还是早一些睡罢。年纪轻的人想睡时，怎么也睁不开眼皮。何况，西洋的文化还为我们预备下席梦思的垫褥，洁白的被单，等着我们疲乏的四肢和腰骨。第二天早上并没有刺耳的军号来搅人清梦。虽则是在军营里，我睡得比在学校里还香。

1943年10月17日

# 一张漫画

我没有到过美国，这是第一次。关于这个新大陆，我听得很多。离国之前，还有一位英国的朋友听说我要去美国，特别叮嘱我不要忘记到了之后就写信告诉他，没有了汽车的美国人是否还记得怎样走路。也有年轻的朋友用着羡慕的口吻，向我的太太说："你能放心他去么?"我也不敢为此起誓，若是美国全是像好莱坞，谁敢担保自己呢?

虽则世界在这一日千里的航空率下已经变成了一家，可是这家人还是带着中古天方夜谭的神气互相猜度。俄国人好像都是红脸，德国人好像都是戴钢盔，法国人好像整天坐在咖啡馆里，英国人是板着脸在想你的钱。这样漫画式的认识，果然活现，也许正是四海大同的真正障碍。很显然，一个长袍马褂，拖辫子，抽长烟筒的老翁，怎能和一个袒胸露脚的舞女讲交情?

当我每次想写通信时，我总是有一点迟疑，我不是又在画一幅漫画给我的读者么？我又怎能避免不这样做呢？假如有一个第一次到中国去的美国朋友，在昆明下了飞机，到城里逛了一转，回旅馆写信给他太太，一定说中国女人都是不知道害羞的。因为在车上，在门前，在客厅里，随处都会解开衣服喂奶给孩子吃。我们听见了自然不高兴。而我在这里写信给你们是否也会专门挑些“奇形怪状”来描写给你们看呢？尽管我自己可以认为读过社会学，教过人类学，但是要我保证说我在这些通信中不致犯这种弊病，我决不敢。

话自然也可以说回来。要我们自己来说中国人是什么样的，永远也说不上来，倒不如听外国人给我们的描写，不管走样走到什么程度，也有时候有些我们从不注意的事情会给他们一语道破。在一个生疏的地方，我们为了日常的需要总是有意无意地要为当地人寻一个标准，对付时有一点把握。在熟悉的社会中，这种标准就不需要，我们可以知道每个人的性情脾气，不必虚加综合。我在这新大陆上自是一个生客，不但我开口闭口会提到我在这短短的几个月里所杜撰出来的所谓“美国人”，而且更会向这个“理想人物”说长道短。

我记得我初到美国的迈城，一切都新鲜得很。迈城本是他们南国的一个名都，在他们游览指南图上用一个穿着游泳衣的美女来代表的。这地方气候暖和，有钱的人造下别墅用来避冬，沿海滨不知有几百家华贵的旅馆。我想不出用什么中国的地名来给它提个别号，我们根本没有这种豪华的去处。必要时，大概历史上的扬州差可比拟，可是扬州在冬天并不温暖。

一个下午，我拖住老金一定要带我去逛这花园般的都市。我们跳上一辆TAXI，可是说不出到哪里去。“你开好了，什么地方都可以。”

“我们上海边去？可惜现在都住了军队，好逛的地方不多。”

“随你开就是了。”

车子向海边驶去，路出一条幽径，夹道紧接着的是怒放的红花，密密地盖着树颠。我想起了北平长安街的夜合花来，就问老金：“这是什么花？”老金本是个花草名士，这一问，就滔滔不绝地指着路旁花草，满口的怪名字，中文是什么，英文是什么，一部《镜花缘》好像一下都背了出来。我是个俗人，非但不辨美丑，连一打花名都数不上口，谁知道我们的车夫却是个知音。

“你也喜欢这玩意？”他把车停在一丛香花的旁边。

“是呀。你也是么？”老金很高兴。

他们就攀谈起来。梅兰竹菊一直到松柏冬青，无所不讲。老金描写他北平院子里的荼蘼，又说起北非访花冒险队怎样在虎口里抢出一种花卉，价值连城。我们的车夫，不但沿路列举各种花草的名目、妙处、来源，又把他自己在园地上所费的资本都说了出来。他本来是在纽约经商，娶了个太太，身体不好，可是喜欢园艺，所以就搬到这地方来。听来正是个多情的隐士。

我们本来是没有目的的漫游，谈花说草起了劲，我们的老金就提议到汽车夫的家里去参观他的花园。我对花草虽是外行，可是对于“汽车夫也有花园”这件事发生了兴趣，加上我意想中还有一个多愁善感爱花恋草的美国林黛玉，怎不想去拜访一下呢？于是我们的汽车夫就把车子开向他郊外的家园。

花园并不大，若是围了短墙则不过是个苏州的天井。但是细草如茵，点缀着一丛丛不同的花木，确是精致雅静。老金欣赏花草的时候，我却偷眼在评赏这一对人物。那位车夫一立起来，他突出的大肚子先就使我吃了一惊。接着他那位晒得深黄的胖太太出来招呼我们时，真使我大大地失望了。自然人不可以貌相，谈起话来，除了园艺，我是外行不懂，什么都引不起我的趣味。我这时似乎又忘了他本来不过是个普通技工。但是在我的观念中，好像有一点不匀称。这样雅静的住宅，这样考究的家具，这样美丽的园地，在我的成见中一定得住个能诗善赋的人物才相称。然而，这是在美国！我是错了。

“不要见笑，我们是苦人家。”那位太太很抱歉地说。

“这还是苦人家?”我想说，可是没有出口。

“因为我太太多病，所以我也不想再去城市里混了。种种花，生活能过得去就算了。”

“我们当教授的也享不着像你这样的福。”我终于说了。

我默默地在心上勾出了一张漫画，美国是真富!

这是一张漫画：一个小巧的花园，肥健的太太手上拿着一个药瓶，瓶上写着维他命ABC，半裸着在晒太阳；一个大肚子男人弯着腰在种花；门前停着一辆待租的TAXI。我想将这张漫画标题为“美国的苦人家”。

我说这是张漫画，因为我并不敢自信这是代表了美国的标准。至少，有些美国朋友听见了这故事，听见了我想画的漫画，会摇头说这不是美国。我不知道美国苦人家究竟怎样，但是我相信即使和美国人所画关于中国的漫画一样地走样，一样地引起中国朋友的摇头，多少也许可以代表一些确乎存在的特点罢。

我回想到一路所见的情形，更回想到我们自己所住的房子。我愿意祝福美国的苦人家，能长久在饥荒的世界中维持他们繁荣的孤岛。

1943年10月24日

# 人情与邦交

从司机的家中回旅馆，时间已经不早。三位同来的教授们已在房里等我们，这天早晨约好大家一同去吃中国馆子。我们自从离开加城之后，还没有尝过国味。假使我们中国将来真会有一天全盘西化的话，别的我不知道，至少我一定会做吃火腿白菜，荷叶粉蒸肉的梦。我记得在英国时的确曾体验过弗洛伊德理论的破绽，白开水里煮熟的沙丁，带血的白切牛肉片同样会使人心理变态。这次来美国，到过新大陆的朋友都给我保证说，去美国，你不用担心，到处有中国馆子，在纽约就有几百家，比战时的昆明还热闹。这话是不错的。像迈城这些偏僻的城市，你若是天天想吃家乡味都不成问题。

在馆子里坐定，坐柜女主人特地亲自来招呼我们这一批一望而知是新到的同胞。可惜我们中间没有会讲台山话的（台山话是美国的唐话，是通行的国语），只得仍用英文翻译出我们所要的菜名。菜好像煮得特别慢，也许是厨师不愿马虎的原因。坐着没事，我就把不久之前所学会的花名搬了出来。

“我们也有一个故事。”蔡先生没有等我把司机太太的病态说完，接着就讲他们这天下午的故事。

“我们三个人找不到你们，就到街上去闲逛。在家吃冰的小店里坐了下来。吃完了我去付账，掌柜的说账已经付了，我们问他谁付了钱，他说是两个水手。我们想那一定是水手喝醉了把账都付错了。可是掌柜的却说：不，没有错，他们说中国人辛苦了，干得好，得请请他们，小意思，说完就走了。我们觉得怪不好意思的，想去找那两位水手，但满街都是穿白制服戴黑领结的，不知哪两个是替我们会钞的。”

这故事说完了，不知为什么，大家很静默，静默得有一点叫我难受。那几个十几年前到过美国的人，大概心里有一点不自然。像我一般感觉过分到在一个变态的人听来有如讽刺。精神比较正常，态度比较老成的除了感激之外，似乎也没有什么可以说的。

这时候自然不该再算旧账了。也许愈是不提往事，受过亏的一方面也愈是大方，这种大方正是叫别人觉得过意不去的地方。邦交和人情究竟有很多相似处。若是我们无愧于中，而被人轻视侮辱根本是无伤于己的，人不知己，有何患乎。总有一天反而会使骄狂的人觉得自己的浅薄。很多人觉得甘地迂阔，我却不这样想，他的绝食也许是从东方文化中体验出来对于历史不平情态最严厉的谴责。当然这是对于一个无端受委屈的人说的。若是自己不争气没出息，被人家看轻那是咎由自取，怪不得人。若把自己的坏处归罪于人，或者是把别的人看轻自己作为自己不争气的原因，那才真是不争气没出息了。

过去的是过去了。在这次艰苦的受难中，我们是在别人眼前得到了应有的尊敬。可是，别人的尊敬也好，白眼也好，总是身外的事。做人最怕是看人眼色，若是一个人一举一动都要以别人的褒贬来决定，最多不过是个讨人喜欢的奴才罢了。不管舆论固然会变成狂狷，可是太随和了，才是孔子所最看不上眼的乡愿。在这一点上，我很喜欢英国人。他们总好像很稳很自信。因为他们能够自信，所以不怕别人对他们的批评。批评得对也好，不对也好，他们都会好像很温和地领教，都会好像很客气地掩饰。他们有勇气能和你一同对他们这股顽固劲儿笑一阵。和英国人讲话千万不要口是心非地恭维他们，他们觉得高兴的是搔搔他们不太重要的弱点，这就是叫幽默。不在表面上认真，要认真得在骨子里。可是要有这一点本领，不管是好是坏，一定得充分有自信。自己做自己上帝的人，才有勇气用幽默的神色来听取别人毫无理由的中伤。一个人一听见了别人恭维就摇头摆尾起来，一听到别人讪笑就面红耳赤，一听见别人批评就动肝火，这个人一定在心虚，一定会上当，也一定会自己给自己苦吃的。

做人不该耳朵根软，立国也不必把别国的一笑一怒太当真了。自己有长处，不宣传，人家反而觉得可敬。有短处，愈是用宣传方式来包藏，丑事愈传愈响。德国是最会宣传了，宣传技术之高，精妙已极，但是结果，不但打不了胜仗，反而自己中了毒。我们呢？我相信我们老百姓是最不喜欢宣传的；甚至觉得广告愈多东西一定愈坏，好东西何必费钱去吹打。这种见解自有它不合时宜的地方，但是根本的精神是要得的。我们抗战了7年，并没有在国际上吹得怎么样，但是连小城里的水手都愿意破费请客，而且付了账都不愿意人家知道他是谁。诚则信，没有别的秘诀。

事实最雄辩是句老话，现在好像已经不太时髦，因为这话若是正确的，则宣传也简单到成了表白事实而已。表白事实自然用不到多少技巧，宣传家怎能甘服呢？醉心宣传的人有时会把别人都看成是瞎眼，是傻子。戈培尔就相信他可以用话来造事实。好像是上帝，依《圣经》上说，是说什么，什么就有了。可惜人不是上帝，最聪明还是有什么才说什么。没有的事，不说比说好得多。譬如说，人家说我们身体不好，穷，我们若是真的不强壮，没有钱，千万不宜装出有力量的样子，摆阔。我们不妨说我们的确是亏了，可是这不是没有理由的。若是说得有理，反而会受人敬重。像甘地一样瘦得剩下一副骨头，也没有人因为他没有肌肉而看轻他。

我是从小在苏州长大的。苏州有一种破落的少爷，死要面子，家里什么都已卖光，还要在人前穿着长衫，坐茶馆。他最喜欢人家的恭维，可是恭维他的人，肚子里不是在发笑，就是在算计他，这要面子的人最后连他那件长衫都保不住。也许是我从小听惯了这类故事，所以凡是听着有人恭维时，身上总会觉得一阵冷，他们不是在讽刺我么？不是在算计我么？这自然不是健全的心理。我希望有一天能把这毛病治好了。你想，听得这水手的故事而联想到苏州少爷的长衫是多煞风景的事！

殷勤的女主人也许注意到了我们大家那种不太自然的静默，我保证她并不会明白我们所讲的一切，以为我们等候得不耐烦了，所以特地走来向我们道歉，用着一半英文一半唐话很动人地表示她已经几次派人去催促厨师了。老金在旁边推着我的臂说："你的广东话呢？"我茫茫不知道怎样回答他们。

1943年11月13日寄

# 限购课榜

在迈滨我们曾小住了四天，我们得换换行装，老金和我还是穿着咔叽，在街上走动太惹眼。头上那顶软木帽更是威武得带有一点殖民地统治者的神气，在自由之邦不合人和。因之，在进京之前，不能不改变行头。我还想买一双鞋。在加城买的那双鞋，老金硬说是女人穿的。给他这样一说，出街都不好意思。可是在迈滨想买鞋都不成。不是店里没有鞋，而是不能卖给我，因为皮鞋已经限购，我拿不出课榜（coupon）。

课榜是政府发给居民的购物证。凡是一种货物在市面上减少了，或是大批给政府征购去了，或是因运输困难，而同时又是人民日用必需品，政府就下令将这些东西列为限购品，每人只准买一定数量。购物证就是用来达到这目的的工具。限购课榜有好几种，一种是用来规定一个人准买某物数量的。譬如皮鞋，一个人在一年之内只准买三双，政府在第一本购物证里有一个小方方的印花——就是课榜——上面印着“18”那个号数，你要买鞋，付了钱之后，还得加上这个印花。买了一双之后，你就不能再买，一直要等到政府发给你另一个课榜。

那种定量定物的课榜还可以分为两类。一类是不分等级的。皮鞋就属于这一类。任你是什么人，能买的数量是一定的，因为在实用上鞋的需要并没有太大的差别，至多不过时髦女郎不能常常换花样罢了。可是有些东西，各种人的需要不同。譬如汽油，普通人没有汽油至多是不方便，有些人没有了汽油就会影响工作。凡是与生产有关或公务必需的交通和运输所需的汽油不能过分限制。因之，购汽油的办法，不能不分成等级。你在路上若注意汽车玻璃上贴着的小方号码，就可以见到这种差别。有的是A字，有的是B字，有的是T字。贴着A字的是普通民用汽车，每星期限购一张课榜的汽油，在东部只有3加仑，西部比较多一些，但最近据说因为太平洋战事紧张也减少了。有B和C字课榜的每星期可以多买若干，专给生产和公务之用。T字课榜是特别给TAXI的。限购的数量因时因地依消耗量而定。汽油课榜只发给有汽车的人，并不包括在普通的购物证的小书中。

第一本购物证书中除了皮鞋之外，还有购买糖和咖啡的课榜。但是自从南美运输畅通之后，咖啡的供给已经恢复，不必再加限购，所以在我们到美国一个月之后，就由政府下令取消限制。糖的供给虽然增加，但是美国人吃糖的本领太大，所以不能完全放任，只是增加了限购的数量。事实上，已经没有多少人感觉到糖的缺乏了。

第二本购物证比较更复杂。里面有两种课榜，一种是红的，一种是蓝的。每四个课榜合成一条，用一个英文字母记着。从A起到X止一共红蓝各24条。每个人每星期用一个字母，譬如这星期翻到了B，大家就都得用B字课榜去买东西。过了两个星期若不用就失效。24个星期这本书就用完。每条上有四个课榜，上面印着1258四个字，这是叫做点，一个人每星期有红蓝课榜共16点。

红课榜是用来限购肉类，油类和罐头荤食的；蓝课榜是用来限购罐头果品和罐头蔬菜的。每星期政府公布每种限购货物所需点数。譬如，干牛肉每磅12点，带骨或不带骨的火腿每磅11点，这篇账单很长，而且常常变，最近牛油涨到了每磅16点。

每个人一星期既然只能买16点肉类和油类，所以每次上街就得细细算一算。若是买一磅牛油，则一个星期就没有肉吃了。分配调排，最是煞费主妇们的心计。若是有人请客，端出一大块牛肉来，你的面子就不小，因为这样一顿客请下来，主人家要有一个星期不吃肉，面包上也不能有牛油了。

这样麻烦干什么呢？是的，主妇们若是在小学里没有学好算术，真会天天叫苦。可是这样一限购，物价却可以不必像我们国内一般飞涨了。他们有涨有跌的不是物价而是课榜上的点数。譬如咖啡多了，课榜根本可以取消，牛油少了，从8点涨到了16点，整整一倍。这是说从这星期起每个人都得少吃一半牛油。牛油的需要既然减少了一半，物价自然可以不必涨了。全国人民，上至总统下至小学生，每个人都得依限额用课榜买东西，这样也就根本解决了必需品的囤积问题。

听说白宫里管采办的老太太最怕贵客上门。别人都欢迎丘吉尔，她一听那位大胖子要来就发愁，总统请客似乎不好意思没有肉，面包上更不能不搽一些黄油，可是他们家里人口不多，所有课榜有限，客人一多，就难于应付了。

第三本购物证发下还不久，内容更新奇。除了像第二本一般的有红有蓝两种课榜外，还有四种不同的课榜，印着不同的花样：飞机、航空母舰、坦克和大炮。每种有一页，排好号码。它们的用处临时公布。譬如最近公布了飞机课榜第一号从10月某日起可以用来买鞋一双，其他的课榜用法还不知道。原因是有许多东西若是供给量缺少，政府就可以下令限制，指定用哪种课榜买哪种东西。

限购不过是限于日用必需品，有许多不是日用必需的东西，若是政府认为应当全部充作军用的，就老实不客气地全部买走了。打字机和闹钟除了旧货外，市面上根本就买不到。经过人民很多的抗议，政府允许在年底放出一批闹钟给人民购买。铁器稀少得很。我出国时有位朋友的太太托我买一些头发上的夹针寄给她。我到了之后就到杂货店里去买，他们说这东西已经好久没有了。政府并不是禁买，只是制造这些东西的工厂买不到原料，或是已经接受政府的定单制造别的东西了。

最有意思的是牙膏。牙膏的管子是用锌和锡制造成的，这种原料差不多完全充作了军用。可是没有牙膏却又不成，后来想出了一个办法，凡是要买牙膏的必须带一个空管子去交换。空管子交回工厂，然后再装进牙膏，供给人民应用。我们初期根本就没有旧管子，走了好几家，都被拒绝了，我屡次说明这种办法对于新来的人是不该适用的，我拿出护照来证明，我是初到美国，至少该给我买一管牙膏。那些女店员似乎很想不通有人会没有旧牙膏管子带进美国，都摇头表示她不能破例通融。后来总算有个通道理的老板，卖了一管给我。

坏人是到处都有的。所谓道高一尺，魔高一丈。有限购就有黑市。可是普通人都知道若是限购制度失败了，物价就不能控制，物价一飞涨吃亏的还是消费者自己，所以很能守法。政府也想尽了各种办法防止黑市。小学生们集团起誓不买黑市东西，不用别人的课榜。同时，限购也有很严密的检查制度。不久之前发生了一件大规模的黑市案子：有一批奸商直接向人民买了牛、私自宰了，分发给零售商，用高价出售给没有课榜的买主。这件案发觉了，主犯就被政府一网打尽，而且把这件案子从头至尾摄成电影，公开放演，激起公愤，使人民普遍明了黑市的害处，使每个人都能负起检举的责任。我曾看过这电影，看完了，直拉着坐在我身边的朋友说：“我该运到中国去，让大家也看看黑市的危险。”若是我们已快走到经济的危境，我们得回头问问自己，有多少火坑是我们自己造下来，让自己跳的！

限购课榜是战时的措置，在开始实行的时候，自然会觉得麻烦，可是实行不久，就有很多人对这种制度发生特殊的好感。听说在英国已经有很多有力的人物出来主张：战争结束之后这个制度的原则非但要保留而且还要加以扩充。为什么呢？说来是很简单的，这制度实在部分地实现我们传统的“各取所需，各尽所能”的理想。这小小的课榜实在引起了物资分配的一个重要革命。

1944年1月1日

# 关于女人

提起美国的女人，大家好像很熟。在银幕上我们常看见她们。这真是件很不幸的事，从电影上去认识美国，或进而去了解美国，我们就大错而特错，最错的当然是关于女人的事了。我想我们上海的和一部分现在昆明的女人也许比普通美国女人更近于电影里的范型。

这几天因为要编写一本关于中国农村经济的书，我需要请一位能和我修改英文的助理。芝加哥大学社会科学学院院长的太太来找我说，她愿意不要酬报帮我工作。为什么原因呢？她说她一定要找点工作做，她每天在大学附属医院里尽义务替病人叠床，做了好久，没有多大兴趣，想换一点比较有意思的事，知道我需要一个帮助编写的人，所以来和我接洽。我听来有些奇怪。她若觉得叠床换褥太单调，尽可以在家闲散闲散，怎么好像非做些事不成呢？她整天忙，并没有一点经济上的酬报，究竟为什么呢？在中国太太们听来一定会觉得真是傻得厉害，可是在她却认为在这世界上活着不做些对社会有益的事就过不得日子了。

她是不是没有家务，闲得发闷么？又不是。美国人力缺乏比我们更显然，别说教授家里没有佣人，连做到司长的大官家里一样是没有佣人，除非要请客才临时请人帮帮忙。当然，他们家里设备比我们好，有煤气有电，样样都方便，但是家务还是不轻。譬如说，我有一天在那位太太家里吃饭，饭后大家坐着闲谈。那位太太却忙着在和先生补袜子，孩子要睡觉了又得去照拂，可是她并没有借口家务把自己对于社会的责任忘了，也没有挂着在外工作的牌子把家务丢了。

我笑着说，我们以为美国的女人除了跳舞、交男朋友、结婚、离婚之外没有别的事了。大家跟着我笑。可是我忽然回想到我们自己国内的摩登女子，她们在做些什么？除了加上一项打麻将外，还有什么可以加得上去的呢？

美国的女人是自由，可是她们对于两性关系却远没有我们的摩登。16岁之前她们是受着父母监督的，父母可以禁止（若是他们觉得应当的话）女儿的滥交。16

岁之后就得自己负责了。许多人说美国小姐们很少是处女，那也许是真的，可是她们对于婚姻却一点也不胡干。据说在大学里的女生结交男友，假若对方不是她愿托终身的对象，她们一点也不会热上来的。

最近因为战争发生，大批少年男子却在服兵役，生活改变了常态，出了很多风流案子。政府方面已经屡次宣布犯罪指数增加，督促社会和父兄注意。接着，重要的都市先后指派了委员会来防止这种堕风，设立了许多正当的娱乐场所来供给男女青年们消遣，还拟下种种教导办法。他们认真地在对付这问题。

至于结了婚的女子，行为上和那些少女可以说全盘两样。我知道有好几个丈夫在前线服务的太太们，白天从事工作，晚上就聚了几个太太一同做做针线，看看电影，谈谈话，除了正当的交际外，安分得厉害。若从电影上来推想这些女人的生活，必然是相反的。

在这次战事中，女子的贡献实在是大。职业女子的数目在1940年是1200万，到今年已增加到1700万。三年中有500万本来在家里工作的女子动员到各种战事职业中去了。她们的职业也大大的扩展了。重工业里好像冶铁、机器制造，运输工业里好像司机，都有女子参加，在军队里女子也不只是做看护了，我有一位中国同学的太太，她是生长在美国的华侨，就在一个兵工厂里做技术员，她的母亲也在一个无线电器材厂做工。我也认识一位中国太太在玻璃制造厂里工作。不要说美国本国的妇女，就是华侨也大批地吸收到工厂里去了。美国能成为同盟国的兵工厂，能供给世界各地战线上的消耗，怎会可能的呢？单有原料是不够的。重要的关键也许就在这1700万的女工。

上战线的自然还是男子多。在战线后面就有好几十万的娘子军（关于这次战争中的娘子军，我以后还有长篇通信）。再在后面就是这几千万的女工。这种阵势实在是女权发展的最好机会。我有一次在地底车里和一位朋友说："你看同车的这些男子多难看？哪里像同车的女子们有精神。"我的朋友一注意车内的情形，也觉得惊异了。他说："我真不觉得，战事发生还不过二年，已经有这样的现象。"

1944年1月15日

# 向西去

——人家走了100年的路，我们10年就得赶上

我记得临行时候有位朋友曾这样对我说："你也该有个假期了。出去休息休息，养养胖，回来再干。"我到美国已经有四个月了，说是享乐罢，真是天知道，当然，主人们给我们的盛情款待再也不能更加添了。香烟和牛奶从来没有吝啬过，可是，不知怎地我们害了病，有个黑影追着我们，永远也不能使我们心平气和地消受这朱门的酒肉。

我自己都觉得奇怪，在这次旅途上怎么会到处都有惊心的事物。不要说那摩天的高楼；那如梳子般的烟囱；那肩肩相擦，歌舞迷人的百乐大道；那琳琅满目的国会图书馆——我们对此瞠目结舌，简直不知怎样说才好——就是那百货店里小孩子们的玩具，公园里如茵的绿草，也已够使我们感到一种威胁。"人家这样，我

们呢?”

说来我在过去10年中总算也走过不少地方：绮丽的威尼斯，豪奢的巴黎，繁闹的伦敦，古雅的牛津，以及现在正在狂炸下的柏林，战雾笼罩中的巴藤湖。可是回想起来，这些地方尽管曾使我留恋不舍，曾使我沉迷颠倒，但是从来没有引起过我的恐惧之感。然而5年内地的生活，战时的经验，的确把人改变了，老了。我再也不能像孩子们那样用着惊异好奇的眼光来欣赏这新鲜的世界。忧虑自动地会袭入心骨，怪别扭的。哪里是假期，哪里有休息的闲情，实是一回磨难。心头总是沉着一块丢不掉的石头：我担心这地球背面那四万万人的前途。

一个晚上，在一个茶会里坐下，主人感觉到我有点恍惚。“这里生活还惯么？我想伦敦和这里差不了多少，你在那里住过，想来不致有什么特别水土不服的地方罢？美国不致太不舒服罢?”

“美国不太舒服？刚相反。我有点想家，我想我那孩子将来会过什么日子。”

“假如你太太一同来了就好了，都是这战争。可是战争总是要结束的，而且你孩子长大了，也送她来。”

“也许是，可是你容得下我们四万万个孩子么？这下一代大概免不了都得送到这个文化里来，我怕，不论我们愿不愿，我们不能不这样做。可是这个旅程却没有像坐飞机那样方便罢了。”

换一个地方是容易的，我们已经有各样的交通工具，有保险制度，甚至于已有交通警察。可是要换一套生活方式，要接受这套从现代科学里生长出来的生活工具，却不是一件轻而易举的事。没有指路牌，没有红绿灯可以做我们的向导。我们面前是一条黑路，而又是一条无法避免的旅程。这使我心地不能安定的黑影。人家并不在等我们，他们天天在加速地向前。人家走了100年的路我们10年就得赶上。多匆忙。我最明白匆忙的可怕。这一生匆匆忙忙的已造下了多少永远无法填补的创痛。个人如是，国家也何尝不是如此呢？

我那位朋友知道我到了美国之后生活太紧张。她认为我那种多少带些“杞人忧天”的不安是都市病。离开一下都市就会恢复的。因之，她劝我到中部乡下去走一趟。她知道我是写过关于中国农民生活文章的人，所以更坚决地说我得看看美国乡村。我接受她的好意，所以在纽约城住了一个多月之后，就向他们所谓的西部出发了。

所谓西部其实并不是一个地理上的名词。这和我们所说“下江”、“内地”的区别相同，谁也指不出一条明确的界线。若是翻开美国地图，他们所谓东部只指靠大西洋海岸一带，而且南方的几省似乎又不包括在内，因为这些是“南部”的区域。美国的东北才是老牌“东部”。这是和我们“下江”一般的意思，是工商业中心。在历史上讲，他们重要的界线是南北。我们都知道他们的南北战争，林肯的英名就在这次战争中获得的。南北之分其实也就是工农之分。南方是农业区，有广大的棉田，有著名的烟草。农场上需要人工，而且必须便宜的人工，于是在早年发生了黑奴制。南北经济基础的殊异，一直到现在还反映到政治的分歧上。南部多共和党，多少是要和大资本工业家作难的，北部多民主党，多少是和大地主农业利益不接近的。

可是西部呢，在早年美国人脑中这是一个“去处”。从海滨向西是密西西比流域，土地肥沃，山水秀丽。我们知道美国现在所占据的那片土地，在250年前是属于普通所谓“红人”或“印第安人”的。新大陆的新字是欧洲人说的。可是自从“发现”了这“新大陆”，一批一批的欧洲人坐了船，渡过大西洋，迁移过来。最早的居住地方自然是靠近大西洋的一边，这是东方上了岸。向西都是化外之区。赶走了土人就能住下来开发。谁住厌了一个地方，谁感觉到“故乡出不了状元”的，向西去！西部之西还有西部，一直到太平洋岸为止。因之，西部是随着时间一直推出去的。而西部两字也总是带着一点拓荒的意味，西部是新天地，是可以自由发展的去处，是摆脱传统的旷野，空气也清凉些。

当然，日子久了，在表面上，至少靠东的西部，和海滨区域早已看不出什么大的分别。以西部中心的芝加哥来说，有什么地方赶不上纽约。若是摩天大楼没有那样高，它的犯罪指数却是最大。但是若问一个美国人，哪里可以去看看美国农村，他一定指着西方。因之，我坐了两天两夜的快车到了密里苏里。

我有位旧同学老徐在这地方，他特地到车站来接我。但是我一见他，他却涕泪纵横，好像是重伤风。我想这真不巧，这样子怎能要他伴我去农村呢，他却说他正要逃避这种“草热”。原来这是西方中部的一种地方时症。据说是一种草开花的时候播散花粉，有些人一和这种花接触就会接连地打喷嚏，一下子可以几十个。于是苦了，睡也不舒服，鼻涕眼泪流个不停。这病是怪有意味的，有些人见不得某种花，一见就会流泪，有些人见了女朋友，鼻子也就通了，可是女朋友一走，病又来了。中国同学在这里的有不少害这时症。一直要到下了霜，草枯了，病也结束。这种草在中部最多，近来慢慢侵入了东部。

于是我就问他怎样逃得了呢？向北去就成。北部天气冷，这种草长不活，所以就没有事。他等我到了一起走。这样我才安心。我们准备停当，预备开了老徐的车到瑟湖边上的杜萝丝去，老徐突然记起了他一位女同学的约会，她的家就在杜萝丝附近，现在学校放了假，想搭我们的车回家去，我们把她接来了一同走。

从密里阿巴里西到杜萝丝要坐半天车，在车里我们谈了一阵话，太阳已偏到西天，我肚子很饿。我建议在附近市镇上停下来吃了晚餐再走，可是那位小姐却归心似箭，说她已打了电话给她母亲，杀了两只鸡等我们。她自己家里有鸡，而且很多，有牛，有马，是在农场上。我听了心里真高兴。我宁可挨一次饿，去拜访一下美国的农家。女儿在大学里念书，父母在家里耕地的农家。

这天晚上，我们就见到美国的农家了。

1944年1月30日

# 如此农家

最近英国请了美国商会的会长和芝加哥大学的副校长到伦敦去交换意见。有一次在席上有位朋友和他们闲谈起一个轮船公司老板的身世。

英国的朋友带着惊异的口吻说："你知道，这位老板开首只有5万镑资本，现在居然经营着80多条船。"

"这是什么时候的事?"

"只有80多年。"

这位美国客人并没有感觉到主人的惊异，因为那位经营着四大公司，拥有1700个雇员的美国商会会长，20年前手上只有2500元美金，即以美国首屈一指的福特老兄来说，也是从2.8万美金起家。

美国是个年轻的国家。几十年前，这个天府之国有的是机会。谁有本领谁就能出头。白手起家的人在一生中可以成为百万巨富。在这充满着机会的世界中，自然养成一种独来独往的气魄：合则留，不合则去。大家拿出真颜色出来。因之，他们最重视的是不受牵掣，这是美国个人主义的根源。所谓民主，所谓自由，就是说大家干大家的，比个雌雄。他们到现在还是相信最好的经济机构就是每个人都能自由竞争的方式。最近威尔基的演说还是高唱没有竞争就没有公平的调子。他们最高兴的是同一路线上有两三家铁路公司在竞争，大家要讨好顾客，大家要求进步，结果也就不会腐化。

我在前一次寄言中已经说过，在早期西方有的是荒地，谁在老家觉得没有出路的就向西去。向西去的也因之都是些不屈服的好汉们。倘若我们要寻一个标准美国人，他决不是在我们国内的传教士，或是香港上海的商人，而是在美国西方中部的农夫。

我们经过杜萝丝的近郊，转入一个肥沃的平原。美国的农村和我们的在外表上就看得出很大的区别来，一家一家四散的分布在这平原上，并不像我们那样一村一村的聚居在一起。各家的房子就筑在他自己的农场上，不像我们云南的农村一般住宅和农场是隔开的。其实，我们若把我们的一村算作一家就近于美国的情形了。这个比拟实是真情。美国农民平均一家有地折合500华亩。他们一家抵得过我们100家。一家不是一个村子了么？这话在我们乡下人听来，真是和山海经一般不可信的大话。谁会相信一家人能种500亩地，可是在美国这一点都不觉得奇怪，大农场可以大到几千英亩，合起华亩来要有近万亩。这些数目里有的是机会，自由，竞争，孤立，美国人的性格是从这种大农场上养成的。

读过我以前寄出的几篇通讯的朋友们，不免会觉得我这几年穷慌了，所以见着美国的形形色色都有些眼红，由眼红而甚至带着一点妒意。这自然怪不得我。“朱门酒肉臭，路有冻死骨”，这世界上差别确是太厉害了。可是为什么我们的命这样苦呢？不是的。我们人多，他们地多。同样500亩地上他们只有一家人，我们却有100家人。用500亩地来养一家人，这家人自然可以：

朝洗白石池，夕睡席梦思。堂有沙发椅，壁储雪莱诗。狂饮不用吝，歌舞何须私。客来摩托响，挥手耕马嘶。北美之农家，起居却如此。

同样的一片农场上要养活100家人，这100家人哪里能有子弟在大学里念书？哪里能开了汽车上街？哪里能靠着收音机听音乐？哪里能吃得结结实实，穿得体体面面，往得舒舒服服？这种人除了子孙满堂之外，怎能知道生活上还有其他有意思的事？

我们到达那位小姐的家里，天已经快黑。主人们在客堂里等我们。一家四口：一对中年夫妇外，有两位小姐。他们说朝上接到大小姐的电话，知道我们要来。这地方还没有中国客人到过，所以很高兴见我们。已经烤熟了两只鸡，还有新鲜的红柿，都是自己农场上的土产。主人们穿得虽不讲究，但是很整齐。我们确是很饿了，就上座大嚼起来。

主妇很会谈话，从蒋夫人访美一直讲到下一次大选，她说她一定要选威尔基。主人是中等身材，宽肩结实，寡言鲜笑的人，坐在沙发里听我们说话。二小姐是在附近中学里念书，快要毕业。她不愿进大学，想出嫁了。大小姐是标准大学生，怪神气的，讲起学校图书馆怎样大，男同学怎样好，体面得很——这样一个生趣盎然的安乐的家庭，生活有保障，子女有教育，言论有自由，正是美国过去一世纪里创造出来的成绩。这使我羡慕，也使我有一点妒意；我知道这一点成绩决不是随意拾来，偶然天赐的。他们为此流过血，为此现在还有几百万的男女在海外拼命。用血来造成，用血来保护，可羡的是他们在敌人没有围城，敌机没有临头的时候，已经知道怎样不怕牺牲去防止他们这点宝贝被人毁灭。引起我妒意的是自己的心。我们这种家破人亡的世界里，还有多少短视的人在想逃避，在想偷生，在想发国难财！我自省自问，又怎能不叫我心慌？

那位寡言鲜笑的主人，新近才从冰天雪地的冰岛回来。他是应征去那里修筑军事根据地的。讲起这事他高兴了。我问他：“你有这样一个好家庭，还愿意去受苦？”他笑着回答我：“没有什么，我不怕冷，这才有意思，倒是在海上有一点担心。可是苦也好，不苦也好，我们不去，这样好的家也没有了。”

第二天有一位邻居的少年来做客，他曾轰炸过西西里，这次是回来休假，下一天又要去上阵了。他们讲起本村从军的人，屈指一算已有几十个，有的已经死了，有的已经失踪，有的还在前线。后方的人自己的子弟，朋友，爱人在那里肉搏，怎会有心为非作恶？对国家多一分损失，也就等于给自己骨肉多一分被害的机会。家家户户为战事尽力。战事和他们是这样亲密！最近募战债，结果竟会超过定额。为什么？因为这次战事是每个人的，每个人都在参加，每个人的利益都靠这次战争来保障。这力量怎能不惊人？我记得五六年前多少人觉得要讲强国不能不走黑衣宰相的路线。现在呢？我想再不会有人怀疑民主国家只是能富不能强的了。英美确是表现了集中人力的自动参加。这是值得我们注意的。我们所以能打这7年仗，还不是靠大众一致的努力么？

那位主人对我们很热诚，可是他始终不随意恭维我们。说起了中国，他就不很说话。后来他摇着头："我不知道，我没有到过中国，我也没有和中国人接触过。有很多东西，好的或是坏的，我不能相信，我没有意见。"这是美国拓荒精神的余绪。他们生活在事实里，成功失败就靠自己的判断。经验告诉他们最可靠的判断是根据看得见，摸得到的事实。很多人觉得美国人是最耳软，血热，有时会胡干，这是好莱坞电影上的美国，不是真正的美国。真正的美国人是像我们那位主人一般的人。也许正因为太注意了事实，所以广告才如此发达（倘若全是耳朵软的，广告也就不用讲技术，也不必花这样多的钱了）。也正因为如此，在千钧一发的危机中，还是有孤立派的存在。

大小姐要我们留宿在她家里，天已经很黑，走也不容易。何况我们还要看看他们农家的生活呢？所以就住下了。晚上我梦了一夜的家，醒来写了一首诗：

异国农场客里游，平冈鸣鸟草如油，
雏鸡未识啼初晓，梦里乡情片刻留。

下楼主人已经出去工作了。他们是小农，一共不过60多英亩（360华亩）地。这土地若在中国，总得30个人才种得过来。但是在美国只要一个人。一个人种三四百亩地，一点都不算是大规模的。他们并没有大的耕地汽车，只有一辆两匹马拖着的小车，这一点机器已经足够对付这大片土地了。据说那位主人在北冰洋的时候，家里只有他太太一人。只有太忙的时候请一位助手帮一下。有一次和乌格朋教授谈起这事，他说这并不算稀奇。他有一位朋友晚上住在大旅馆里，白天一个人种着1000多英亩的地。叫我还有什么话可说？

那天下午我们建议请他们吃中国菜。老徐下厨房的本领是靠得住的。小姐们和女主人高兴得了不得，可是我们那位主人却并不做声。他并不反对，可是他屡次声明，他最喜欢的是自己家里的菜。别国的菜他全不在意。大小姐偷偷和我们说："不要管他，吃了他才知道好处。"

老徐的拿手菜是红烧鸡和红烧白菜。这天晚上本领都显出来了。那主人吃着这味儿，脸上露着满意的微笑，一块又一块，最后大声的说了："中国东西真好，从此我知道了。"这坚决的声调是典型的。他尝着了，他有了经验，他不怕下断语了。他决定了他的态度，也就负责了，不容易再改了——让我们记着，美国人是相信事实的。我们有好的，他们自然会赏识我们的。那位主人大概是吃得太多了，饭后在床上一倒，一直睡到我们告辞他去。

1944年2月5日

# 初访美国

我并不承认科学和民主冲破封建的两大势力，不能成为两个轮子，构成一个完成平等和自由的幸福单车。

# 人生的另一道路

10多年前，我接到过庆堃的一封信。庆堃是我在大学时期里朝夕在一起的朋友，他一毕业就去了美国。这封信是他初到美国时写给我的。信不知已丢到哪里，可是我还是很明白地记得信上的话。他说：

> 我已从西岸到了东岸，走了有一星期多的路程，一路我并不觉得生疏。在香港、上海生长的，在未名湖畔（燕京大学）住惯的人，不会觉得这是个异邦天地。不过，我真希望你来看一次。在这相当单调缺乏地方性的旅行中（怎能说不单调？每个城市都是一般的建筑，一般的布局；连小镇也都是都市的缩形），你会觉到人类创造力的伟大。你只要想一想：这只有三四百年历史，不，从每

个都市小镇说，三四百年在美国还算是远古洪荒的时代。在这样短的时间中，人类会造出这一个神工鬼斧所不易完成的巨业。什么巨业？在这万里草原上造下千百个大上海，小上海。你尽管可以不承认这是个艺术品，其实你若不被羡妒蔽了眼，清洁的街道，没有臭气的路角，平凡但实用的小住宅，沿街大玻璃窗里的彩色和棱角，晚上，你不用提心吊胆脚下的污泥和路边的扒手……这一切也有它的美。即使你不承认这些，你也绝不能忽略了在这千百个大上海、小上海的成就中所表现出来的人类的创造力！

我们小的时候，伏在屋角里看蚂蚁搬家，看它们忙忙碌碌地衔泥筑窝。引诱着我们童心的岂不就是宇宙里含着的那股创造力。我们有时故意地用了我们超越蚂蚁的力量，给这些小生命来一个无妄之灾；一投足，一举手之间，把它们所创造下的一切捣乱成稀烂的一堆；我们觉得高兴了。这高兴也不就是出于我们在和蚂蚁的较量比力之下，所发现自己超越的力量？我现在刚被蜿蜒疾驰像一条长蛇似的火车载到了这世界最大的都市中心；在摩天高楼的顶上，俯视着细长的街面上来往如小甲虫的汽车，童时的情绪又在心头复生。这时，可是，我开始了解蚂蚁在孩子手下时所具的慌张和惊骇了。我认识了一个超越的力量，我确有一点慌张和惊骇；但不仅如是，当我记起目前的一切不过是人类的创造时，一种骄傲和自大安慰着我，我也是人类的一个，不是么？这些不过启示了我自己潜在的力量，这又怎能不使我兴奋和高兴呢？

我真愿意你在这里，我怕你在乡下住久了会忘记这种潜在于我们人类里的创造力。我记得你有一次从乡下调查回来，曾经很得意地和我谈，你好像发现了什么新鲜的真理一般。夜深了，洋烛都点完了，还不肯住口。你说：每一个人重要的是在知足。文化是客，人生是主；人生若是在追求快乐，他必须要能在手边所有的文化设备中去充分地求满足。

满足是一种心理状态，是内在的。像我们的老乡，一筒旱烟，半天旷野里的阳光，同样地能得到心理上的平静和恬适。你说你并不一定反对用“开末尔”（骆驼牌香烟）来代旱烟，太阳灯来代旷野里的阳光，可是若是为了要去创造“开末尔”和太阳灯而终天要关在大厂房里听烦人的机器声，满心存了阶级斗争，人家在剥削自己的心理，那才未免太苦了，未免主客倒置，未免对不起人生了。你说，做人是一种艺术，这艺术的基本是在迁就外在的文化，充实内在的平衡。你发挥了“知足常乐”的文化观。我当时似乎给你说动了，可是当我经过了这次旅行，我不能不希望你也赶快来一趟。这世界会告诉你人生的另一道路。若容我最简单地说就是在动里，在创造里，在理想的外形化的过程里，在永远不会厌足的追求里，一样是有人生的乐趣，若再容我说一句：你的说法，应当再推进一步，连旱烟，连旷野的阳光都不必，死才是最平静、最恬适的境界。我不敢反对你，也许死后我会同意你。可是，你不致否认我这样说吧：假使死是最高艺术的完成，这是不必追求的，因为很快我们总是会得到的。何必愁？可是既然我们在死之前有这几十年的时间，在这个世界里，这个世界是属于还没有死的人的，不是么？则何必不利用这短短的时间，在生里，在动里，在不厌里，在追求里去体会另一种死后绝不能再得的乐趣和境界呢？我也许不能在字里行间传达这另一种乐趣和境界给你，所以我只有希望你早一些来这个世界，这个在地球另一面的世界里，我相信会给你看见人生的另一道路。

我依靠自己的记忆，默出了这10多年前的一个朋友从美国寄来的一封信，不但是因为我想在这里用另一个人眼睛里所见的美国来作为我这本关于美国的小册子的引言；同时，这信里的确包含了我多年来一个矛盾的想法；也许不只是我一个人，我相信这是每一个认真为中国文化求出路的人，说得更狭小一点，每一个认真要在现代世界里做人的中国人，多少会发生彷徨的一个课题：我们是维持着东方的传统呢？还是接受一个相当陌生的西洋人生态度？东方和西方究竟在什么东西上分出了东和西？这两个世界真是和它们所处地球上的地位一般，刚刚相反的么？它们的白天是我们的黑夜，它们的黑夜是我们的白天？它们的黑暗时代是我们唐宋文采，它们俯视宇内的雄姿是我们屈辱含辛的可怜相？历史会和地球一般有个轴心在旋转，东西的日夜，东西的盛衰是一个循环么？我们有没有一个共同的光明？这光明又是否全盘西，或是全盘东？这又会成什么东西？

也许正因为我心头老是用这些课题麻烦自己，所以10多年前所接到的一封信，至今还好像是很清楚明白地记得，虽则事实上早已和原信差落得很大，也许，庆堃会否认他曾这样说过这些话。

我记得在这次去美国的旅途中，同行的几位先生中有不少人也注意这些问题；这些问题常是我们闲谈甚至争论的题目。在北非的一个军站中，我们大家足足为此谈了一个黄昏。我在《旅美寄言》中曾记着当时的情形。我想不妨把这段记录抄在这里：

我们回到宿舍，刚想休息，那位好客的

上校又打电话来说，晚上有电影，他会派车来接我们……美国人精神真好，我们怎能扫人家的兴致呢？于是答应了。到晚，我们全体出席。

这回电影的片名我已记不起来，可是真巧，好像是特地为我们选的。故事是这样：有五六个教授合作编一部百科全书，他们自以为无所不知，每个字都能引经据典，原原本本地加以注释。可是有一天有个汽车夫不知怎地冲进了这间书房里去，一口土白，博学多才的大教授一字不懂。于是其中有一位就决心要去搜集活的文字。结果碰着一个女流氓，她因为要躲避帮里老头子的什么事，逃到了教授的家里。这两套文化碰了头，混闹了一场。这本是个喜剧，可是却正讽刺着了我们这五个东方文人。

一回到房里，我们的夜话也就开始了。大家都忘记了要早些休息的话。

张先生摇着头说："晚上这套文化，我们怎能要得！白天的那一套非把它弄来不成。"

“这是一套呀！要白天的也就非要晚上的不成。”这是老金的哲学。

“可是这怎么成呢？简直是胡闹，我们看着就不顺眼。”

“问题就在这里。你要他们的大工厂，就会有大都市，有了大都市，女人的腿就会架在教授的头上。你怎么可以截长补短。这本是一个东西，一套。要就要，不要就关起门来。门关不住了还是要开，你怎么办?”

我们人虽少，意见却很多。白天文化和晚上文化，机械生产和都市罪恶，有人说不但应当分，而且可以分。有人说非但可以分，而且非分不可。夜话不会有结果，也只能使教授们兴奋得不能入睡而已。我怕的不是得不到结论，而是白天文化没有生根，晚上文化却已深入。至少，我想，要有西方这样的大工业，四五十年还不一定有希望，可是要把上海造成一个罪恶中心，一两个月就得了。

像北非军站里的夜话，我相信迟早会发生在中国每一个角落里。美国的士兵已到了我们的穷乡僻镇，我们要避免这问题已是不可能的了。

以我自己说，10多年来没有多大改变，还是庆堃在那封信上所描写的头脑。我还是在乡下往来，还带传统的性格和成见，对于上海的嚣尘，香港的夜市，生不出好感。苏州长大的人，生活的理想似乎走不出：绸长衫，缎子鞋，和茶馆里的散懒。我曾在《鸡足朝山记》里有过一段自白。我借了长命鸡的故事，提到我读杰克·伦敦（Jack London）《野性的呼唤》时的感想说：

> 这时我正寄居于泰晤士河畔的下栖区，每当黄昏时节常常一个人在河边漫步。远远地，隔着沉沉暮霭，望见那车马如流的伦敦桥。苍老的棱角疲乏地射入异乡作客的心上，引起了我一阵阵的惶惑。都会的沉重压着每个慌乱紧张的市民，热闹中的寂寞，人群中的孤独。人好像被水冲断了根，浮萍似地漂着，一个是一个，中间缺了链。今天那样地挤得紧，明天在天南地北，连名字也不肯低低地唤一声。没有了恩怨，还有什么道义，

文化积成了累。看看自己在向无底的深渊中没头没脑死劲地下沉，怎能不心慌？我盼望着野性的呼唤。

若是我敢于分析自己对于鸡山所生的那种不满之感，不难找到在心底原是存着那一点对现代文化的畏惧，多少在想逃避。拖了这几年雪橇，自以为已尝过了工作的鞭子，苛刻的报酬；深夜里，双耳在转动，哪里有我的野性在呼唤？也许，我这样自己和自己很秘密地说，在深山名寺里，人间的烦恼会失去它的威力。淡朴到没有名利，自可不必在人前装点姿态，反正已不在台前，何须再顾及观众的喝彩。不去文化，人性难绝，拈花微笑，岂不就在此谛？

这段话是我启程去美之前五个月时写下的。我借这段话来说明我去美之前的心境。这心境也许不限于我一个人。想逃避现实，多少已成了多年抗战，退居在后方的人士相同的心理。在这个国家存亡的关头，不能执干戈卫社稷，眼对着一切的腐败和可耻，在无力来改变现实的人，最容易走上这消极的路。我在《鸡足朝山记》的后记中说："自从那次昆明的寓所遭了轰炸之后，生活在乡间。煮饭、打水，一切杂务重重地压上了肩头，又在这时候做了一个孩子的父亲。留恋在已被社会所遗弃的职业里，忍受着没有法子自解的苛刻的待遇中，虽则有时感觉着一些雪后青松的骄傲，但是当我听到孩子饥饿的哭声，当我看见妻子劳作过度的憔悴时，心里好像有着刺，拔不出来，要哭没有泪；想飞，两翅胶着肩膀；想跑，两肩上还有着重担。我沉默了，话似乎是多余的。光明在日子的背后。"

我自觉着这袭人而来的对于文化的厌恶。这战争更使我寒心，文化把我们带到死亡。庆堃信上所描写的超越的力量，确是在玩弄我们人类的生命。我们这些蝼蚁，不是在一个无知的小孩子手上遭到了不经意的毁灭么？庆堃在10年前还能感觉到自己是属于这超越的力量；可是我，经了这7年被时代所遗弃了的生活，怎能不发生了被动的无能之苦？竟在被自己造下的小孩子所作弄？我不能不在《长命鸡》的那篇小文后面加了一句："既做了鸡，即使有慈悲想送你回原野，也不会长命的罢？"因之潘光旦先生在那本小书的序中说："孝通写到‘长命鸡’最后可能的归宿时，更无异否定了一切的‘不惮烦’。”其实，正如潘先生所说的，我何尝是真的否定了一切的“不惮烦”？我在当前的矛盾里，正和大多数的中国人一般，在东西文化碰了面，我们那种“知足常乐”的处世之道已带来了毁灭的消息的警报中，有一种踟蹰的苦衷在烦恼我们。我相信很多的朋友们会和我一般，要求一个新的、彻底的翻身，要寻一个凭据使我们从此在现实里接受一个积极为人的态度。也就是庆堃初次在高楼上下视时所得到的一个人和文化融合的信念。这信念也就在童时的情绪里复生：对创造、对动、对生的积极的爱好。也就是我们要能“不惮烦”。潘先生说：“所谓‘不惮烦’也者，原是宇宙人生的一大事实，所由支持宇宙人生的一大力量。就是硬要否定它，也正复是‘不惮烦’的一个表示。”

美国所代表的现代生活岂不就是从这“不惮烦”三个字里产生出来的？Devonport在*My country*里不是说出这一个钥匙？“我们活在动里，动消磨了我们的生命！”

“不惮烦”最后也移动了我这个爱好散懒的苏州人，跋涉万里地向地球的另一面出发。我写了一封信给庆堃：“我来了。我要来看看人生的另一道路，10年前你所希望我的事在这个战云密布的时节实现了。我希望这10年后的今日不太迟，我还能看、还能想，必要时还能恢复童年时的情绪，即使我不能改变我30多年来养成的性格，也愿意用我的性格来反映，对照出地球那一面所表现的人生的另一道路。”

在这引诱中，我到了美国。

# 贫困的早年

我们是坐了Baltimore and Ohio铁路的火车从华盛顿到纽约的。这路的终点是在纽约对面的新泽西。新泽西是个工业区，烟囱像梳子一般地排列着，车就在这些梳子里穿来穿去。不像坐New York Central的车，一进纽约就向地下一钻，黑洞洞的窗外什么都看不见。从新泽西到纽约要坐渡船，你站在船面上，四面望望：后面是烟雾笼罩下的巨大厂房，海中心是个美丽的自由女神，对岸是曼哈顿一片耸天高楼，像积木般地堆砌着，这幅景象也许是美国文化最简单的“文摘”。文化联络处为我们安排下这个行程，很可以说是想给我们这些东方客人一个文化的下马威。

这文化的下马威确曾使我瞠目结舌。后来我写信给安排这行程的朋友说：“你若是有意要在最短促的时间使我们对于美国有一个深切的印象，你是成功了。”过了有半年多，我又在另一封给她的信上说："我在新泽西渡船上所获得的对于美国的印象，曾费了半年才慢慢冲淡了，才慢慢对美国有了一些认识，让我再加一句多余的尾语，才慢慢使我喜欢美国。若是以后你还有机会介绍美国给我们东方人士时，我虽则不知道你应当先叫他在什么地方上岸，但我愿意很坚决地向你建议：若必须从华盛顿到纽约，坐 New York Central 车比坐 Baltimore and Ohio 车好一些。在地道里进入这大都市，可以使他糊涂一些，不致因曼哈顿的奇观，误认为美国之成为美国就在这并世无匹的大都会里。我不知道你是否同意我，美国不是在纽约这种大城市里吧?"

当然我绝不敢否认美国具有庆堃在10多年前已告诉我的那种庞大的，超越的创造力。正如我在到纽约时的渡船上和张其昀先生所说的话："这地理才真是人文的了，你瞧，到处都没有一块自然的本来面目，哪一个角里找不到人工加上去的色彩?"可是这种摩天高楼其实只是这伟大创造力的表现，决不能说是创造力的本身，更不是培养创造力的动力。即使我同意美国人的确是具有比其他民族更大创造力的话，我不愿意把这种性格作为和烟雾一般同是都市的产物。我更不敢苟同的是那些想得到这种性格的人，在梦里先造下几个都市来。上海和纽约相差不多，可是上海并没有造成有创造力的中国人。都市没有创造美国，是美国人的性格造出了都市。下半句话，其实还是不确切的，应当是说美国人性格中的一部分表现在纽约那种都市里罢了。

若是我说在夕阳晚霞里在新泽西望曼哈顿的夜景是人间的奇观，这“奇”字只是美的意思而已，并没有半点突然之义，因为每一个中国人到这地方去欣赏这夜景，心里早已有了准备，都市的伟状到这里来证实一下而已。在我们的观念中，美国是“千百个大上海，小上海”，是都市的集成，典型，标准。在没有亲临其地之前，在银幕上所见到的，在百货商店里所接触的，在收音机前所听到的，凡是可以加上花旗徽号的，哪一件哪一样不是代表都市生活的？在美国看都市，决不能引起“奇”的感觉，“自然”得很，好像是应该如此，非如此不成其为美国。使这些客人发生惊异的倒是有人说美国的基本精神并不在这种都市文化这句话。

其实，都市之成为美国所具引人注目的特色不过是最近25年的事。25年前住在2500人以下乡村里的美国人还占他们全部人口的一大半。愈往前推，乡村里的人数也愈多：1870年，现在70多岁的老年人出世的时候，74%的人口住在乡下，若单以种田务农的人说，那时也占全体职业人口的一半之上；和我们现在的中国相比，差别尚不能说太大。再推上80年，美国独立方成之时，拥有1万以上人口的城市，在美国境内只有四个，最大的是纽约，不过3万人，比现在的昆明还要少6/7。那时五个美国人中有四个是务农的。这还不过150年前的事，"而北美在300年前已经是一个欧洲人民所关心的新世界了"。

也许是因为美国的飞机在我们天空里太热闹了，我们似乎不容易保持正确的时间尺度。让我举几个年份把中西历史配一配：1492年哥伦布发现美洲，在中国正当明太祖定都金陵后124年，孝宗皇帝的弘治五年，天下无事。若要找一件比较大的事来相配，只有10年前宪宗皇帝置西厂，缉奸宄的政治设施了。可是一过明代，事情也就多了。明朝的永历帝被杀后5年，牛顿发现了地心摄力（1666）。再隔104年瓦特发明了蒸汽机（1765）。清朝乾隆皇帝开四库全书馆后10年，美国独立成功（1783）。过了24年，美国赫得逊河内第一艘汽船下水（1807）。7年后斯蒂文生的火车试验成功

(1814)，也刚是第一次欧洲大战开火前100年。又14年美国第一条铁路，也就是我刚才提到初次送我上纽约的Baltimore and Ohio铁路筑成（1828）。不过那时，有时还得用马来拉车。我们的国运从那时起走上厄运了。过了12年鸦片战争开始，而美国却正在庆祝电报成功(1840)，是第二次欧战开始前100年。又20年林肯当选总统，而我们却正遭英法联军的攻击，天津北京失守(1860)。林肯被刺前一年洪秀全自杀（1864）。可是5年后，美国第一条横断新大陆的铁路却筑成了(1869)，参加落成典礼的小孩可能到现在还有活着的。下一年煤油大王洛克菲勒创办他的美孚油公司，钢铁大王卡内岐的炼钢厂也在这年开始出货。太平天国失败后，西太后再度垂帘听政（1875）的翌年，美国的电话发明成功。美国工业开始大规模发展的25年中，我们却给日本打了一个败仗。马可尼发明无线电时(1897)，美国的工商业已成年了，号称10亿金元的摩尔根钢铁公司准备出世（1901）。这几年中，我们是闹变法，闹立宪，杀了不少人，最后法未变，宪未立，发生了义和团。这是45年前的事。

这过去的100年事情是真多，因之使我们觉得时间过得特别长。可是我们配合了历史尺度来看一看，美国的工业是在上一世纪的最后25年中拔脚起步的，是他们的南北战争之后的事，也是我们的太平天国之后的事，关于“长毛”的故事，我们还是觉得很亲切，那末工业兴起在美国也不能算是有悠久的历史。何况，美国工业的成年须排在本世纪的初年，是和我们颐和园差不多新的东西。

美国的工业，和工业所造就的大都市，尽管有惊人的成就，以年龄说还是轻得很。现在活着的老年人和中年人，大多数还不致忘记早年熟悉的乡村生活。立国的精神是蓄积在每个人民的经验里的，尤其是早年所熏染的习惯和态度里。“三岁到老”是句老话，也是被心理学所证实的原则。因之，若忘记了美国的历史，被爆发的都市文化挡住了视线，我们会误解美国的国民性。大企业，大工厂，大都市在美国确有它们的势力，它们表示了美国的力量，可是只是皮肤和肌肉，并不是骨骼。骨骼还是它们在早年工业尚没有发达之前，在拓殖时代乡村生活中所养成的。那种粗放旷达的生活环境养成了独来独往，不卑不亢，自负自骄，耐苦耐劳的性格。这性格归结于它们崇尚平等，爱好自由的精神。美国的创造力并不是凭空获得的，而是从这种对生活的认真，对自由的爱好中长成的，更因为有了这种性格，这种精神，所以它们所发生出来的创造力并不像西欧日耳曼民族那样爆发成为人类的破坏和毁灭。我们要认识美国，不在它外表的耸天高楼，而是在他们早年的乡村里。

现在在中国一提起美国，真像是西天极乐世界，"上有天堂，下有美国"。从美国回来而没有发财，似乎是件奇事。自然，我也不能不承认美国一般人民的生活程度确是比我们，尤其是战时的我们中国人，富裕得多（我并不是指在战争里发财的人而言）。一个刚从中国的大后方，几天之内被飞机送到像迈阿密那种花园般的海滨胜地时，怎能不咽一口气，半天才说得出声："美国真富！"我在《旅美寄言》的《一张漫画》中曾把我最初的印象记下：

> 我默默地在心上勾出了一张漫画，美国是真富！
>
> 这是一张漫画：一个小巧的花园，肥健的太太手上拿着一个药瓶，瓶上写着维他命

ABC，半裸着在晒太阳；一个大肚子男人弯着腰在种花；门前停着一辆待租的TAXI。我想将这张漫画标题为“美国的苦人家”。

美国人自己可以谦虚地说这张漫画毫无根据，可是我却觉得美国人很可以骄傲地说，“是呀，我们虽不算富，但是的确已经不像你们东方人一般常受饥饿的威胁了。”我们东方人在现在若是觉得美国的富是值得羡慕的，就该知道美国的富并不是从天上掉下来的，而是从贫穷中自己打出来的天下。我们看得到的是吃得面孔红喷喷的老美，看不到的是他们曾在饥饿里挣扎的洋克。

前年感恩节，我在芝加哥休士先生家过节。当我用冰水硬硬地送下一块又老又生的火鸡肉时，主人却在讲给我听，为什么在感恩节家家要吃火鸡的掌故。据说是当新英伦的移民初到这大陆时，这新大陆有的不是温暖的自由，而是严酷的寒风。他们带来的种子，刚下土，就很快被几尺厚的白雪掩没。人在饥饿中度过北国的冬天，死得和狗一般的容易。幸亏这地方有野生的火鸡，给初来的移民充饥，他们才能维持下去，没有死完。后来土地有了收获，为了纪念这苦日子，所以定下这感恩节，一年一度，要吃一只火鸡。我虽则觉得为了要感激火鸡而每年得一家杀它一只，似乎不太说得过去，但是我想到当年在垦荒时发现火鸡时的高兴，嘴里的味儿也增加了不少。美国并不是一个河里流着牛乳，树上结满葡萄的天堂。假定现在已近于天堂，那是从地狱里升上去的。

早年美洲移民的生活究竟是怎样的呢？这里我只有借别人的话来交代了。罗素在《自由和组织》里曾描写过这种人的生活。他说：

> 例如林肯的父亲当肯塔基不复是边陲区域以后，便决定在1816年移往伊利那。他为便利迁居起见，曾经编就一道木筏，将全部家私（一副垦荒器具，和400加仑威士忌酒）载上。后来木筏倾覆，但总算还捞得大部分家具。他从最末一间移民的住宅出发，筚路蓝缕，经过森林，在一片合意的地方把威士忌酒和垦荒器具安置下来。他的妻和两个孩子带着一床被褥，几个瓦罐，几只铁锅，亦接踵而至。他们所住的茅棚只有三面遮蔽，

第四面敞着，饱受风霜雨雪的吹淋，如是者一年。在这一年中间，他开辟了一个农场，并造了一座像样的木房，但依旧想不到木房内应该有几扇门，几扇窗，或一层地板。尼古来和海伊（美国历史学者）说："他的木房就跟别的垦荒者的一样，几张三脚凳，一张木床（床的一端附在屋角木柱之间，另一端由插在地上的弯树条支撑着），一张大木板下装着四条腿的桌子，一只瓦罐，一只铁锅，一只长柄壶，几只铅碗和铅盘，全室家具，尽在于此。入晚，孩子亚伯拉罕从一张两条木柱间装着木钉的扶梯上面，爬到顶阁里，在树叶堆成的床上过夜。"当地的垦荒者好多死于热病，亚伯拉罕的母亲也因热病而死在这木房里面。

这段文字里描写的情形还只是125年前的事，也许有人觉得125年是太远，我们不妨推后100年看看。我在哈佛大学遇见过一位外籍的教授，讲起第一次大战时代的美国。他说他那时曾带了孩子们大小一家到美国南部去旅行。有一次他的车坏了，就停在一个小镇里，找了半天才找到一家可以称作客店的小屋。他们想洗个澡，没有，全家在一间大房里过夜。他预先打听了一下，究竟要多少房钱，他得到的回答是1块钱。美国普通的规矩是以人作单位算账的，所以他一想花六七块钱住这种店子真是冤枉。第二天，他们大大地吃了一顿早餐，付账时，店主人一起只收了1块钱。这地方的生活程度可想而知了。

你若要知道一些真正的美国苦人家（当然不是像我上面所勾出的漫画），最方便的是到纽约百乐大道去。百乐大道，在42街附近，也许是全世界最繁荣的中心了。可是就在这纸醉金迷，歌舞升平的时报广场斜角有一家有名的戏院里在上演一出话剧，这出每天每晚上演已有10多年的名剧叫《烟草路》。这出话剧是描写当时南部出烟草地方的人民的穷苦情形，是一出写实的剧本。我自以为是曾经在最穷苦的地方住过的人，江南的乡村且不说，瑶山里的佃户应当是人间最穷苦的记录了罢？但是一看了《烟草路》，我才初次警觉一个人穷到一个程度，除了食和性之外，可以什么都没有。一个人成为禽兽时，身上既没有光彩的皮毛，又脏又臭，比任何别的动物都难看、丑恶。这出话剧引起我这个理解，其内容已不言而喻了。

《烟草路》给我的感想很多，最重要的并不是在认识贫穷的罪恶，而是发现美国在富有时并没有忘记穷苦的日子。你想，为什么这一出看了会使人心里十分不舒服的剧本能在百乐大道上一直上演了10多年（我曾为天天要扮演同样一套的演员抱屈），获得戏剧界最高的票房纪录。论艺术，我不懂；可是以普通观众的立场说，既没有伟大场面，又没有惊奇布景，连美国人所喜欢的大腿也没有，可是每天有观众，差不多天天客满。有人看了一遍，过一时又去看一遍。我问过很多朋友，没有说没有看过的。一个小孩子到纽约，必然去参观自由女神，天下雨也不管；一个成年人到纽约，假定有时间去看戏的，《烟草路》是一定得消磨一晚的。这话剧号召力之大，显然不只是一出戏而已，不只是剧本高明，演员出众而已，而是在它具有迎合美国人民心理的魅力。

什么心理呢？你自己不妨试试，你聚精会神地看了《烟草路》出来，重新走到时报广场，向北望一望这行人如流水的百乐大道，灯光如昼的不夜城中（一直到我快离开美国时，百乐大道的光禁才开），你自然会觉得一种骄傲，像拿破仑征服了欧洲，在凯旋门前，马上独步时那样的骄傲！人力定能胜天，这《烟草路》一变而成百乐大道了。干！创造！靠自己的努力。

你在这时会有一种勇气，似乎得到了保证，努力是有报酬的，努力里会消灭贫穷，努力里会出现快乐。工作，不断工作，前面有一个更好、更美的天堂。你在这时也会发生一种幻想：在不久的将来，这百乐大道也会被人看成《烟草路》。进步！进步！还是进步！

美国人的骄傲就在这里。不但他们愿意记得他们的祖先曾在饥饿里靠火鸡过日子，他们的父母曾在荒凉的沙地上求生存，而且他愿意向你说，用节日来纪念，用名剧来广播，为的是要使每个人觉得努力是有收获的。假若杜鲁门不生在美国，不在美国竞选，他一定得把早年的历史遮掩得干净，然后造成一些莫须有的祖宗，来抬高自己的身份了。在美国，他不必这样，愈是你父母是贫贱，愈是你早日生活艰难，愈是你祖宗里没有名人，你有能力，你有成就，才表示你一切是靠自己努力得来，这才是值得人崇拜，值得自己骄傲的。

美国的历史其实就是一部不靠祖宗余荫，靠自己，不买账，拼命、刻苦创造出来的记录。这种人是有胆量每年吃火鸡，每个人去看《烟草路》的。也是这种人才会在沙滩上造出个世界最大的都市，在年年泛滥成灾的美国“黄河”（田纳西河）流域里造成一个将要改变世界经济的TVA。

他们的创造力是哪里来的？第一，我是这样想，不怕承认自己的贫穷，不接受贫穷，恨透贫穷，最后才能克服贫穷。美国原是苦人的世界，在这世界里苦人变成富人了，至少和我们比是可说是富人了。

世界上穷苦的人不少，可是有些人并不恨穷，只怕别人看见他们穷。他们会掩饰，会装点，别人不说他们穷，他们也就安于穷苦了。这不是美国人。美国人不怕别人妒忌他们富，因为他们可以很坦白地说：“你也能富的呀，谁叫你不求富呢？”他们不必掩饰，因为他们自觉他们的富有是靠自己的劳动得来的，以正当的手段向自然争取来的。

我们在东方看他们，千万要记住，他们人民生活程度的提高是他们努力劳动的报酬，不是天，也不是人，送给他们的礼物。

# 自由之邦的传统

在新泽西的渡船上，我已说过，除了背后的一片厂房和烟囱和面前曼哈顿的耸天高楼外，同样会使你感觉到深刻印象的是兀立在海面上的自由女神。我也已经说过，每一个美国的孩子到纽约，他们的父母决不会忘记带他到这自由女神的岛上来瞻仰一番。这巨像是法国给美国的赠品，因为在美国革命时，有很多法国热心的人士，不辞劳苦、不避危难，来帮助美国这件历史上的伟业。为了纪念这个自由人民共同的决心，亲密的合作，所以在法国铸成了这个巨大的铜像，送到美国，立在纽约港入口的大门前。这个巨像中间是空的，人可以从圆梯一直攀登到女神帽子的边缘，据说以前还可以一直走入女神的手掌，在自由的火把下，俯视人间。

从自由女神的火把下，展开了这一个被人视作世界上的“自由之邦”。其实，liberty 这个字译作“自由”

不如译作“解放”为妥。解放是指一种过程，在这过程中一个人抛弃了原有的束缚，享受着没有这些束缚时的自由。这次世界大战被称为War of Liberation（解放战争），因为纳粹的暴力把种种抹煞人权的桎梏束缚住了被它征服了的人们的生活上，同盟国的战争目的就在取消这暴力的桎梏，使人们得到解放。美国在19世纪在欧洲人的眼中是一个可以得到解放的去处。在保守的人看来，美国在当时，是一个叛徒的罪薮，可是那些在旧秩序里受到束缚的人，则把美国看成了天堂。因之，肯冒着大西洋凶恶的风浪到这新世界去的，多少都是些不肯安分守己的，说得不好一些，无赖。

说起来原是历史上的一件偶然的事。北美之成为今日世界的强国并非是出于某些人的计划。200年前，也许100年前，说这种大话的还会被人笑话。最初，哥伦布并没有要发现美洲；他登了陆，相当失望，因为他想要到达的是我们中国，是衣服上都穿着珠玉，满地都是丝和茶的天堂。他一见这片荒凉的大陆，认定不会是中国，所以以为是印度。到现在美洲的土人还称作为Indians，我们为了要分别于印度人所以译作印第安人，其实在英文里印度人和印第安人是分不出来的。

发现北美的哥伦布是失望了，可是北美给人失望的却不只是哥伦布。最早招募了民夫去殖民北美的英国阔佬们也对北美失望了。殖民北美的动机是想发洋财。当时，美洲比较发达的区域是墨西哥湾流域。这地方的居民，据历史和考古的材料看来，很有一点像我们中国。有很发达的手工业，肥沃的农田上养出了一大批悠闲无事的富户，文弱得见了血都要发抖。西班牙人一到墨西哥，就放弃了一切人道观念，赤裸裸地摆出海盗的面目，劫掠烧杀，把整个墨西哥的文化摧毁了，只得到了这地方人民历代所积下的金银珠宝。在欧洲那面的人，没有闻到血腥，只看见一船船的珠宝，怎能不眼红？于是英国的阔佬们也想到北美去依法炮制一番。可是不幸的是，北美的土人不像墨西哥的人民，他们非但不富，而且是特别好斗，绝不屈服的勇士。这怎能不使发动殖民的阔佬们失望呢？人已经去了，若要接回来，又要费他们的钱，殖民公司只能将错就错地留着这批人在“新世界”里受罪了。

当时的北美使那些有钱有势的欧洲上等人摇头。16、17世纪是农业时代，在农业国之间实在是没有什么东西可以成为贸易对象的。当时，所谓海外贸易实在只是贵重品的抢来抢去。西班牙是最早在海外称雄的国家，可是几百年的海外贸易并没有造成一个工业的西班牙。在这时代，北美在经济上怎能引诱人？

我说北美在经济上不能引诱人是指欧洲的上等人而说的。至于欧洲的穷苦人，这却不然。北美有的是土地，虽则荒凉，虽则有土人的恐怖，但是土地却有的是。若是欧洲的农民有土地足够他们耕作，他们也未必会冒这个险。可巧是英国发生了一种圈地运动，把很多本来可以在旧制度中生活的农民弄得颠沛流离，无地可耕。我们要知道为什么北美的人口逐渐增加，不能不知道当时欧洲，尤其是英国的农民的痛苦。

在18世纪的上半期里面，英国还实行一种条地制度。一个农民向地主租得若干条地后，便可以在公共荒地上畜牧采樵，豢养几只家禽，一两头牛，一两头猪。假如克勤克俭的做人家，还可以衣食无缺。换一句话说，英国的农民一部分收入是从公共荒地上得来的。到了18世纪的下半期，国会操纵在地主们的手里，通过了一项法案，把公共的荒地圈了起来给地主们养羊。这样一来，农民就丧失了一项主要的收入。生活的压迫，使他们不能不在别的地方去找土地了。北美对他们才具有引诱人的力量。

我历述这段史实，因为想借此指出美国早期的移民是哪一种人。北美当时不但是个苦地方，而且也是专门吸收苦人的苦地方。没有钱的苦人，出不起路费，只能把自己出卖几年，叫做“立约奴隶”，到了期满才恢复自由人的资格。全体殖民中可能有一半是这样到美洲的。这短期卖身的制度中又出现了人贩子，他们把这些“立约奴隶”运到美洲，在《新闻报》上登着广告招徕，甚至系成一串一串地带到各城各乡去叫卖。

这些在老家走投无路的苦人，又经了多年奴隶的生活，终于在新世界里获得了自由和土地。他们在荒原开垦，利用着极粗陋的工具，在人口稀少、森林遍地的地域里过着孤独的生活，在出产极薄的农地上谋生。同时，他们又遇着枭悍残忍的土人。我想再抄一节罗素在《自由和组织》中描述过的当时垦荒者的生活：

> 林肯总统的祖父，早先在杰斐逊郡向政府买得一方土地，定居着，并在林中开辟一个小小农场。1784年某天早晨，他率领摩德克、约西亚及托马斯三子来到农场边，开始

一日的工作。林中飞来一粒子弹，将父亲打死，长子摩德克随即赶往家中，约西亚亦奔向附近的堡垒求援，最小的托马斯只有6岁，留在父亲的尸体旁边。摩德克走进茅屋，抢下来福枪，从枪眼里瞥见一个武装的印第安人正在俯下身躯，想抓起地上的孩子。他悉心瞄准那野人的白胸饰，一枪把他打倒。孩子这才得救，逃往茅屋里来，此时野人们相率冲出林子，摩德克重新放枪，直到约西亚从堡垒里回来助战，野人们才都逃散。

艰苦的环境中，他们体悉到了自由的可贵，也领会到了它的代价。他们从欧洲中古的封建制度中解放出来，他们没有主人可以依靠，没有传统的耕地可以取给了。生活得靠自己，土地得自己开垦，生命得自己保护。在这种环境中最可以依恃的只有自己的体力和机警。他们必须在最低的生活程度中谋取自足的经济活动。这样便产生了广大的自恃自足的不与人苟同的自由农民。

这种早年殖民时代所养成的性格，到现在还是到处可以碰得到。我在《旅美寄言》的《如此农家》中曾记着所拜访的一位叫杜洛斯的农民：

> 那位主人对我们很热诚，可是他始终不随意恭维我们。说起了中国，他就不很说话，后来他摇着头："我不知道，我没有到过中国，我也没有和中国人接触过。有很多东西，好的或是坏的，我不能相信，我没有意见。"这是美国拓荒精神的余绪。他们生活在事实里，成功失败就靠自己的判断。经验告诉他们最可靠的判断是根据看得见，摸得到的事实。很多人觉得美国人是最耳朵软，血热，有时会胡干，这是好莱坞电影上的美国，不是真正的美国。真正的美国人是像我们那位主人一般的人。也许正因为太注意了事实，所以广告才如此发达（倘若全是耳朵软的，广告也就不用讲技术，也不必花这样多的钱了）。也正因为如此，在千钧一发的危机中，还是有孤立派的存在。

后来，我同去的朋友，下厨房弄了两碟他拿手的红烧鸡和红烧白菜出来。“那位主人吃着了这味儿，脸上露着满意的笑容，一块又一块，最后大声地说了：‘中国东西真好，从此我知道了。’这坚决的声调是典型的。他尝着了，他有了经验，他不怕下断语了。他决定了他的态度，也就负责了，不容易改了。”

这种信任自己经验，向自己判断负责的精神是民主的基本要义，和封建精神刚相反。在封建社会里个人守住他在社会里一定的地位，他“非礼勿视，非礼勿听”的结果，对于自己经验不加信任，信任的是传统的标准。“非礼勿言，非礼勿动”的结果，对自己的判断和行为放弃自主，一切依着传统标准去思想，去活动。可是在传统不能保证个人生活的安全时，传统必然会失去它的威信。非但如此，传统会使这些在荒原里的人遭遇打击和危险。于是他们不能不发现“自己”，信托“经验”，重视“判断”了。民主不是从理论里产生的，而是从生活需要里发芽，长成的。美国的环境解放了欧洲封建的传统。我们与其说是爱好自由的人到美洲来，不如说是到了美洲的人才充分认识自由的可贵。在殖民时代的美洲，封建的势力并不是不想支配这新世界，可是封建势力无法在新世界里立足，因为在新世界里生活的人，因生活的需要，不能接受这桎梏。

美国的民主基本上就是这种拓殖时代养成的精神。这原是一种解放运动，积极方面是在人类认取独立的个人人格。这独立的个人是最适宜于拓殖时代。可是这种自给自足以至自恃自卫的人民并不感觉到和别人合作的需要。这种人有时会流于孤僻和忧郁。他们厌恶人事的复杂。为了工作效率和行动方便，在农业经营中，生活的单位时常是很小的家庭。不喜别人干涉的结果，对于政治尤其是权力，不但不爱好，而且憎视。

在美国孩子中流行着一种游戏叫“作弄警察”。有一个孩子装作警察，其他的人就千方百计地取笑他，给他当上，尽恶作剧的能事。而那个警察却是装成个呆子，有一点像我们的呆女婿。我也听到过种种中伤警察的话，说他们的脚是平底的，是流氓，是不务正业的讨厌家伙。这些民间的游戏和笑话，反映出他们对于权力和干涉的厌恶。据说，这种普遍的情绪的确曾成为警察的大问题。在美国的路上根本就很少看见穿着制服的警察，摇摇摆摆在人面前走动。好人不愿当这丑角。因之，有一次政府里特地请了很多有地位的人加入警察局，想改变人民的成见。事实上，还是不成。

从这件小事上很可以看得出美国人的特性来。在英国，谁也不会忽视警察的雄姿，穿得最整齐，身材也总是比普通人高，更戴了威风凛凛的高盔。我曾说，英国的美男子不在别地方，就在街头。三三两两地在大街上踱着方步走动。有时还骑了高大的马，像装饰品一般参加各种游行。在德国，警察则更加威风，你要搬家，要走动，先得通知警察局。我在英国和德国出门身上总是带着护照。出门时得摸一摸：护照、钱袋。可是一到美国，护照竟是多余的。你若不出国，大可把它锁在箱子里。警察局在什么地方都没有问过，有没有都没有关系。他们决不来麻烦你。只有一次我接触到警察：那是我和庆堃一同开了车去买东西，把车停在一条小街里，过了时限，回来在车上发现一张小纸，要这车的主人在下一天到警察局去。可是，除了这张纸条外，我并没有遇见警察。

厌恶权力和干涉实是美国的传统精神。在大的地方就表现在他们"层层钳制"的政府组织。制定宪法的人简直把政府里的人都看成是坏东西。他们决不让总统自由使用政权，国会的钳制不够，还要给法官以否认总统命令或国会法律的最高权力。他们的政治哲学是"最好的政府是最不管事的政府”。

若是早年没有土人的捣乱，我怀疑美国人会不会接受一个比乡镇更大的政府。《独立宣言》的起草者杰斐逊就是一个反对权力的人。他在《独立宣言》里开头就说：“全人类生来都平等，他们都有天赋不可夺的权利，这些权利包括生命，自由，与幸福的追求；人类为要保障这些权利，所以才组织政府，政府的适当力量，须由受治者的同意中产生出来：假如任何种政体有害于这些目标，人民即有改革或废除任何种政体之权；这些真理，我们认为是不证自明的。”这几句话中充分说明了权力是消极的，是防止个人权利的被侵犯。若是权力本身侵犯了个人的权利（不但生命和自由，而且个人认为追求幸福的正当行为），人民就可以推翻这权力。在这种政治哲学之下，不要说做总统，就是做警察自然成了一件不易讨人好的职务了。

在美国政治史上，这种厌恶权力，讨厌干涉的成见，总是一度再度地引起重大的风波。美国并没有停止在拓殖时代的农业经济上，工业的兴起，生活的复杂，事实上不能不逐步走上集权和干涉的道路。但是这传统的成见，一直到现在还是根深蒂固成为政府头痛的阻力。我们在下文中还有机会提到，这里不去详述了。

我们要了解美国，我们千万不要忘记美国一直要到上一次大战时，拓殖的机会才告结束。而拓殖运动所养成的精神，离开结束还远。

# 年轻文化的前途

华盛顿的天气是冬寒夏热，挑这个地方作美国京城的人，心里必然是讨厌和害怕政治的，正是个传统的美国人，好让气候来减低政客们的耐心和活动。在昆明住久的人，到华盛顿去总是件头痛的事。假若没有慰梅太太的客厅，只为了我有容易在蒸热天气里伤风气喘的宿疾，已够是我拒绝到华盛顿去的理由了。

慰梅太太的客厅是很简单的一间白壁淡蓝色的小房间。一个装饰用的壁炉、一架竹编的屏风；壁上有一幅中国的神轴（不知哪家破落的子孙竟会把祖宗的遗像都卖给洋人），表示这客厅的主人与中国有一点关系。在一个刚从中国来的客人，对这奇异的装饰品，反而会感到异乡的风味。让我补一句，慰梅太太并不是中国人，虽则她常喜欢用这中国名字。

这幅用来做装饰客厅的神轴（绘着一个清代朝服的

官员，和我幼时过年时挂在中堂的那些祖像，容貌都差不多），曾引起过我在一次小小的晚谈中长篇的议论。记得那天我刚从一家名叫“开西诺”的中国饭馆里和恩勃里先生吃了饭回来。恩勃里先生是一位人类学家，他到过日本，写过一本《须惠村》的调查报告。因为这本书的内容和风格和我的《江村经济》很相似，又在同时出版，所以常被人认为是姊妹之作。我到了华盛顿自该去拜访这位“姊”或是“妹”了。我见了他就说：“这几天，我真辛苦了，一早到晚，拜访那些白头发的老先生们，谈论些冠冕堂皇的文化合作等大题目。可是，你知道，我是初次到美国，我总得先去认识认识美国才再谈得到文化合作之类的正经事。今天你得带我去认认美国。”

不久我们两人就在开西诺吃饭了。到中国餐馆去认识美国似乎怪不合适的，可是，他既然这样提议，我自得尊重他。下面是我在《旅美寄言》中所记关于这顿夜饭的情形：

说是中国菜馆罢，除了那些过分和惹眼的装饰外，并不能使我感觉到一丝家乡味儿。

以菜单上的名字来说，Chop Suey，Chow Mein，半似翻译，半似洋文，实际是非洋非华的特殊菜肴。Chop Suey是肉丝和各种菜蔬混成的炒品，有时是用虾肉，或是牛肉来炒。其实是极平常的，但不知为何一定要用这个不中不西的雅号，反正我是不喜欢这菜的，吃了一次之后没有再试过。Chow Mein是炒面的音译，本无足奇，然而怪的是有生的炒面可买，把面条在油里炸了一下，烤干了把炒面卖给外国人。有几家馆子炒面的味道还不差，好像苏州小吃馆子里的两面黄。

桌面上全盘西化，刀叉俱全。可是因为我是刚来的同胞，所以特地给我们预备了几副毛竹筷，上面还印着Made in China。使我不舒服的是一杯冰水。美国冰水，除了芝加哥的水带有漂白粉的味道外，确有它的妙处，可是和油腻的中菜一同喝下去，实在是有点犯忌。我真奇怪外国人的肠胃怎受得起冻了的油腻的侵犯。也许外国人说中菜不易消化的原因就在这上边。可是无论如何，没有冰水他们是吃不下饭的。

离开桌面一看：在当中正有一队穿着半裸衣裙的舞女在跳西班牙舞。我在伦敦时曾经去看过一次西班牙舞，看客里还有穿着礼服的，至少大家是观舞而来的，正襟危坐，跳完一节，拍一次手。这里可不然，一面吃着炒面，一面在和女朋友谈笑，一面斜着眼就可以看这许多大腿在摆动。伴着西班牙舞的音乐却是美国时髦的爵士。我是不懂音乐的，可是更不明白为什么这种称作爵士的响声也被称为音乐。一忽舞罢，在同样的“音乐”下，却又来了一位说是从中美古巴来的女郎，引吭高唱了一曲她的乡歌。在台上手脚不停，用着扬声筒报告节目的人，一望又可知是南欧的产物……

就在这一刹那，这一角，多少不同来源的文化横奔齐集，斐然杂陈，似乎全忘了这是中国欧仆，东土刺绣，西班牙舞蹈，古巴歌声，爵士音乐，南欧面目。形形色色，林林总总，全合在一起，难分难解。一片欢笑，一尝畅饮，一种新的文化！

我回到慰梅太太的客厅里，面对着那家祖宗的遗像，脑子一直在反复地想刚才和恩勃里先生所说的结语：“真胆敢，年轻的文化！”

这一句话也就引起了慰梅太太客厅里半晚的议论。

我虽则不赞同斯班格勒的文化周期论：文化和生物机体一般由幼而老，由老而衰，由衰而死的定命过程。但是我却常认为文化有两种不同的类型，一种是扩张的，一种是生了壳，停止了生长的。我所谓“年轻的文化”就是指第一种。美国是一个最好的例子。我刚才所提到的慰梅太太客厅壁上中国的神轴，以及开西诺饭馆中的形形色色，正是年轻文化的面目。

在以上两章中我强调美国在历史上的尺度正是想烘托出年轻两字的骨子。若是北美在早年有着像墨西哥一般的珠宝，吸引了些像西班牙人一般的海盗，北美到现在可能还是一个劫后的残尸；若是北美的印第安人文化水准高一些，挡得住像海潮般送来的欧洲移民，以及后来的各色人种的移民，哥伦布所用来称这大陆的名字也许不会太错，该是一个美洲的印度。可巧北美不是中美，也不是印度。这广大的陆地上，在哥伦布到达的时候，人口稀少，加上这些土人的顽固，不屈服，不同化，以致从文化上说，在一定程度上这里可说是一个真空。向这真空驰入的，不是有组织的文化单位，而是一辈对于传统制度已失去好感的亡命者。北美的移民不像我们到南洋去的移民。南洋的华侨们始终是以作客的心情在新地方寄居。他们在寄居的客地，辟出一方，依着原有的生活形态造下一个小中国。北美早年的移民并不存衣锦还乡的愿望。他们要在新世界求得新生活，而当时的环境，如我在上章所说的，也迫使他们确立一个和传统不同的生活方式。所以美洲的文化基础不是原原本本从欧洲移植来的。

说得远一点，北美这个文化的真空，给欧洲中古封建中所解放出来的两股新势力以实验和实现的机会。这两股新势力就是“自然的发现”和“人的发现”。换两个名词来说是“科学”和“民主”。中古的封建使欧洲农业得到安定的发展，可是1000年后，人已不能再禁闭在这块土地的圈子里了。农民在用简单的工具和手脚来耕植的技术中，需要的是安定。这安定的生活囿闭了他们的眼界，忘记了人类潜在着的可能的发展。这个保障着生活（虽则生活资料这样稀少，生活程度这样低）的硬壳终于被科学和民主的要求所冲破了。可是蜕变是个痛苦和艰难的过程。在封闭制度中握有特殊权利的人们，怎会愿意痛快地抛弃这保护他们特权的硬壳，虽则在新的制度里他们假若努力的话，同样可以获得更好的生活。可是人是短见的。在欧洲，新文化的生长得经过一番破坏和骚动。可巧的，也许是上帝有意留下的，有北美这一个文化真空，可以让这两股新的势力得到实验和实现的机会。

18世纪的欧洲，尽管经过了文艺复兴和宗教改革，还是一个烟雾迷漫的土房，最大的墙壁是自然资源的吝啬。每一个人感觉到除了接受传统的地位外，若是想自辟新路，新路前面并没有可靠的机会。冒险者尽管可以置生死于度外，可是他至少要有一个引诱他的目标。在一个被技术封锁了的经济中，冒险是不会有结果的。在这种生了硬壳的文化中，除了安心在壳里求存，有什么别的生路呢？于是，聪明的人“克己复礼”，把生活托付给传统。他们只能在控制自己的欲望的方法下求一个平静恬适的生活了。“知足常乐”必然会成这种人的立身要诀。

北美这个字是和机会同义的。在早年，在农业阶段上，北美有的是荒地。在一个古旧的农业国家，一个农夫一生只能在一定的土地上求生活。他没有扩充他的田园的希望，更没有换一块田地耕种的希望。他得尽力地保持地力，因为土地的贫瘠就是他的冻馁。在北美，他可以不愁这些。只要他有体力，他可以开垦新地。而且，他若是厌旧一块地，另外可以再去开垦一块新的。这就是农夫们的“机会”。在这种充满着机会的环境里，知足是没有意义的，若要给它一个定义，必然是“没出息”而已。

“自然的发现”在这世界中才能兑现。在这里知识才是力量，才是财富，才是生活。新世纪的曙光就在和知足相反的不餍求得中的。在英文里有这个字：aquisitiveness。Tawney 教授称现代社会是 aquisitive society，用以和知足社会相对照。不餍求得必须求而有得，换一句话，必须有机会，有充分的机会才能发生这不餍的精神。北美是现代新社会发生的理想环境。

一个社会，或是文化，有时可以用生物机体来譬喻的。一个孩子在生长过程中，每个细胞都在扩大和繁殖时，他的心理是和一个已经长成的人不同的。孩子们胆敢，他有尝试的精神，他可以不考虑后果，而且只有在尝试中，他得到他机体和知识的粮食。一个健全的小孩很少挑剔食品的，这是出于他机体的需要，他需要各种养分。孩子们被新鲜所吸引，他固然会因弄火而烧痛手指，但是他生活经验的需要使他不怕奇异。一个年轻的文化也是这样。

当我每次在谈话中用美国文化这个名词时，坐客中常有一种不太同意的微笑。“美国也可以称为一种文化么?”他们会这样问我。这问题我自然不敢回答，可是他们发生这问题的意思正是在怀疑美国已有一个定型的文化形态。我们不能用脾气或性格来加在孩子们身上，因为他们的性格，也就是心理学家所谓人格，还是在形成中，在变化中。他们只有一种劲道，一种倾向，一种力量。美国的文化也是如此。有时我们会在孩子们的语言中发现，在成人们听来，怪刺耳，怪不顺的字眼儿。在学说话时，孩子们并不经心这刺耳和不顺。这不就是我在慰梅太太壁上和开西诺饭馆里所得到的印象么？所不同的：一个新的文化不一定要长成一个已有的文化定型，而孩子的说话却总要接受成人的标准而已。

用机体来譬喻文化容易引起误解的就是在每个机体

的形态是由遗传所决定的，生长过程不过是完成这定型而已；文化则不然，它是个永远累积，永远变化的东西。我们固然在某种程度之内，为了方便起见，用年轻或年老等名词来形容文化，可是一个年轻文化究竟会生长什么形态出来，却不能用一个已有的定型来预测的。

慰梅太太客厅里的谈话，也可以说是辩论，就从这一点上发生。金老先生和我毕竟是东方客人，总觉得外界的机会总有一个尽头的日子。像美国现在所表现的劲道和心理，只是在扩张过程中的暂时现象。一旦机会告罄，美国文化成年了，有了个定型，每个在新秩序里的人，碰到了无可再新的时候，自然也会平心起来，甚至和我们老大帝国的人一般，讲起“知足常乐”的口号来了。我还举出了在哈佛大学和小 Whitehead 教授的讨论的结论来助证。据他说，英国在近年来大多数的人已经表现了在他们的地位上寻求恬适和满足的心理。他们不再像美国人一般，每个人觉得可能做大总统，可能做福特，做洛克菲勒了。大英帝国的扩展时代已经过去，成了年，有的是心平气和、冷眼看世的神气了。我举出这个观察来助证我的文化成年论。金老先生也相当同意我的看法。我们中国在春秋时代，不是也有过一些年轻的气色的么？可是在农业成年之后，我们就生了个硬壳。一有这硬壳就表现出那股老气横秋的神气来了。我们承认工业时代已超过了农业时代，在过去100年中，也许正因为有这新大陆作尾闾，工业文化还在生长，还属年轻。可是成年时代已经近了。我们很得意地说：“美国享受一世纪的拓殖之福，可是在这世纪的开始，不是已经在西部碰着了大海洋了？哪里还有荒凉的边区来发挥你们扩展精神呢?”

我继续说：美国的情形我知道得很少，可是假若我所说的可能是事实，根据这事实来推论，美国不是已经有点窒息了么？那就是早年拓殖时代所积累的习惯，所养成的扩展心理，在机会业已缩紧的环境中，不是很容易发生一种不安的情绪，反映在社会的纷扰里？当然，假定你们内在的边区业已消失，不想在南美，或其他地域，再辟边区，你们大概还得向东方学习安分知足的人生态度了。

我在这里不能不加一段说一说我所担心的事。那就是我在某杂志上所读到的那篇论文所引起的。这位作者是一个大公司的推销员，在这篇十分坦白的文章中，他提出了这次大战的意义是在再辟边区。美国在这次战争中已经长成了世界上第一位的强国，海军和空军暂时是不会遇到一个可以相抗的敌国。这力量，在他看来应当和美国传统的拓荒精神相配合，来给美国一个第二期的膨胀。

我说我不能不为这种论调担心，一个年轻的文化，配上无比的强力，毕竟不是件太可以放心的事。何况，若是拓殖的心理没有修改，它再度的扩张，是否是世界的幸福呢？我想向这位作者说的就是现在世界上已经没有300年前的北美了，没有文化的真空区了。若是按照18、19世纪的老方法去扩展的话，说不定会遇着很大的阻力，把人类在封建制度所解放出来的力量消磨在无谓的争斗之中。

在这客厅里有一位现在耶鲁大学教书的Turner先生，他微微地露着笑容，可是笑容并不掩饰他的深思和严肃。我不能不在这里附注一笔，这次游美时间虽短，和他接触的机会虽少，可是每次和他交谈之后，总是使我的见解和看法，得到一些修改。这天晚上，他照例用着他十分美国化的英语，很洪亮地开口了：

“是的，我同意你一部分的分析，我想你所描写的文化类型的确可以说明过去社会的性质，可是——”他这样开始。

他在“可是”底下接着指出了文化发展到一个程度，机会是不会消失的。若是我们脑子里所谓机会只限于平面的土地而说，那末，机会的限制的确总是会到来的，地球的面积是一个无法扩大的限极。可是农业时代是过去了，生产的动力不再限于太阳和泥土的结合，我们的工厂不再只限于在叶绿素的小细胞里了。工业展开了的前途是可以说是无限的。美国的问题是在怎样从地面上的扩展变为动力的扩展；量的扩充变成质的扩充。

在农业的逻辑里，你有土地，我就没有份；人在资源面前是互相排斥的。可是工业的逻辑是相成的，电器事业的发达增加了造电炉、电灯、电气冰箱的需要，电气冰箱使偏僻地区可以多植水果。工业的繁荣是整个的，是建筑在全人类的生活需要的增进上，在生活程度水准提高的推动上。

文化是没有国界的，我们没有理由独占某种发明，某种能增进人类幸福的设施；我们也没有理由因为某种发明不是出于本国人而歧视这种发明。在这种意义下，文化的扩展是不必害怕的，所要担心的倒是文化的独占。

美国有着特殊的机会使科学能得到很快的发展，这是事实；这次大战之后，我们的问题是应当怎样使科学所给予人类的力量，实现在建设里，实现在人类生活程度的提高上，怎样使科学成为全人类公共的东西。使古老的世界重新获得前进的勇气。美国也许不致停留在这阶段上，退而在心理上求调适。美国人拓殖的心理换了个方向，会领导这世界进入另一个新的世界。使每一个人，不论在亚洲或非洲，都产生北美早年解放时代的气魄。

“这样的扩展，你们不觉得可以反对了么?”他在诚恳的微笑中结束了他的意见。

“可是,”我也用同样的开始，继续这场辩论，“科学并不一定带来了幸福。”

“这是另一个问题,”他又说了，“科学给我们力量，给我们机会，给我们不必回到传统知足心理的时代，不过，人是否已经用这力量，这机会，这时代去实现科学所允许我们的幸福，那是另一回事。我们尽可承认现在人类还没有好好用这力量，甚至用错了这力量，可是大可不必怀疑这力量，排斥这力量。我们得有勇气去征服这困难。没有人满意于现有人类的成就，正是这不满意在推动我们，要我们努力。我们得创造一个能使科学造福于人类的方法。以往若没有这现存的方法，我们自然更不该回头。历史是不能倒退的。”

在这点上，我是同意的，可是古老文化的传统还在我的血里。我需要在美国多住几年。我希望这位先生的话是正确的。

# 幸福单车的脱节

“科学并不一定带来了幸福”。这也是美国历史上的一个事实。

我说，美国并没有全盘移植欧洲的文化，可是它却带来了两股从封建制度里解放出来的新势力，一是科学，一是民主。这两股势力，依我们看来，应当兑现在平民生活的幸福里。可是这个单车的两轮，走到半路却发生了龃龉。

龃龉是这样发生的。美国拓殖时代所养育出来的民主是消极的，是反抗封建的。我在上文中已交待过，美国传统的民主是出发在对权力和对干涉的反感。人类生活和幸福以个人为中心，个人有他不可侵犯的基本权利，政府不过是用来保障这些权利的工具。这是种对社会消极的看法。可是科学的发达产生了很多复杂的机器，在生产活动中个人变成了一个配件，成果依赖着集体活动的配合。消极的个人主义在这集体生产中无法保持，可是为了生产的效率和技术的进步，人们没法拒绝这新时代的集体生活，个人和社会在这里好像是处于对立的地位了，也因之形成了美国文化中的一个裂痕。

为了方便起见，我们不妨把早年美国的民主分成两派不同的解释，一是偏重平等，一是偏重自由。在大部分的人民中，尤其是在开垦新土地，在经营农业的独立小农中，对于民主的看法是着重在平等两字上。最好的典章就是上述的《独立宣言》。可是另一方面，科学发达所引起的工业革命在新大陆造成了不少都市。都市居民要求经济的自由发展，在他们，民主就是这种经济自由。都市在殖民时代的早年是无从发展的。都市的兴起必须靠乡村在粮食和人口上加以维持。在耕地出产贫乏，劳力没有过剩时，粮食和人口都不会向都市跑，所以北美在早年并没有大都市的出现，这一点我在上文中业已提到。可是18世纪的末年，欧洲工业影响到了北美，新兴的工业向农业要求原料，因之，农产物在商品化中得到了较高的价值。北美的烟草，棉花，羊毛等大量地流到英国去，把早年殖民地上那种自给自足的农业打破了。都市也随着逐渐发展成贸易中心。19世纪初叶，工厂制度在北美出现，美国的经济基础开始发生重要的转变。靠海岸的地方和西部的边区在经济上分化成两个地带。边区的人民在传统的拓殖精神中一直在向西发展，而在海滨的都市中则集居了不少靠金融，靠工业起家的财主。当美国要求独立的时代，这些都市里的财主们已经近水楼台地握住了政权。代表平民要求的势力发动了独立运动，结晶在《独立宣言》的典章中；可是独立成功，政权却落在财主们手上。制定宪法的时候，民主的解释，由平等观念一变而成自由观念。美国的宪法，依比尔德说，实在是一部经济文件，用来保护特殊资产阶级利益的法典。起草《独立宣言》的杰斐逊根本没有参加制宪会议。这时平民组织“爱国党”的领袖帕特里克·亨利拒绝代表弗吉尼亚省去参加制宪会议，因为他说：“我闻着有老鼠”，意思是这会议的味儿不对劲。

这时的新兴的资产阶级需要发展工业的自由。这里所谓自由并不是罗斯福所标榜的四大自由，而是19世纪的“经济自由主义”。经济自由主义和美国拓殖时代所养成的民主在早期并没有太大的区别。可是发展起来却分道扬镳了。经济自由主义是什么呢？我们不妨在这里作一个简单的摘要：

一、理想的社会秩序是发生于各个人依其特具的才能，追求其一己的利益的活动。一己利益中最主要的是物资的争取，自由竞争可以使各人充分表现其能力。竞争所得的利益——私人财富的累积——是胜利者的报酬。他有充分的权利可以自由支配他所获得的报酬。社会只有在给人以这种报酬时才能使每个人竭尽他的才能从事于社会活动，维持这公平的秩序。

二、竞争失败的人是社会的低劣分子，应该加以淘汰，所以社会上财富分配的不平正是选优汰劣的机构，足以奖励人民努力上进。

三、政府的责任就在保障个人能自由施展其才能和别人竞争，所以政府对于经济活动是不应干预的。政府的干预不但可以使竞争者丧失自由的发展，而且阻碍社会选择其优良分子，也就是阻碍社会的进步。

四、私有财产是社会进步的保障，因为这是社会给予个人努力的报酬，是优秀分子的标识，所以政府必须予以保护。个人对于他所有财产有支配的自由，贸易是财产所有者之间的自由契约。劳工的被雇也是贸易的一种，雇主决定给予雇工的报酬是雇主的权利。契约的自由政府应当绝对尊重，而且应当阻止雇工对于契约自由的阻碍。

个人主义的传统民主在表面上是符合于这种经济自由主义的。可是在自由竞争之中，若不含有平等的事实，财力雄厚的资产阶级所享受的自由却消灭了平民向他们竞争的可能。人类经济活动在平等观念中看去应当是每个人生活的提高。正如《独立宣言》中所说的每个人都有相等的追求幸福的权利。经济自由主义的基本假定即是达尔文的生存竞争，优胜劣败的原则，为了一个抽象的进步观念，剥夺了许多竞争中失败者的幸福和生存。非但如此，若是竞争者参加竞争的时候没有平等的机会，所谓胜败并不根据于个人的能力，而是决定于发脚的前后。譬如赛跑，起点不同，终点则一，在距离较远开步的人，即使比别人跑得快，加倍地飞跑也赶不上已等在终点，一步即到的蹩子。这里显然是违反了常识所保证的公平。

而且在平等观念中，最主要的是对人的尊视，没有人应当比别人低卑，而经济自由竞争主义不但事实上造下了富者愈富，高高在上，享受社会的机会和尊荣，而且观念上承认了这些富有者是优越的人才，他们的享受是合理的和必需的。

因之，美国早年民主中所包含的平等和自由的两种解释，在基本上是矛盾的了。

美国的宪法里的民主精神是采取经济自由主义的解释。最早的政府是握在联邦政府派的手中，其中最能干和最彻底保护资产阶级利益的是哈密尔顿。哈密尔顿和杰斐逊是华盛顿的左右两手，而这两人已代表了对于民主的两种不同的解释。哈密尔顿最得意的杰作是债券兑现政策。当独立战争期间，联邦政府和各州政府都举行借款，印钞票来支付国家的费用。当时的士兵和公务员都用这种纸币给薪。换一句话，就是我们现在熟知的通货膨胀。据说那时买面包都得用车子载纸币。那些平民今天拿着薪水就得去换生活必需品，纸币价值跌落，生活程度也随着跌落。哈密尔顿上了台，决定要以票面价格把那些债券赎回。说来自然是堂皇冠冕的，维持联邦政府信用当然得从债券做起，可是事实上这些债券已经在极低的价值下集中到了富裕者的手里。政府若用票面价值赎回就等于给这些握有债券者几十倍的利益。而且，当这个决定在国会通过之时，政府方面关防不严，这消息早已泄漏出去，于是快船快马载着许多投机家，向各乡出发，用贱价收买退伍士兵的债券。这时实价只合票面价的5%到20%。哈密尔顿这个政策在顷刻之间赠送了富裕者和投机者4000万元的礼物。这笔账还是得纳税人来担负（可是哈密尔顿自己或是他的太太却一分没有沾着光！）。他的第二件得意之作是设立联邦银行。他的办法是用私人资本来获得国家银行的特殊权利。那时，联邦银行的资本是1000万元，可是政府只供给200万元。哈密尔顿不但在债券政策中把纳税人的财力白白地送了一笔资金给富裕者，而且更用联邦银行的机构去保障这些人的既得利益。更有意思的是联邦银行有一笔公积金，它的用处是用来收买银行自己的股票以防止股票价值的跌落，有损投资者的利益。他更主张利用女工和童工来生产以减低成本。他说：妇女与儿童因工厂而变得有用，儿童的有用期因工厂而提早了。这种彻底的财阀政治在民主的外衣下统治了美国开国的最早的12年。一直到杰斐逊做了总统，创立了所谓弗吉尼亚朝，平民的势力才一度抬头。可是财阀政治的基础已定，在宪法的保护之下，已经逐步可以顺利发展了。

美国的自然和社会的环境实在是经济自由主义最容易发展之地。美国毕竟是一个新大陆，一个移民来源复杂的殖民地。新大陆上有着未经开发的丰富资源，科学一发达，工业一兴起，真是个得天独厚的区域。殖民地上住着没有传统束缚的人民，相互之间语言都可以不通，自然说不上道义两字，自由竞争在欧洲多少还受着传统身份、社群道德的拘束，自由得不彻底，各种社会主义很早就发生；可是在美国那真可以无拘无束。翻开美国历史一看，早年工商业间的所谓“竞争”真是无异于“械斗”，所采取的手段从雇用流氓动武起，一直到欺骗敲诈，无奇不有。在铁路建筑时代，这种竞争表现得十分露骨。官商勾结，买空卖空，投机取巧，名目真是写不尽。铁道大王凡德俾尔特以一艘二桅小帆船起家，一生积到一亿元的家产。他的手段比海盗还毒辣。有名的伊利铁路竞争中，朋友之间反复出卖，使人觉得这些人（尽管达尔文学派愿意抬举他们作优秀的超人），除了金元之外不承认人间还有其他任何价值的存在。在这里我们不能不想到煤油大王的父亲的高见了。他教导儿子的原则是：“一有机会我便哄诈我的孩子，我要他们变得伶俐。我和孩子做买卖，总要哄诈他们，总是乘机剥削他们，我要他们变得伶俐。”这样教育出来的人才，是“自由竞争”中理想的人才。

我们不能不承认在1800年时代，工业勃发的初期，美国工商业竞争是相当自由的。不必去追究在这种竞争中胜利者的人格是否合于我们的理想，可是有一点是事实，每个人赤手空拳都有出人头地的机会。只要看看已经加上大王冠冕的人的出身就可证明这话了。我已提到铁道大王凡德俾尔特出身是一艘帆船的主人。煤油大王洛克菲勒是一位游方的外科医生的儿子。这个走江湖的父亲行为怪僻，出外时家里囊空如洗，他的妻子不能不亲自操作，可是一回来却又囊橐充盈。洛克菲勒在幼年时的经验是：贫穷屡迁无定，母亲的悒郁，父亲的无赖和邻里的仇视。钢铁大王卡内岐是苏格兰手机织工的儿子，因为机器的竞争，失业而移居到美国来的移民。汽车大王福特是个机器匠出身。只有金融大王摩尔根是英国有声望的世家子弟。我们若看看这些成功人物的传记，总不免会发生项羽“彼可取而代之”的雄心。舜亦人耳，大家有此机会。在这些人自己看来也确是任劳任怨，克苦克勤，含辛茹苦，一步一步爬上来的。有为者亦若是！他们享受到自由竞争的滋味，也证实了自由竞争是富有选择作用的过程。可是问题是等他们一做大王之后，在他们的一行中，另外一个人，即使凭个人能力比他们还高的话，再也无法问鼎中原了。他们是自由竞争的结果，可也是自由竞争的结束。权倾王侯的托拉斯独裁着经济的一个部门，谁敢不低头。

在林肯时代，托拉斯这个名字还没有人知道。家里的用具是熟悉的工匠的作品，鞋是向邻近鞋店里定做的，肉是某家屠户卖出来的。可是在40年内，天下已经大变，吃的、穿的、住的、用的，一件一件都会牵连到某种大王。肉是芝加哥有名的屠宰场里送出来的，糖是由太古公司包办的，连火柴都是由金刚钻火柴公司制造的。

究竟美国工商业已集中到什么程度，一个普通的小企业家还能享受多少竞争的自由，我不能简单的作答。据说在上一次不景气时的调查，美国全国1‰的公司，握有全国公司资产的52%，纯收益的50%。5%的公司有87%的资产。4%的公司占纯收益的84%。假定这调查是可靠的，集中的趋势已经十分可观了。

事实上，集中的实质是不容易在几个数字中看出来的。美国有反托拉斯的立法，所以实际已经被托拉斯所操纵的企业，表面上尽管可以保持着独立经营的名义。而且很多小的独立企业常常有一部分的工作受着大公司的支配。我熟悉一个华侨的洗衣房，一看之下，小得只是一个人经营的企业。可是这位老板自己却并不洗衣。把所有衣服都送到一个极大的洗衣厂里去洗干净了才拿回来自己熨一道。这个洗衣厂究竟有多大，和其他洗衣厂是否同属一个经理管理，我没有问；可是我们若说这华侨是个充分的独立小企业家也就不合事实了，因为他的企业和利益随时可以受到那大洗衣厂的控制。

在战前这位洗衣房的老板在他的企业中能享受多少自由呢？并不是没有：没有政府来统制他；他要加价，成；他要拒绝哪位顾客，成。可是他所倚靠的大洗衣厂却也有加价的自由，也有拒绝他送衣去的自由。大洗衣厂规定了一个价钱，他有自由可以接受或不接受，可是没有能力向他讨价还价，他若不接受这价钱，若是那个大洗衣厂是独占的，他就找不到另外一家价钱便宜的洗衣厂了。他自己动手洗，成本高；他对顾客加价，顾客就走到别家洗衣房去了。他可以自由选择的只是继续不继续这小小企业而已。

科学发达，技术日新月异；新技术扩大了生产的规模，大规模生产能利用新技术，出品好、成本低；可是大规模生产需要资本大。于是大鱼吃小鱼，吃得愈自由，小鱼被吃得愈快。经济自由的结果是能享受这自由的人数愈来愈少。

经济自由主义其实是指不受政治权力干涉而言，可是，可以限制竞争自由的不单是政治权力，最重要的是经济权力。独占经济是在政治权力不干涉，甚至保护之下，所发生的经济权力。在经济权力所统治下的社会，每个人是否还有《独立宣言》中所规定的平等和自由的基本权利也就成了个严重的问题了。在我看来，科学和民主，或是平等和自由之间，在这个时代，确是已发生了龃龉。我并不承认科学和民主冲破封建的两大势力，不能成为两个轮子，构成一个完成平等和自由的幸福单车。可是独占的兴起，在经济帝国的独裁下，科学和民主似乎是成了矛盾的对立了。这幸福的单车的双轮暂时在美国的历史上脱了节。

# 机器和疲乏

“北美和机会同义”，原不过是一种想法，一种信念，一种引诱。在这具有强烈希望的信念中，年复一年，大批的人，从世界各地移入这新大陆。可是尽管现在在小学里读书的孩子们依旧觉得将来会做到总统、做到大王，事实上，北美这新天地所给予每一个人的机会并不是完全相同的。当然，我们得承认，除了从非洲绑来、骗来、拐来的黑奴之外，到北美来的大多数移民，他们不但在生活上享受着相当人权的基本保障，而且在早期，大家享有着相同的艰苦的遭遇。假若在18世纪初叶，工业并没有在北美发展起来，过海来的移民只能在荒原的开垦中去寻求机会，美国人民很可能实现更平等更自由的生活。杰斐逊所想像、所企图创造的自由之邦，确是一个独立小农、个别经营的集团。他到过伦敦和巴黎。当时这些名城还是和地狱相离不远。人在机器的威力下被磨难，被奴役（即使在这次大战之前，东伦敦的贫民窟还是使人会错认是上海杨树浦）。他曾说："当我们有田地可以劳作时，让我们不要希望看见我们的人民坐在厂房的板凳上，或去转动纺线竿。"他当了总统，不顾他原来反对中央权力的成见，坚持着购买路易斯安娜州，因为他相信，有了这块新的土地，特别适宜于农业的土地，几千代的美国人可以不必走上工业的路上来束缚自己了。可是杰斐逊的乐观并没有实现，路易斯安娜土地尽管肥沃，仍敌不住科学在技术中所允许人的财富，机器发明，都市兴起，这个个人自由主义的美国被推到了西方；被隐盖在厚厚的一层工厂烟囱里所放送出来的煤灰里。这煤灰也许有时会使人感觉到一些窒息，可是比起了封建的黑暗，以及欧洲工业初期平民的饥饿，却已是一种引人的曙光了。没有这新兴的都市，北美也绝不能吸收这样多的移民。从1820年到南北战争（工业在北美确立的时期），一共有500万的移民从爱尔兰、英国和德国到达北美。从1870年到1920年（工业勃兴时期）外来移民有2000万。在这2000万新移民中，主要的来源是南欧和西欧，意大利、奥地利、匈牙利、俄国和波兰。

这许多移民不断地从各地方涌入美国，使美国的人口成了一个大杂拌。1870年时的比例是：1000个美国人当中，435个是在美国出生，而且父母也是生在美国的；292个在美出生而父母却是移民，127个黑人，1个印第安土人和1个中国人。

这些新来的移民大都是受不了欧洲社会的穷苦和束缚，到这世界来追求机会的。有一次我被一个朋友带到了一位作者组合的编辑家里。他是纽约新闻界中相当有地位的人物。我们谈到了他早年的生活。他告诉我们说：他是生长在中欧的一个小国。幼年，他还明明白白记得清楚，全家靠他两个长成的哥哥出外做工来维持生活。一清早他的哥哥离开家，从乡下很远地走到城市里，找工作。若是找到了工作，晚上，天暗了，带几块面包回家。这是一家的食粮。逢到天雨，严冬，愈是会使人感觉到饥饿的日子，他的哥哥们找不到工作做的机会也愈多。他顿了一顿："我对于幼年的记忆大概只有饿和冷。"后来他们搬到了北美。这新大陆没有使他们失望。他说："我们对于故乡没有留恋，没有怀念，饿和冷不会使你有亲密的情绪的罢？在美国，我才有今天。若是我的哥哥们不下决心过海洋，我也许已不在人间了。”

我没有统计来证明有多少美国的移民是像这位朋友一般的。可是我相信他决不是例外。“美国在别的地方也许没有什么成绩，可是饥饿两字在这里已是偶然的了，即使还没有完全消灭。”

在纽约港口，自由女神的脚下刻着这样一首诗：

你们这些疲乏、穷困的人，
你们这些拥挤的人群渴望真自由的气息，
你们这些被家园排挤出来的可怜的人，
你们这些被暴风雨颠簸的，来我怀里吧，
我举起我的灯，在这金门的旁边。

我怕读者在上一章里得到一个错误的印象，以为工业代表了奴役，农业代表了自由（多少和杰斐逊一般的见解）。工业的独占是限制了经济自由主义所规定的自由竞争，可是它并没有剥夺人民的职业和生活，也并没有直接剥夺了《独立宣言》中所举出的人权。在我们中国，尤其是在战时，听见了统制就会联想到政府包办，或是检查充公某一类的事情，这不是美国的“独占”。

美国的独占是经济生活最高权力的形成，这权力并不在法外作恶，普通人在日常生活中感受不到这权力的威风。只要你不想开火柴厂，你绝不会和金刚钻火柴公司冲突；你不去开油矿也领教不到洛克菲勒手段的毒辣。这是企业家们勾心斗角的战场，和小民并不直接相干的。一个人若只想找一个职业，求一个太太平平、安安逸逸的生活，他所关心的是职业的安定。工业愈发达，甚至可以说，愈独占，他的生活就愈安定。在这一层里，职员和劳工可以享受到富裕的生活，以及择业的自由。我想谷春帆先生的观察是正确的，他说："普通人本来只有少数资本，本来只希望得一相当职业，在其意识中（我觉得'事实上'代'意识中'三字较妥），本来没有侵夺煤油大王钢铁大王地盘的梦想（'梦想'不如说'可能'），因此独占大王与他们似在两个世界中，对于他们的自由，可谓没有社会关系（也许可以在'社会关系'上面加'直接'两字），也就不发生作用。"我固然不同意谷先生后来所说经济统制和个人自由不能相容的意见，可是我却认为自由有层次这一点是可以说的。在独占企业之下，每一个人的生活并不是全部被"统制"，一切活动都被"大王"们所干涉。因之，一个从封建、从贫困中逃出来的人，到了美国，即使进入都市的工厂里去做工，并不完全像杰斐逊所想像的那样变成了机器的奴隶。职业的保障和饥饿的消逝是足够满足那些疲乏、贫困、曾在厄运里颠沛流离的人们，使他们感觉到一进“金门”，在女神的火把下闻着了自由的气息。

可是，我尽管承认工业曾消灭了饥饿，曾提高了人民的生活程度，我也尽管可以不做和大王们竞争的噩梦（什么是噩梦，竞争的结果如果必然是破产），我还是不能立刻推崇在美国（以及西欧各国）所发生“机械时代”的生活方式。我若有一个选择的机会：上纽约工厂去做工，还是在昆明教书，即使前者报酬大，生活有保障，我还是不干的。为什么？我的理由得从头说起：

我在前面说民主和科学两个轮子发生了龃龉，我的意思并不是这两者在本质上有矛盾，而是这两个轮子的速率上有迟速。科学跑得快，民主没有赶上。上一章，我是从民主所包括自由和平等两个概念的关系上分析，曾说因为大企业独占的发生，自由竞争的结果限制了自由和阻碍了平等。现在我想在另一角度中去讨论同一现象。这里我将从劳工的立场来说明这幸福单车怎样在个人生活上引起脱节。

科学的发明推进了技术：第一是新动力的利用，第二是把每个劳工的动作化繁为简，第三是加强了各劳工间动作的组合。以往，不论在农业或工业里，体力是生产活动的主要动力。身体是生产的惟一的基本机器。手脚之间，手指之间，耳目手之间，成为一个有机的配合。两只手，创造了人类的文化。在两百年前，我们整部人类的历史是靠生物进化里人体构造上的特质而发展的。但用体力，用手脚来工作，不但所能供给的动力在量上有限，而且当生产活动依赖有机配合时，个人终究是活动的单位。当然，人类很早就有分工合作，可是我们仔细想一想，单以工作本身来说，少数人配合在一起已经不很便利。最好的例子是一句俗话："一个和尚挑水吃，两个和尚抬水吃，三个和尚水都没得吃。"要把许多人的体力集合起来做一件事，到一定程度是不可能的。科学在体力之外给了我们许多利用其他动力的技术。液体化气的膨胀力、电力等利用的结果，动力在量上已经可以无限地增大。

机械学的发展，使我们在生产过程中，不必全靠有机体的配合了。一个滑车，一个活塞，都可以在一定有规律的动作下加以配合。这样，我们才可以把一个复杂的动作化成许多小动作，每一个小动作本身看来是单纯而简明。然后再在一定的机械原理中把许多小动作集合起来成为一整套的动作，来完成一项生产活动。这种技术的发明，大大地增加了人类的生产力。可是从生产活动本身说，有机配合，靠人的神经系统的配合，一变而为机械配合，靠力学原理的配合了。这样把人在生产过程中的地位完全改变了。以往人总是主，人可以被奴于人，可是在对物而言，总是主动者。现在，技术变质后，主要的配合离开了人，人成了整个配合中的一部分，甚至是从属部分了。机器自然是人造的，人去运用的，那不错；可是在生产活动过程本身，参加活动的劳工却是在简单的从属动作中去服侍机器。各个人的动作因为机器的总配合中也得到了配合。配合的中枢不是人而是机器。

“人可以变成机器的一部分”——这是一个大发现。人这个东西是相当麻烦的，他身体的每一部分都关联着。头痛时手也会抖；加上脾气，兴致，在动作的组合中，常常不易加以纪律的控制。现在把每个人的动作靠了机器的复杂性加以简单化了。一个在车床上切铁的工人，只要在一定的时间在某一个把手上按一按，他就了事了。一天只要做同一的单纯的动作，只要肌肉不发生毛病，这动作总是可以继续的。从生产活动的本身说，很多个人的简单活动配合了起来，成就自然比每个人多种复杂活动各自配合容易而且效率高了。我说这是一个伟大的发现。因为现代文化之有今日就靠了这一个发现，这是科学给予人类的恩典。

这里我要提出的问题并不是人做了机器的配件有损人的尊严，或是说个人参加了外在的配合系统使我们丧失了自由；更从而说民主的基本精神是在获取个人的尊严和自由，所以机械时代是不合于民主的。那是曲解之论。我想指出的是每一个人的动作还有一种配合，那是个人各种动作的相关性。我总觉得人有一个所以为人的特点，那就是在我们每一动作背后都有一个意义的存在。人不是单单动作，而是做事。做事固然离不了动作，可是做事是有目的的，每一个动作只对这目的发生价值。要吃饭才烧饭、才举筷。没有事做，时间会成为累赘，我们会觉得无聊，坐眠不安，睡都睡不着。人可以做很多事，每一件事之间又不能是孤独的，想不想做一件事，有没有劲，要看这件事和别件事有没有关系，事事之间还要有一个综合的意义。一个人人格的健全与否就在他能不能在生活中得到一个综合的意义。我并不敢说每个人都有这一个综合的意义维持着他所做各件事的关系，使他对于每件事有兴趣，做起来有劲。尤其是在这时代，我不敢这样说。可是我想说的是若是一个人没有了这个综合的意义托得住他所做的各种事，他会对人生失去认真和爱好。罗素在《快乐的征服》中用 zest 这个字来指由综合意义中所表现心理上的情态。

我知道要用文字来表达这种人性的深处是相当困难的，可是我相信读者们至少都有一个母亲的。我们或者都可以看见或记得一个母亲在为孩子做事时的那股劲道。夜里会起来几趟，自己喜欢吃的东西会留起来，操作到不知道劳苦（现代女性也许会觉得这是一种愚蠢），可是维持着这许多动作和事务背后显然有一股力量，这力量出自孩子。孩子给了母亲生活的一个综合的意义。

一个人决不能为生产而生产，为看戏而看戏的。换一句话说，一个人不能把他的各种活动分割成许多不相关的部分，在部分中求满足。生活是整个的，动作是关联的。这就是我所说的一个人生活中各项活动的配合体系。在机械时代，至少在它的早期，在我们的生活中发生了两个配合体系：一个是由机械生产所组合各个人动作的配合体系，一个是个人各项活动的配合体系。在家庭经济时代，这两种体系是相成的，因为生产体系也是以个人作中心的；每个人在从事于生产时，他不但了解各项动作为什么要联结起来，而且明白这一套生产活动对于其他生活有什么关系。在这种情形中，个人和社会并不是对立的，而是相成的。机械生产既把生产体系的配合中心交给了机械，人的动作简单化了之后，每一个人在机器上动作着，可是并不容易（并不是不可能）了解这动作和其他人的动作的关联（这里的关联不是指物理上的关联，而是意义上的关联），更重要的，他们在生产中所处被动的地位使他们不容易找到生产活动和其他生活部分的相关性。看不出一个生产活动的道理来。

有人或许会说，怎么看不出道理来呢？做工的拿工资，有了钱可以养家糊口。我觉得一个劳工参加生产过程的意义似乎应当多于劳力的出售。他是在参预一个为社会创造生活的过程。若把劳工的动作看成一种商品，那是否认劳力的社会意义。劳工对于所生产的效果对于社会有什么贡献，在劳力商品化的情形下，是不必，也无由置喙和顾问。所以我们并不能说劳动者的“人”参预了生产过程，而只是他的劳力加入了生产活动而已。这成了一个破坏个人活动配合体系的力量，因为它把个人的生活在意义上分割了。

从单纯的经济观点上看，若是人真的能变成一个机器，在动作和效率上能受到严格的控制，参加机械配合体系时自然方便得多。我们只要看19世纪以来的经济学理论，它就反映出这“经济人”的要求。“经济人”不但是一个理论上的假定，而且是配合机械生产时的一个待实现的标准。经济学因之也在相当程度中，或是在一部分经济学家的理想中，成了不是研究“人”的科学了，它的对象是一个超出于人的配合体系。在我看来这是必然会发生的，因为在技术上，生产活动配合的中心已转移到了机械，整个经济的配合似乎也就超过了人，人不过是配件；理想的配件应该是机械化的，机械化的人就是单纯的“经济人”，剔除利害之外一切人性的东西。

无疑的，现代社会是在向这方面运动着。若是能贯彻，社会生产力，在这些人想来，必然可以大大的合理化、大大的增加。可是问题就发生在人这个麻烦的东西不能单纯的经济化，不能彻底的机械化。劳力不能安于成为商品。人还是会要求一个个人生活配合体系。

我在哈佛商学院里住过两个月，日常和他们做工业研究的学者们交谈。他们自从上一次大战到现在继续不断地在研究现代工业里的效率问题。据他们研究的结果，认为一个工人在现代的工业制度中工作，他们的效率很不容易提高，因为一旦参加同一生产体系中的人若缺乏了一种自觉的合作意识，他一旦不能在他个别的动作里发觉生活的意义时，他会很容易地感觉到疲乏。疲乏本身是一种生理状态。可是在人，这种生理状态的发生却受他的社会意识所支配。一个人起劲的时候，不容易疲乏。怎样能使人起劲呢？那就得要看一个人对于工作的态度了。若是一个人老是觉得所做的事和自己没有什么甘休，心里存着为人忙作嫁衣裳的反感，他是鼓不起劲道来的。工作的效率要像做母亲的为孩子工作时那样高，必须使工作者对于工作的意义有充分的了解，而且有感情上的休戚相关。哈佛工业研究所指出了现代工业里缺乏效率的原因是在劳工的动作和他的人格的综合脱了节。换一句话说，那些想在把个人动作机械化以求提高生产效率的人，终于会发现人性无法完全加以单纯化，硬要这样做时，生产效率也会达到一个限度，无法再加以提高了。

人本是一个麻烦的东西，他自己创造出了一个庞大的互相依赖的体系。各个人的生活靠着无数其他人工作的配合来维持，可是在每个人实现这依赖性时，却并没有在意识上感觉到这集体参预性，反而有一个倾向要每个人在生活中割裂一部分出来，归纳在这集合体系中，让其他部分在这集合体系之外个别经营。结果使每个劳工失去了对他的工作应具的意义，对于工作本身没有了劲道。

我不愿意做着自己不觉得有意义的工作，因为只有在有意义的工作中，我才愿意消耗我的生命。譬如我可以在深夜里，在旅途上，不觉得疲乏地写这本书，因为我在写这本书的过程中，我心目中很明白这工作有什么意义，而且这意义就在这书的本身，而不是在从这工作所得到的报酬中间接得来生活上的满足。

运动一样可以使我们觉得累，可是这些动作却并不发生动作之后的疲乏。这区别并不在动作本身的性质，而是在我们人对于这些动作所加上去的意义。现代工业在目前这种形态中是一套使参加者很容易发生疲乏的工作，不是一套使人发生愉快的生活。这是我个人不愿选择到纽约工厂里去做工的理由。

我在这里记起了Turner先生所说的话：民主是积极的，目的是在完成个人在社会里的参预。所谓个人在社会里的参预，就是充分地承认每个人间的相依性和互相的责任；把个人动作的配合体系贯通于集体活动的配合体系之中。这样讲来，科学所发展出来人和人的相互性也就是扩大民主内容的力量。可是当我们把生产活动分割在其他生活部分之外，单就这一部分的活动去组合一个已近于全球性的分工合作体系，同时又在别的部分上鼓励着个人化的时代，科学的发展，技术的日新月异，会使民主的积极性落在后面，造下目前这种不十分适合于人性发展的社会情态出来。我们若在这方面去看美国，不能不感觉到杰斐逊的焦虑是有道理的。当然，历史不会退回去，尤其是在美国是如此，我们不能盼望科学慢一点发展，等等另一个轮子，迁就一下传统的消极民主；出路似乎只有在速率较慢的一方面加快，怎样使消极的民主能早日蜕变为积极的民主。

## 劳资的鸿沟

美国是个民主国家。若是有一个人敢在美国人面前说是要破坏他们的民主，那必然会激起每一个人的强烈反抗。可是民主两个字所指的内容是什么，美国人并没有完全相同的见解。我在上面已经指出传统的见解是消极的，是指限制政治权力对个人权力的干涉。这是反抗中世纪封建制度的过程中所发生的见解。这种消极的民主自有它在历史上的贡献，现代经济能得到惊人的发展不能不说是自由竞争的结果；此外，更重要的，是确立了人民控制政府的政治。我在后面还要提到，美国在经济上即使发生了与民主精神有严重脱节的时候，只要美国人民坚守着政治民主的信念和制度，经济上的设施最后总不能离开人民幸福的标准太远。

我在上章指出，民主的积极性已经逐渐深入美国人民的意识。积极的民主是注重个人的社会性，个人幸福的兑现不但是生活所赖的物资的丰富，而且是要在精神上觉得个人活动的社会意义。在战争中，每个士兵能守纪律，能够服从，不是因为他怕禁闭，怕刑罚；而是要出于自发、自动的心理。自发自动的心理只发生于个人觉得这样做是达到自己所具目的的最有效的方法。在战争中士气的决定是在士兵是否衷心地接受战争的目的。凡是不能接受战争的目的的人最好是不要加入军队，因为他会影响士气的。在两次世界大战中，英美征兵法中都规定凡是良心觉得不能参战者得请求免役。我就知道有一位念人类学的朋友，因为这个理由，到现在还没有穿军服。军队是如此，其他社会活动亦是如此。所不同的是战争的活动所具的目的比较明显，而其他社会活动不然；战争中士气决定胜负的力量也比较容易见到，而其他社会活动不然。譬如说：在战争中每个小单位的长官不能以个别的胜利而满足，可是在社会的经济活动中，每一个小工厂的老板很可以不必关心其他工厂的成败。在经济活动中，大多数的人还没有意识到这是和战争一般的有一个参加活动者所共同的目的的存在。共同的目的，虽则存在，若是参加者不意识到，而要他们守纪律，尽责任，只能从消极的强迫和刑罚中下手了。

我们回头看看19世纪的经济学家，他们为了要从封建的硬壳中解放出个人的能力来发挥科学所允许给人类的富裕生活，所以一贯的主张让个人尽量依最大利得的冲动中去谋发展。可是像亚当斯密那种深思远虑的学者也不能不考虑到个人最大利得是否就是社会经济活动的目的。人是为了聚积财富而去经营生产的么？在这个问题上，他只能信托上帝了；冥冥之中自有一个主宰来配合每个人个别目的的大计划，至于这个大计划是什么呢？他也明白，应当是最大多数人的最大幸福。他所不明白而要求助于上帝的是个别目的怎样配合于大计划完成这大目的的过程。在当时，这问题并不严重，所以还可以不必深究。

可是，个别目的配合于社会目的的过程一旦不加深究，参加经济活动的人也就把社会目的搁置不问了。有利可得的还可以靠人类的本性，或社会的奖励来发现自己所做的事有什么意义，那些出卖劳力的工人就不容易维持他们的士气了。要他们做工只有让生活的需要来压迫他们，用失业来威胁他们。当然一个人迫于饥饿不能不接受工作，可是这决不是经济活动的社会目的。这种人就是参加了经济活动也不能在高度的士气里发挥经济的能力。

积极民主是在使个人积极的参预社会活动，要实现这积极的参预，必须要参预者觉察到他们个别活动的社会意义。在经济活动中做事的必须要觉得他一己的工作是可以提高最大多数人的最大幸福的。美国在过去的工业史中并没有达到这境界。

美国工业是在消极民主的精神中发生出来的。这种精神庇护了大企业的长成，而大企业的目的是在为投资者创造利得。这些利得固然也是社会的财富，他提高了美国人民的生活程度，可是因为大部分的利得是交给投资者，所以没有资本的人并不能充分的和均等的享受到由工业中创造出来的幸福。这种分配方式，对于社会有没有好处，那是另一个问题，可是至少可以使一般在工业中从事工作的劳工们感觉到这些工业并不是属于自己的，他们不过是不得不做工的被雇者罢了。这样在心理上划下了劳资的鸿沟。

有一次我和几位20多岁的在工厂里做事的小姑娘们一同去游泳。在沙滩上，她们很得意地告诉我，她们已在厂里组织了一个工会，有一位是当会报的编辑，为了下一期的社论在发愁。我就问她们这工会的目的是什么呢？她们的回答可以归纳到三点：一是维持工资的标准，工厂方面不能随意升降；二是保障职业，工厂方面不能随意开除工人；三是工人们合作谋生活福利的提高。这里我们可以看见劳资的鸿沟了。关于生产的计划，制造什么东西，怎样才能销出去，销出去对于民生有什么关系，有多少利益，生产者方面可以得到多少报酬……这一类的问题，劳方是似乎不关心的。他们在现行制度之下是没有资格过问的。厂方既然把他们的劳动力看成了商品，他们所念念不忘的也是商品的价格怎样，市场怎样。工资能提高，职业有保证，他们的问题也解决了。

在厂方看来，劳工自然成了个讨厌的生产因子了。若是这个因子规定了价格，又规定不能随意开革，他们就不易在这因子上来调适经营的需要了。譬如一种货物因为某种原因社会上的需要减少了，他们得少出一些货，价格得定得低一些；可是他们在劳工上的成本不能缩小的话，他们也就不容易张罗了。在一个企业家看来，劳力最好是和其他生产要素一般能支配自如，涨缩随意。但是劳工是人，人会组织起来，用集体的力量要挟、交涉，使这一个生产要素的性质和其他的生产要素不同。

美国早年是倾向于限制劳工在经营上发生阻碍的。最有意思的就是国会里所立下的反托拉斯法对于独占企业的兴起并没有发生阻遏的效力，可是却用来作禁止劳工组织的法律根据。劳资两方面既发生了鸿沟，一方面的组合自会引起另一方面的组合，可是在时间上说，美国的情形是资早于劳。1890年资方可以说已经有很坚固的独占组合，而健全的劳工立法一直要到两位罗斯福总统手上才算立下基础。以往的劳工运动的目标，还是不出沙滩上几位小姑娘所告诉我的三点。不过在这次大战中，新的倾向已经发生，我将留在以后再讲。

以西洋几个大国来说，苏联和美国处于东西两端，从经济组织上论，这东西两端正代表社会和个人的两种偏重。美国对于东方这偏重社会的经济组织，在这次大战之前，成见很深。现在虽因罗斯福的领导，社会上一般的见解已有很大的改变，但是已经改变了多少，还是不易说。所谓改变也不过是认为这两种经济形式可以并存互助，并不是美国愿意接受苏联的形式。因为过激的社会立法，在英国这些社会立法已被认为是保守的东西，在美国还常有人指斥为“共产”。

美国劳工运动的落后原因很多，最重要的我们在上文曾一再提到的，在工业兴起的1890年左右，美国西部还没有完全开发。凡是在工业里感受到不痛快的，可以向西去。美国最后一州新墨西哥到上次大战前两年才成立。我在上文中也曾指出，美国的工厂是靠欧洲移民来维持的。新入境的移民，语言也不太通，在举目无亲的窘状中，谈不到团结。何况新大陆有工作可做已经比了故乡的生活高出无数，绝不敢轻易冒险和雇主作对。即使劳工有力量能影响立法机构通过劳工法案，可是在罗斯福当政之前，还是各州各自为政的。某州若保护劳工，那就等于驱逐企业家到别州去，对于本州似乎是有害无益的。既有此顾忌，法案自然不易通过。

若是美国有开垦不完的边区，工业的繁荣又是一帆风顺，每一个劳工能得到合理的工资和就业的机会，劳工运动是没有必要，也没有意义的。财富分配固然患在不均，可是还得看不均到什么程度，假若最低的收入也能丰衣足食，即使在上的享受过于王侯，社会上所起的不平之感，也不致太严重。假若最低的生活程度不能保障，即使没有什么富人，大贫和小贫之间还是会发生冲突的。

美国拓殖时代事实上在这世纪之初已经结束了。工业的发展，在技术上讲，本是可以无限的，但是因为现有的经济制度包含着矛盾，以致不能继续不断的繁荣，不景气的威胁使劳工对于职业失去了安定和保障。现代工业的矛盾是在生产和消费的配合里。企业家经营工业的目的是在于获取利得，增加财富。生产是为了再生产。每生产一次，就得扣下一些利得为再生产之用。可是从一次生产到另一次生产之间，必须有消费者去购买生产品，给生产者以利益，才能继续这生产再生产的过程。若是一个社会中财富不能普遍的分散，则购买力也就不能增高。每个人的消费量究竟是有限的，大量的财富集中在少数人手中，这辈富人不能把所得都用来购买消费品，所以有一大部财富消费不了，变成了生产资本。生产资本扩大，要发生利得，也必须有相配的购买力，一旦生产资本太大，社会上的购买力赶不上，所生产出来的东西销售不出，企业家无法获利，只有停止生产，经济活动停顿，劳工失业，这就叫不景气。在以利得来作企业目的的经济结构中，繁荣和不景气好像有一定的循环。美国工业发达过程中每隔若干年必然有一次不景气：1837～1841；1873～1878；1893～1897；1904，1907，1921；1929～1933；这些都是不景气的年头。每逢一次不景气，大量的工人因工厂关门而失业。企业家、资本家在不景气中固然要倒霉，可是真正会遭遇饥饿的是那些因为企业家没有利益可图而关闭工厂之后失业的群众。在1932年有1200万人失业，满街都是找不到工作做的流浪者，他们家里都是愁容满面的妇女和为了饥饿而哭闹的孩子。情形极惨。

美国人民对于失业是颇有经验的。在我们中国因为最大多数的人民是在乡村中，而且大多有家庭、氏族、亲戚、朋友们互相通融，使失业不成为一个严重得使人谈虎色变的事体。有一次我和一位在大学里教书的美国朋友谈起。我说做中国人真不容易，责任太大，美国人多舒服？他笑了一笑："各有各的苦衷。我看你们不常忧虑职业问题，我们谁也不敢有此自信：不景气像鬼一般降临，大学的经费来源断绝，不能不缩紧；我们自己若没有积蓄，根本就不知道怎么办。你们可以有哥哥、弟弟、伯伯、叔叔等家里人，他们会觉得有帮你忙的责任。我们呢？谁也管不着，职业完全没有保障。"大学里教书的尚且是这样说，其他的劳工更可想而知了。

尽管美国人保守着传统的消极民主，但是，这是个具体而且切身的问题：职业的保障。因之，劳工运动虽则比了欧洲是落后，但总是免不了的。

美国的劳工运动中主要的是职业组合。同业的工人组成一个工会，各职业工会组织联合会，像美国的各州合组联邦一般。职业组合主要任务是“集体交涉”，用以提高工资和缩短工作时间，全美的总会叫AFL（American Federation of Labor）。我对于这个组织曾有不太好的成见，因为这个工联是主张限制华侨最有力的团体。他们反对东方人到美国去，也并不一定是瞧不起我们，而是因为他们要保障职业。他们怕生活低、工作勤的竞争者，所以排斥华工。其实这正反映了美国劳工眼光的浅近。他们不想在增加机会中去谋职业保障，反而流入消极的态度，想用经济以外的手段来消灭竞争。这组织在两次大战之间的20年中，在美国劳工运动中势力最大，在1924年，会员有300万。

美国劳工并不是没有眼光较远的人。差不多和工联同时兴起的有一个当时很有声誉的“劳工武士会”，名称很怪，英文是Noble Order of the Knights of Labor。这个工会是包括一切劳工，除了赌徒，开酒馆的，银行家，律师和掮客。他们主张8小时制，禁止童工，社会公用设备的公有，增加累积直接税和土地制度的改良，换一句话说，他们是想在广义的社会改革中去提高劳工的生活和地位。他们主张用立法手段，从政治入手来改良经济制度。在政策和作风上，在我个人看来，是最可取的。可是19世纪的时代，这些社会改革还是太早，时机未熟。以童工来说罢，我已提到过在美国独立的时代，哈密尔顿曾公开的奖励童工，他觉得工业的兴起可以提早一个人能工作的年龄。他不过是当时企业家的发言人罢了。代表着当时一般的见解。在20世纪开始的时候，美国有75万从10岁到15岁的儿童在工厂或其他职业里工作。有一个人调查了8个纺纱厂，发现了有556个12岁以下的儿童在工作。另外一个人见到有六七岁的孩子，半夜两点钟时还在罐头公司里做工。反对童工的民意虽则逐渐增强，而且工业成年之后，对于童工的需要也降低，但是在1930年还有200万在18岁以下的儿童在做工。一直要到罗斯福的新政实施，美国的童工问题才算解决。我举这个例子来说明广义的社会改革在早年只是属于理想的范围，所以这些“武士”们不易得到广大的同情，他们的组织也无从发展。一直要到这次大战中，“武士会”的后身CIO的组织才在劳工运动中产生重要的力量，这是后话。

# 关于华侨

在辞别文化联络处的会上，金老先生站起来致辞，他曾这样说：20年前，在美国提到中国人，多多少少总会联想起洗衣房和菜馆。这联想固然不坏，清洁和美味，谁也不能否认是人生的基本享受。可是现在我们美国的朋友们的希望和要求似乎已超过了这两项的服务了。这自然使我们更高兴了。

在中国看美国电影的人最怕是看见电影上有我们中国同胞的镜头。说来大概是我们要面子的心作祟，总会使我们觉得外国的导演们太喜欢挑那些奇形怪状的平脸扁鼻的丑相来代表中国人。在我们自己，即使拿了镜子照着自己，还相信没有这样难看。在导演的立场说，他并不是有意和我们为难，他要一个中国的角色，扮演的人必须使人一看就是中国人。在美国人的眼光中，依一般情形来说，确有个典型的中国人，这典型的概念使导演不能不依据来选择他的演员。

美国对于中国人的典型是从哪里来的？一言以蔽之，是从他们用偏见挑选出来的。他们中间到过中国来的并不多，他们的偏见是出于他们与华侨的关系。

华侨到美国去为时很早，最大多数是在美国建筑贯通东西、衔接两洋海岸的铁路时招去的。1862年美国国会批准了太平洋铁路法案。土地和资本都有着落，只欠劳工。工作相当苦，普通已经成家立业的移民对此并不踊跃，欧洲人吃不起苦，非洲土人不灵巧，不能胜任，所以大量的到中国来招工了。输入的华工在1万人以上。我不知道是什么因缘凑合，应征的大多是广东的台山人。即是以现在的几万名华侨说，台山人还是占绝对的多数。美国华侨中通行的“唐话”是台山话。广州话还不算正牌，国语一直到最近方才通用。

我们不难想像当时愿意远涉重洋，给洋鬼子做工的是哪一种人。我们所谓体面的人大概不会为了几文工资背井离乡，离去父母之邦的。和美国其他大多数的移民一般，早年的华侨是偏于穷苦的人，在教育上，不可能是太有造就的。我们却就靠他们作代表去和美国人民发生亲密的接触。

若是我们平心静气地看一看，我们得感谢这些耐苦勤俭，重许诺，讲义气的华侨。他们并没有丢我们的脸。固然，我不敢说在体格和在容貌上，这些华侨是我们中国的理想代表，可是他们的性格实在无愧于我们国内的同胞。他们的刻苦和努力使美国其他的移民都吃惊了。若是给华侨平等的机会和他们竞争，他们没有稳操胜券的自信。由于这个威胁，铁路修成之后，排华的空气随着高涨起来。他们觉得和一个愿意接受较低生活程度的人民竞争是不合算的。因之，华侨在各种职业中受到了有组织的排挤，结果只有两个行业留给华侨，一是洗衣，一是菜馆。在机器引用到家庭里之前，洗衣和煮饭是相当费事的。这些麻烦而且不太高尚的职业落入了我们华侨手里，维持我们几万华侨的生活。

我们若觉得美国的排华是件不幸的事（罗斯福总统在提出废止限制华侨入口的法案时，也曾说这是件美国历史上的大错），就该明白这不幸所以发生的原因。若是这些原因没有剔除，一纸立法还是不会发生效力的。

我们讨论这个问题时必须要能设身处地地替人想一想，人都是人，我们自己容易犯的过失不应当希望别人不容易犯。若是在我们的社会中有一群言语和我们不同，生活程度比我们低，教育水准又落后的人和我们一起住，我们会有什么感觉？再加上这群人在生活上有许多方面都和我们不同，我们认为应当这样做的，他们却不觉得应当这样做，讲理讲不通。我们又怎么办？若是我们想像不出这个可能的境界，不妨看看我们的历史：为了回教徒不吃猪肉，我们曾经怎样对付过他们？

人都是人，对于生活习惯不同的人，最容易发生疑惧。我记得我家乡有若干湖南的移民住在太湖边上。湖南人和江苏人在生活习惯上相差不能算远；可是，不时就有谣言流传说湖南人会放蛊，甚至如若真有其事一般，说某人在湖南人的网船上看见纸剪的小人，晚上放出来勾小孩的魂。我幼年听见了就害怕，甚至不敢单独在床上睡。这一类的事情是人性之常，若是愚蠢，这也是人类在某一时期最容易犯的愚蠢。

我乡下在二三十年前普通人的确相信洋鬼子是直脚，像僵尸一般，转不得弯。有一次有人看见一个西洋人手里拿根杖，就把这杖当作洋鬼子直脚的证明，大家认为千真万确了。假若脚不是直的，转弯不成问题时，为什么要拿根手杖呢？洋鬼子要挖眼睛，开肚子，这种信念不知有什么根据，大概和他们的蓝眼睛有一点关系。至于洋鬼子和洋婆子拉着手在大街上走，那是说明了他们是毫无廉耻的。

民族和文化的接触初期，这些现在我们觉得怪可笑的附会是免不了的。我们自己既然这样，我们自不能希望别人不是这样。假若你是一个外国人，不常到外乡去的，一天看见了一些男的拖着辫子，女的裹着小脚，奇奇怪怪模样的人，你会不加以注目？若是这时你乡间正有时疫流行，你会不联想到时疫和这对怪物有相当关系么？

美国本是一个文化和民族的大熔炉，各色各样的人混合在一起，对于异族的反感和猜忌比了其他地方的人民实在已经浅得多。加上了法律上对各种族有平等的规定，即使在事实上没有做到，至少生命财产在法律上是大家有保障的。所以除了早年对黑人有过残暴的待遇外，大体说来，是一个相容相谅的新世界。相容相谅是可以用法律来规定，可是要大家亲热爱好则不能强制的了。华侨们若保守他们原有生活习惯的话，要能积极参加当地的社会还是不容易的。文化差别即使不发生冲突，也够使人在生活上隔离。美国的大城市中都有中国城，华侨集居在中国城中，也就表示了他们生活中和当地社会的距离。

提起中国城我想补插一段话。中国城的形式是几条街，走进去使我想起香港或广州的风味。我到过纽约和芝加哥两处，据说最漂亮的中国城是在洛杉矶。这些中国城满街是菜馆，有中英文的招牌，晚上霓虹灯下加上一些红漆绿花的雕阁。在外国人眼中，不失引人的东方色彩。中国城在美国看来是一种游览区，到纽约的旅客，总要去观光一下，吃一盘Chop Suey，领略一下中国风味。自然有很多地方，好像拥挤，满街是人，以及赌博等特色，在我们见到心里不太舒服，可是喜欢新奇的美国人并不把中国城当作一个隔离区。假定中国加以改良一些的话，也很可以成为一个东方文化的标本。

话说回来，若是华侨和当地的人民只有文化上的距离，这距离慢慢就会靠近。我认识不少年轻土生的侨民，他们是美国籍，从美国教育中长大，除了形体相貌外，大部分已经美国化了。他们慢慢地参加了美国的社会，逐渐进入洗衣和菜馆之外的其他职业。我很熟悉的朋友就在青年会做社会服务工作。这次战争更把各种职业开放了，工厂里、政府里，都有华侨在工作。可是在战前，职业的门开得并不宽大，所以我不能不用“慢慢地”和“逐渐地”等形容词来说明这过程。

排斥华侨的主要原因是经济的。华侨之所以被招到美国是为了经济的原因。美国西部开发时需要能吃苦的劳工；这需要一过去，华侨就成了其他劳工的竞争者了。华侨不准买地耕种，所以，至今从农业社会中出去的儿女不能接近土地。华侨在战前不易在工厂里做工。因为有工会反对招募华工。中国人生活程度低，不争工资，厂方自然不反对这种便宜的劳工，可是做工的人逢到了这种人就头痛了。所以反对华侨入口最烈的是职工联合会。另一方面说是华侨自己也不争气，因为他们没有团结精神，不尊重劳工的共同利益。若是华侨自己有组织，能保证不接受比普通较低的工资，同时又能守信用，我觉得美国的劳工也不致特别反对华工。美国工人怕华工是由于竞争不过，我们要能使他们不觉得华工是可怕的竞争者，也许还得下一些工夫。

最后一点使华侨受歧视的还是华侨本身的教育水平。当过留学生的人会告诉你，他们在国外，除了误会和特殊情形外，并不致受到太难堪的待遇。假如不幸而有此经验的也必然是在学校范围之外。若是对方有机会知道你是个学生，你也在行为上、态度上，表示出是个有教育的人，你可以得到很密切和平等的友谊。可是华侨中，除了土生者以外，很少是有高等教育的。没有教育使他们不能在大社会中得到社交的机会，于是不能不把自己封锁在自己人里面，用低级的娱乐来消磨孤独的生活。愈是向这方面发展，像赌博甚至抽大烟等等，他们也愈是加入不了美国人的社会，被外界的社会所遗弃。生活是苦闷，气味是又土又俗，连我们从中国出去的人都不愿和他们交往。

华侨中肯努力的，求上进的，在美国社会中并不是没有出头的机会。我认识的一位华侨朋友，他的母亲为人和气，正直，同她丈夫一同经营一家洗衣房，在四邻得到了大家的器重（他们并不在中国城住），她的儿女都进了大学，她自己被推作法庭的陪审员。战争发生了，她参加了军火工厂，两个儿子都到军队里服务。有一次政府奖励她工厂里的工人，她就当了代表。这不过是一个例子。纽约市的工程处处长是华侨，其他著名科学家中也有不少是华侨。

普通说来，华侨的处境，除了生活有相当保障外，发展是不太容易。初入境的人，只有咬紧牙关，拼命工作。他们看见美国的繁荣和机会，自己却不容易得到，所以把一切希望都放在子女身上。他们结婚时常很迟，所以到现在大体说来还不过是三四代。大多数还不过两代。这些子女接受了美国的教育，在知识和文化上赶上了美国的水准。他们有志气的自然知道生活的艰苦和努力的必要。在这第二代的侨生中，我们可以盼望他们能在社会上表现出中华儿女的才能，能在美国的文化上作出最大可能的贡献。也只有从他们的努力中使美国人对于中国人的看法能慢慢改变过来。这次战争是华侨表现他们才能和忠诚的最好机会。我们希望太平洋两岸的盟国能在这次战争中结束以往所有不幸的误会。

# 文化的隔膜

在说到华侨的处境时，我曾提到文化的隔膜。这其实是当前世界上的一个十分严重的问题，我在这次访美的一年中，感想最深的也是这个问题。

几十年，几百年之后，这次战争的惨痛经验，逐渐在时间里消失了，回头再来看这段历史，或者有人会说，若没有这次战争，世界上文化的混合决不会有如是之速。地球上各地方，各自在个别的历史里孕育成的人们，在这短短的10年中，利用了现代的交通工具，为了战争的需要，大规模的互相渗透往来，结果必然会引起世界文化的一个新纪元。可是在这混同初期，大家多少会发生那些早年的华侨在客地生活的苦处。我们若是对己对人没有亲切的了解，没有容忍的怀抱，势必沦入惶惑紊乱；立身处世，缺乏标准；患得患失，无所适从；道德沦亡，事业沮败，成为后来者的鉴戒。北美的印第安人现在已经很少人提到他们了，文化的接触，几乎把他们消灭了。

说到了解自己和别人的文化，修养容忍欣赏的态度，真是谈何容易。我在上文中所申述的美国人生活处世的方式，虽已费了相当笔墨，可是还是在皮毛上发挥，甚至是和盲人摸象一般，远非全貌。文化的深处时常并不是在典章制度之中，而是在人们洒扫应对的日常起居之间。一举手，一投足，看是那样自然，不加做作，可是事实上却全没有任意之处，可说是都受着一套从小潜移默化中得来的价值体系所控制。在什么场合之下，应当怎样举止，文化替我们早就安排好，不必我们临事考虑，犹豫取决的。愈是基本的价值，我们就愈是不假思索。行为时最不经意的，也就是最深入的文化表现。文化的用处就在使我们做人处世时毫不费力而全合符节。可是正因为文化的基本价值体系是深入了我们的习惯，不必我们费力思索，所以生活在一个文化体系里的人，对于日常实践的标准也时常是最不自觉的。我们的习惯不需要理由，这可并不是说养成习惯的文化没有原则。我们不自觉自己文化的原则是因为在日常的生活当中，没有这需要。可是一旦我们和不同文化接触，我们需要互相谋适应的时候，却得各自检讨自奉的原则了。

我在这本小册子中很想找出一个美国人生活方式的脉络来。过去的几章多少是出于这种企图而写下的。在寻求他们文化的来龙之后，曾大胆地举出了几个主流；可是写到这里，我不能不担心自己所见到的种种和原样可能已经差得很远。当我初到美国时曾在《旅美寄言》中说出我这心事：

> 当我每次想写通信时，我总是有一点迟疑，我不是又在画一幅漫画给我的读者么？我又怎能避免不这样做呢？假定有一个第一次到中国去的美国朋友，在昆明下了飞机，到城里逛了一转，回旅馆写信给他太太，一定说中国女人都是不知道害羞的。因为在车上，在门前，在客厅里，随处都会解开衣服喂奶给孩子吃。我们听见了自然不高兴。而我在这里写信给你们是否也会专门挑些“奇形怪状”来描写给你们看呢？尽管我自己可以认为读过社会学，教过人类学，但是要我

保证说我在这些通信中不致犯这种弊病，我决不敢。

在我继续叙述美国人民的生活之前，我不能不先申说一番了解别人基本文化的不易。这里不妨举些实例来说明文化的隔膜。

有一天晚上，我在剑桥一位在哈佛大学里教社会学的教授家里吃夜饭。饭后围着炉子闲谈，不知怎样说到了中国人的性格。我就问那位教授，他觉得中国人是怎样的。他说："中国朋友似乎是很拘谨，很不易亲热。"我问他："何以见得如是呢?"他想了一想："譬如往来很密的中国朋友，见了我总是称我作××教授。这样称呼，我们怎能觉得有亲密的友谊呢?"

称呼是最平常的事了。普通人从来没有自觉过每一种称呼都反映着全盘的社会结构。我在美国才初次感觉到见了人称呼的不易。我在事前并没有注意到这问题，也没有人告诉我在美国见了人应该怎样称呼，我只有用自己在中国所熟悉的体系用在美国了。在初见一位生人的时候，我总是口口声声的称人作院长、教授、先生、太太、小姐，似乎没有多大问题。可是住久了和那些日常接触的朋友们依旧用这些称呼时，他们似乎很窘。依美国的方式，在这种情形之下，大多得改口互相用不带姓的名字相称了。很多名字还得缩短了相称，例如Robert称作Bob，William称作Bill（这真是难为了我这从书本上学会英文的外客了，你想：这种缩法有什么理由？叫人怎么会明白）。他们很顺地叫起我“孝通”时，我不知道什么道理改不上口。譬如，帮我写书的那位院长太太，本是我以前一位老师的女儿，现在已有40多岁，她屡次和我直说不要老是称她作××太太，该直称她作Greta。她更告诉我说，若是我总是规规矩矩地××太太长、××太太短，她会觉得我有意和她生疏了。她的确待我和家里人一般，我没有理由生疏她，所以下了几次决心要改口了，可是刚要出口，就觉得无论如何向一个年纪比我高，我十分尊敬的太太直呼她的名字是不成的。这时，我才亲切地明白了文化的作用了。理智上，我明知我非按着美国的方式做不可，做了能增进相互间的感情，但是我的习惯不允许我。我只能向那位太太道歉，说我实在没有法子改口，同时，我又声明我的不改口，并非对她不领情有意生疏。

那天晚上，哈佛的那位教授又提起了这称呼的问题来了，我就借此机会问他，美国社会上关于称呼有没有一定的规则？他又想了一想，笑起来说：“我们并没有注意过这问题，大家逢着什么人应当怎样称呼时，不必思索地就开口了。规则么？不能说没有，可是我们并不需要成文的规则，所以也没有人把这规则弄得很清楚。”

我们就在这晚上互相把中美两个文化中关于称呼的情形比较了一下。我先问他们假若他遇见一个老师，他怎样称呼？他说在学校里，时常是称某某教授或是某某先生。出了学校之后，若一同做事，相熟了，也就可以改口称名字了。除了那些老教授，有时大家还是用教授来称呼他们。可是另外一位朋友却插口说：“就是在学校里，学生用名字来称老师的也是有的，老师也不会觉得唐突。”最后使我更惊异的是那位教授说他的儿子并不称他作“爸爸”，而用绰号来称他。他又举了不少例子，儿女是以名字称他们的父母的；至于媳妇见翁姑时，用名字相称更是普遍。

其实稍稍注意美国人往来的信札就可以见到他们对于先生、太太，或其他职位名称的厌恶了。罗斯福总统给他属员或国会里议员的重要信件常常是Dear John一类开头的。有一次居里先生和我讲：在华盛顿别人若称你作某某教授，你在政府里做事也做不稳了；称你作某某博士，还是不成；称你作某某先生稍微好一些，要等人家用你名字相称时才行。居里先生大概就是从这类称呼中蜕变出来的人，应当也是最明白这些称呼的社会意义的人。

中国人大概都像我自己，要我向一个比我年长，辈分高的人，不论用中文或英文，直呼其名，是决不能油然出口的。这是因为我们的社会里这种称呼是不许可的。从小的训练已使我们不必思索地遵守着这规则，即使在我们明白了美国的方式之后，在美国社会中生活，还是无法很容易改口的。

我还知道一个实例可以说明我们对于美国这种称呼方式的反感。有一位从美国生长的中国朋友，很自然地养成了这种用名字来称呼人的方式。他的年纪和地位还不过和我差不多。有一次他到了哈佛去住了一回。中国同学们背后对他很不满意，说他傲慢。我就问他们何以见得他傲慢呢？有一位朋友说：“他满口的适之、适之，我就听不惯。他有什么资格称胡先生作适之？”

我把这件事讲给了哈佛的那位教授听，接着我说：“谁不用自己的文化中养成的习惯应用到别的文化中去，而去批评别人‘太拘谨’或‘太傲慢’呢？”

为什么像称呼一样的细节，中美两个文化中，可以有此差别？这问题我将留在以后申论。这里我所要读者记着的，就是一个人和文化不同的人相处时就不免有这类困难发生；不知不觉之间，用了自己文化中养成已经不很自觉的标准，来推测另一文化中生长出来的人的行为。愈是和不同文化的人往来密切了，这种困难也愈多。试看有多少异族婚姻的夫妇是美满的？可是文化不同的人在现代世界中不能画地自处，老死不相往来了。我们怎么办呢？岂不是永远将在不美满的婚姻中相互磨难终生了么？

我自然很希望世界上有一天所有的人类会真的成为一家人，一家人的意思是指文化上大家相同。可是这不是顷刻可致的。我们至少还得有相当长的岁月，要时常和文化不同的人合作同工。在这时期中，我们一定有烦恼，连日常的称呼都会使我们发窘。我们惟一可以希望的只有用理智来克服感情，用了解来培养容忍。譬如上述称呼的例子中，若是我们明白了中美两种方式，各有各的背景，各有各的理由，美国朋友能了解我们不容易改口以名字相称并非表示我们“不近人情”或是“太拘谨”；我们能知道他们对长者用名字相称并不是“过分”、“逾位”或是“太傲慢”；大家用自己习惯的方式相处，也就不致发生误会了。

我这样说，并不是主张各行其是，不求自身的改革。我们自然可以考虑尊老敬长是否合于现代的精神。那是另一问题。也许美国人得向我们这方面走一步，我们也得向他们的方向走一步，这是相互了解了各种文化之后的事。在目前，我们应当极力先做到的是相互的了解，相互的容忍。在了解里得到容忍，能容忍才能谈得到相互观摩，相互取长补短。

世界上各式各样文化里长成的人现在已开始急速地渗透往来，我们必须能相安相处，合作同工。可是在我们的心理上却还没有养成求了解，讲容忍的精神，说不定我们因之还会发生种种烦恼，种种磨擦。在将来的历史家看来，也许会说我们在建立天下一家的世界过程中曾付出了太大而且不必需的代价。

# 老而不死

称呼固然是社交的细节，可是这细节却反映了东西文化基本差异的一点。让我们在这类细节上再细细想想：

我们见了人总有几句客套，其中之一是“贵庚多少？”这本是所谓寒暄，无关宏旨。可是这些不经意的口头禅岂是偶然的呢？不是的。在我们的社会里各人相对的行为时常是依着长幼之序来安排的。以我自己的经验来说：有比我年长的人在旁，他若不坐，我坐着就不安心，很自然地会站起来。走路时，也是长者在前，幼者在后。我们要恭维人家必然是说这人很老成。长长的胡子是一种德高望重的标记。在我们的社会结构中总是分有尊卑的，年龄是尊卑的标准。从这个基本原则上，我们可以明白为什么我对院长太太无法改口称她的名字了。称呼在我们是规定人们相对地位的符号。对于长者得尊尊敬敬地称声老伯。只有在上的人才能用名字直呼在下的人。在下的人若用名字称在上的人就表示违犯了社会的结构原则，怎能不引起反感。

中国社会中敬老是一项基本道德，用来维持长老统治的方式。我在美国住了一年，暗地里不免庆幸自己是中国人。日子过得快，年纪跟着长。假若我是美国人，我会怎样心慌？当然，我每次看见自己两鬓渐生白发，也会感觉到一点凄凉寂寞，年华逝水，“朝如青丝暮成雪”，人事渐非。可是我还记得很清楚，当我在乡下和父老们闲话，听他们说“贵庚快到50了罢”时，我并不认为是一种讽刺，虽则离50还有10多年，反而觉得很有面子。若是我不留心向美国人说了这句话，即使是向男子说，也一定会引起不高兴的反应。

“千万记着不要问别人的年纪。他们的女子最高的年龄是25。”这是我临行时朋友给我的一条诫言。但是这次旅行中，我总是遇着些长辈，头发白白的或是秃顶的学者们。有时为了要表示我的敬意，偶一不慎就直接或间接地犯了这条诫。入国问禁是不够的，问了还得记住；记住还是有时不够，非像他们一般根本把“老”字译作“快死的”、“没有用的”和“怎么不知趣些，还不滚蛋的东西”等等意义不成。一天若把老字联上可敬的态度，那随时都会出毛病。

幽默的老者知道东方规矩的，也有时特地欣赏我偶然露出来的“不敬”。我在哈佛遇着Elton Mayo教授。他那支长长烟管不禁使我想起我们乡间老年人那种闲情逸致的神气。后来我在写给另外一位朋友的信上带了一句：“梅岳先生的微笑在我怪熟的，很像我们中国的老者。”不久，我接到梅岳教授的一封短简：“我很爱看你们名画上老年人智慧的表情。我真高兴我会被这个国家里的人归于这类老者的一类。”

高兴得特地要写信来道谢，或是不高兴得连话也接不上，面孔都红了起来——这都表示了美国人对于年纪的感觉过敏。年纪一把的老太太，搽粉点口红，妖妖娆娆地装作少女；腰大数围，穿着高跟鞋，听人说她年轻美貌，就快活得嘴都合不拢。连男人都白发红颜，跳跳闹闹的，一点也不过虑别人“不识余心乐”，老是“偷闲学少年”。这是怎么一回事呢？你想，和儿女互相用名字称呼，辈分都不分，在我们看来，真是太那个了，不是？这里东西文化的分别实在太清楚了。

我老实说很早就看不太惯这种装年轻的风气（我常

说，到外国去了，才知道自己真是中国人），可是再看一看，装年轻的也有他们的苦衷。他们实在怕老。在他们社会里，年老了实在太苦。不但美国如此，欧洲各个工业国家多少都有这种情形。我记得10多年前，我和哥哥一同在柏林过暑假，正住在一个公园的前面，开窗就看见一些老太婆寂寂寞寞地在公园里从早到晚地闲呆着。我常说："天下没有比公园里硬板凳上坐着的老太婆更苦的了。"她们除了公园里的太阳外（北欧的太阳已够微弱的了），简直没有半点温存。她们的儿女们这样忍心！我想起家乡的老牛，耕作一生，主人们还有时记念它们的辛劳，不愿自己宰了吃它的肉。世上人情的厚薄可以相差得这样远！

美国是一个年轻的文化，是一个从移民中长成的社会，是一个从原野里创造出来的国家。丰富的资源亟待开发的早年环境里，机会虽多，可是蛮荒未辟，因之须奖励个人独立创制的性格。凡是囿灭个性发展的各种因素都视作当时拓殖精神的阻碍，加以贬值。重视乡土，服膺长老等观念，在他们是等于没有志气。而且在事实上，他们一生的成败的确大部系于一己的能力。一个贫困的少年在十几年中成为百万巨富。在最近的过去还是件极普通的事。每个美国孩子至少在理论上都有做到大总统的机会。在机会丰富的社会中，个人的出路不必依靠若祖若父的余荫。美国人崇拜的不是身出名门的望族，而是白手起家的好汉，所以self-made man被视为社会英雄。各人既凭一己能力来创立事业，年龄也成了一个威胁。愈老，可以利用的时间也愈短；精力衰竭是落伍的预兆。老了，也就不足畏矣。

若是一个社会里事业的成败靠体力智力的竞争，老者怎能吃得消年轻人的排挤？Ogburn教授有一天搔着他的白发说："统计上的数字的确有时会威胁老年人。"在美国，游艺技击最有成就的是从25岁到30岁的人物。诗人最多是出在30岁到35岁，35到40岁是技工们最有贡献的时期。40岁之上，就没有什么了不起的了。议员的年纪固然平均在50岁左右，但是有多少老头能坐在国会里出风头？就以学术界来说罢，65岁必须退休，白发教授讲书也许讲得好，但是研究工作远没有少壮教授们狠了。言下这位老教授很有一点感触。

我接着说："当然，用体力和智力来竞争，老者怎能不吃亏？可是你们怎么不利用老头们的特长呢？"

"有什么特长，除了年纪？"

“难道年纪不表示经验丰富，世故深长，眼光老到么？在我们中文里，‘世故’，‘老到’，都是好字眼，用来恭维人的。一个社会中成败若取决于经验的话，老年人就不致活活地被淘汰了。”

“在西洋是讲新、讲标准化；在东方是讲传统，讲经验；我们就分了家。”

在年轻的文化里，你想，经验有什么可以宝贵的呢？牛顿花了一生才发明的物理定律，现在的大学生一星期就学会了，有公式，有教科书。经验提出了精华，像维他命一般做成了丸药，一口就吞了下去。这话在我们中国人听来固然近于可笑，人事岂也有如此简单？可是在美国什么都在“摘要”、“拔萃”，销路最广的杂志是《读者文摘》。最近我读到一本小说，说有人发明了一种“无愁丸”，凡是心情不快的，吃了一粒丸药，就心平气和。我们虽则可以把这种企图看成狂想（在美国狂想成为事实的的确不少），可是我们可以看到在他们的梦中，还是念念不忘公式和丸药。

谁也不能说美国这种重公式不重经验的文化要不得。科学的目的就在整理私人经验，变成大家可以得到的公式。靠了这精神，美国的生产才可以有这样惊人的发展。可是我因为离开老年已经不远，总觉得除非人们真的能发明一种不老之方，在一个使人会怕老的文化中生活究竟不是玩的。一个社会不给老年人一个安心之处，也就使每个人心里永远得不到着落。你想：若是你明明知道你总会被人奚落，掉在冷宫里受罪，而且这运命一天近一天，你能平心的过日子么？一个人若把老年看成不幸，我觉得，他决不能真正安心过日子的。

我记得感恩节那天晚上，请我去参加过节的那位主人为了要用东方的空气来款待我，所以找出了他父亲遗下的日记，把从1901年起每个感恩节的记录都念给我听——

这位父亲很高兴地写着他儿子都快成年了，可是接着却很萧条地加了一句："他们也快离开我们了。"我是明白大家庭一切悲剧的，可是在这一刹那我却成了一个保守分子，觉得辛辛苦苦把孩子领大了，眼瞧着他们像燕子一般分飞，自己只能在公园里坐冷板凳，喂鸽子，也是太惨了。有位太太曾和我说："我女儿出嫁了，我总觉得缺了什么似的，可是，这又有什么办法呢？"

你说美国的老年人不觉得寂寞么？人都是人，根本是一样的。那位太太又告诉我说："现在美国有了个母亲节，是5月里的第二个星期天。我们都得送东西给母亲，我知道我的母亲收到了礼物真高兴。”我就问她有没有父亲节呢？她说有的，可是她却记不起来是哪一天了。她接着说：“没有关系，他们的母亲们会买了东西用孩子的名字送给他们的父亲。”

“一年只有一个母亲节！母亲们还是这样高兴。”我忍不住加了一句，“我幸亏不生在美国。”

在这种没有退路的社会里，退休会成为最厉害的刑罚。Linton 教授和我说：“真是奇怪，在美国，老头们都不愿退休，一退休不久就会死。”——我想想都可怕。

我们若觉得在中国社会里可以不怕老，假定这是使人能安心生活的张本，这也是有它的社会背景的，而且为了这一点，我们所付的代价也不轻，是否值得还是很成问题。

维持我们尊敬老年人的就是我们这个经济上已经不易有新的扩展机会的社会。我们的人口这样多，资源又这样有限，个人生活的机会多得一一地从上代的手中接承下来。在农业经济中，基本的资源是土地。若是没有像美国一般广大的西方可以开垦，土地的面积无从增大，每一个人想在土地上谋工作和经营的机会，必须向别人手上去取来，最自然的自是求之于和自己有亲属关系的父兄了。父兄既然握有我们生活机会的权力，我们当然不能把他们视作无足轻重的人物了。

在经济机会不断在扩展中的社会里的人们不会感觉到长辈的权力。他们有父兄的地位和财产的荫庇固然方便，但是没有的话也不要紧。我在上面也说起过美国很多成功的大企业家是白手起家的。在机会丰富的环境里，早年愈是艰苦的人，成功的可能性似乎也愈大。人间的事，有好的一面，也必然有坏的一面。有父兄荫庇的人，固然有安全，可是因为生活有安全，他也就不会受新机会的引诱，肯冒险尝试新的企业；安分使他不能有发展，他至多不过能守成罢了。一个社会中若都是些守成的人，这社会也必然停滞在现状上。早年吃过苦，明白不自力更生，一生就没有出路，一不小心就会尝着失业和饥饿的味道，这种人是最能冒险的。假若这社会的客观环境已经定型，没有发展的机会，则这些铤而走险的人也是不会有着落，甚至会成为社会上的破坏分子：成则为王，败则为寇，成功的机会却又远没有失败的多。若是他们正逢着社会的经济基础在膨胀，他们的冒险正是拾取新机会的动力，比较容易收纳在社会的正规上，成为新秩序里的英雄。

东方和西方的分化也许就在这一点上，东方的农业封锁了经济发展的机会，而西方的工业却打破了这封锁线。在经济封锁线内生活的人，聪明一些就该承认传统秩序，在已有秩序里求地位，因之他们必然会对这秩序的维持者的老年人表示尊敬和感激；不这样，他们是自寻烦恼和灭亡。

我看了美国人那种爱好新奇，勇于尝试的精神，使我常想起我幼年时的一位倒霉的朋友。他是我们熟悉的船户的儿子，常到我们家里来和我们玩的，名字叫万年。不知什么原因，他的性格里有着和美国人相近的精神。年纪大了，不肯结婚；他觉得家庭是一个无聊的累赘。我那时不懂得这意思，跟着别人笑他脾气怪。其实就是这一件小事已够说明了他不肯接受既存秩序的性格了。他到我们家里来，总带着一些被人笑话的怪想头。我记得有一次我和他说若是有一个人能想出一个画椭圆形的仪器，他一定能成一个大科学家。他听了，足足费了半年，见我面就和我讨论，他在试验，结果是没有。不消说，我也笑过他。可是现在想起了，万年若是生在美国，他决不致后来被人奚落，一直到死在异乡。他的结局是相当惨。他父亲常和我祖母说："这孩子，正业不做，将来总会连累老人家。"这话是实现了。他被人捉住，不知在什么罪名中，关在牢里。牢里出来，就不知去向了。留在我家里的是祖母对我们的教训："不要胡闹，看看万年。"万年生错了地方，生错了时代。他必然会痛心，他的一生竟会被用来作他小朋友的鉴戒。

承认传统成为美德原来也是有实利的。谁愿意做万年？可是承认传统的结果，在个人说，固然可以使我们在经济封锁线内得到我们的生活和安全；从整个社会说，却是一个增强经济封锁的力量。常有人问，为什么中国不发生科学？不发展工业？我们在聪明才智上并不落人之后！这似乎是鸡生蛋、蛋生鸡的问题。究竟是因为我们经济被封锁在农业里之后才使我们尊重传统，敬爱老人呢？还是为了我们尊重传统、敬爱老人而使我们打不出农业所给予我们机会的封锁呢？我自然不能回答这问题，可是一旦我们走入了这圈子，就会永远团团打转了。

依我这样说来，经济的封锁线既然已经被科学打破，人类的机会可能会有增无已，老年人所持以获得尊敬的基础似乎已经动摇了。我们不是会都走上美国路线：时间、年龄会成为我们的冤家了么？我并不愿意这样预测，我已说过，这是我私心的打算，因为我自己不愿给时代所遗弃。我虽则不知道在新的世纪里老年人将怎样去恢复他被尊敬的地位，可是我觉得今后的老者若还是受人尊敬的话，决不能依靠他占社会地位的权力去收买年轻者的尊敬了。这种时代，即使我们快老的人还不忍放弃，决没有理由可以希望它永远不变的了。我们若找不到新的被人尊敬爱好的凭借，我们会在白发满头的时候，在公园里坐硬板凳等死神的解脱。那时，我们会体会到现在西洋这些老年人的苦处了。

老年是不应当使我们胆怯的，可是老年也不应当是传统的权力，什么时候我们能和白朗宁一同吟诵：

和我一起长！<br>
　　最好的在前面。<br>
生命的结束，<br>
　　为它我们才有早年。<br>
我们的时间是在这种人的手上，<br>
　　他能说：<br>
我绘画这整个，<br>
　　青年不过是一半；<br>
信赖上帝，看到全面，<br>
　　不要胆怯。

# 鬼的消灭

我应芝加哥大学之约到他们那里去写我那本*Earthbound China*。到了这大学之后，一位书记小姐把我带到社会科学大楼五层楼的502号，很客气地说："若你觉得还可以将就的话，这就是你的书房。"我在门上一看，一小方的铜格里写着Robert Park字样。这位机警的书记立刻补充了一句："我还没有把你的大名写上去，要等你来决定。"

"不要换，我喜欢这名字。"我说了句她不容易了解的话。

原来派克先生是我的老师。他曾在我在大学里念书时到过燕京来。我那时虽则还是个莫名其妙的学生，在他班上，除了怨恨这老头偏偏喜欢在清早7点钟上课，既不缺课，又不迟到，弄得我早点都吃不成外，我对他可以说是十分崇拜的。就在他的课上，我决定了此后

10多年的运命，苦的甜的都不能不归功或归罪于这老头。他是芝加哥学派社会学的始祖，他主张社会学的主题是在了解人。我喜欢他的理由也许是在他不要我多读社会学大纲而多读一些小说，小说不够，得自己去实地体验各色各样的生活。我总是记着他的这些话，奉行了10年。这次到美国去就想再去听听他的课。可是各地的奔波，一直到半年后才到芝加哥。这位老先生受不住芝加哥的寒冷，已经到南方去了。我就安置在他的办公室里。

在我，这件有意或无意的安排是深有意义的。我在派克老师班上是一个未受青眼的小学生。这自是一件憾事。经了这10多年，虽则依旧没有什么成就，可是总是还希望老师能说我一句好话。私心窃喜，在他常坐的椅子上，一定会得到一点他余下的灵感，希望写出一本能自偿以前辜负他起早起、谆谆教导我们的苦心。这里似乎有一种历史的因缘。目前的情境因过去的纪念而发生了超出于现有一切之上的意义。我坚持着不要把门上的名牌取下，我需要具体，生动，活着的历史。我感觉到这门牌，这些围在墙壁上的旧书架和架上的书，甚至这屋内的空气，都动不得，在这一切活着的过去里，我看到了在几个月之后，在桌上可能有的那本*Earthbound China*的稿纸。动一动，一切可能都会完了。

这其实就是我在上一章所提到的“传统”，传统并不一定是阻遏新生的。它有它的坏处，若是年老的，以及过去的种种为他的尊严和特权，维持着不准变动的已成局面，那就发挥了传统坏的一方面，可是，事实上，一切新的都是从旧的里面诞生出来的。这种亲属关系也绝不应该抹煞。在认取这关系时，我们给予新旧之间一种承续和绵延的意义。若是我们能发生那种历史的感情，我相信这个世界，这个人生可以丰富得多。我们若去游山玩水，我们可以只在当前现象的美中欣赏这景色。若是我们曾经在这山水中留下过一段人生中值得纪念的往事，当前的景色可以更加上一层使人留恋的亲切之感。若这是一个故迹，我们更能因别人曾在这地方发抒过的情意，加重我们当时的心境。人并不是活于当前当时的，生命不是片刻的串联。我们需要历史，历史是灵感的泉源。我们若在这方面去接受传统，我们所得的是传统的积极的一方面。

有时，我觉得世界是很奇怪的。我们东方承认传统，可是我们接受的却是传统坏的一方面。西洋似乎有意的漠视传统，结果连好的方面也丧失了。

当然，我说西洋似乎有意的漠视传统，并不完全是事实。从大处讲，他们每个人对于自己国家的历史知识比我多得多。每一个孩子到纽约总是要去瞻仰自由女神的巨像，回来就必然会寻访那华盛顿常到的教堂。在华府，有着高矗百尺的华盛顿纪念塔，有林肯的纪念堂，现在，还有杰斐逊的纪念堂。凡是只有几百年历史的建筑，甚至会加上古迹之名来加以保存。从小处讲，他们会记日记，他们会写自传。我已提起过前年过感恩节时，我的主人还抱出一大叠他父亲的日记来。我在雷德斐教授的家里，派克太太也特地要我去看在客厅的角里所有雷氏祖先的照片。乌格朋教授的楼梯壁上一代一代的祖先遗像排列得整整齐齐。也许是因为我在某一次夜会里发挥了一篇美国人缺乏历史感情的谈话，我所接触的朋友似乎有意地要矫正我的错觉，每每特别要我注意他们对于祖先的关切。这都是事实，可这我总觉得他们的认取传统，多少是出于有意的，理智的，和做出来的。这和我们不同。我所以这样感觉的理由，因为我发觉美国人是没有鬼的。传统成为具体，成为生活的一部分，成为神圣，成为可怕可爱的时候，它变成了鬼。这等于Durkheim所说社会团结力的表现是上帝。

我写到这里，我又衷心觉得中国文化骨子里是相当美的。能在有鬼的世界中生活是幸福的。让我在这里说一些自己的经验。

我在幼年时，因为家道中衰，已经不住在那种四五进厅厦的大宅里面，可是所住的那一大座楼房，至少有一半是常常锁着留给不常光顾的什么伯伯叔叔们回家来住的；还有一小半是太阳光从来就没有到过的黑房，日常起居所到的其实没有几间，至于柴间背后的大厨房，花园后落的小屋等，更是有如神话中的去处，想起了都会使孩子发抖。在这种冷落暗淡的房屋中，人的世界比鬼的世界小得多。譬如从书房去卧室，一定得经过一间“纱窗间”，才能上楼。这间纱窗间（我一生也忘不了），即使在正午也黑得辨不清墙角里堆着的东西，也许是我从来没有敢好好睁开过眼睛从这里走过，可是无论如何，这是我每天不得不冒险的航程——这里，我至今还不敢否认，是鬼世界的中心。恐惧是我年幼的日常经验，连我睡的床背后就有一间被认为无时无刻能保得住没有鬼伸手出来的套房。

这环境，本来已够发生恐惧的感觉了，加上了没有一天没有人不用鬼来恐吓，或是娱乐我们的这批孩子。在床上哭得不肯停，大人们就一撒手：“让套房里的鬼伸手来捉你去。”发脾气顽皮时，耳边就有“关他到纱窗间里让鬼去捉他”的恐吓声。夏天在院子里乘凉，拉着人要讲故事，哪一个故事里没有半打鬼？我对于草木鸟兽之名识得不多，可是要我来写一本《续何典》，或者很可以胜任，背出一大串鬼名来一点不觉得困难。

我绝不夸大，像我这种小市镇里长大的人，幼年时节，人和鬼是一样的具体，真实。人事忘得了，鬼事却磨灭不了。我至今还清清楚楚地记得，我哥哥怎样在楼上看见了我们的丫头关了房门，可是下楼来看见那个丫头明明白白在楼下，从没上过楼——现在想起来还是亲切得好像是我自己的经历一般。

正因为从小一半在鬼世界里长大，我对于鬼也特别有兴趣。慢慢地从恐惧变成好奇，由好奇变成爱慕，甚至有一点为生长在没有鬼的世界里的人可惜。这次在美国住了快一年，最觉得生疏的，就是没有人和我讲鬼故事。我绝不愿意恭维这个世界，虽则我承认在他们这种世界里生长的孩子是比我们舒服些，不会整天在提心吊胆中过活。可是也许他们为此得付一笔很大的代价，这代价我是不愿意付的。

我对于鬼的态度逐渐改变是开始在祖母死的那年。祖母死后不久，有一天，我一个人坐在庭前，向祖母的卧房里望去。这是近午的时刻。在平时，祖母总是在此刻下厨房看午饭预备得怎样。她到厨房看了以后就快开饭，这是我那时熟悉的情景。祖母死后一切日常起居程序还没有变。一几一椅一床一席都没有改变位置。每天有近午的时刻，这时刻我也照例会感觉到饥饿。潜意识里这整个情景中缺不了祖母日常有规律的动作，于是那天我似乎看见祖母的影子又从卧房中出来到厨房中去。若说是我见了鬼，那是我平生的第一次。当时我一点也不觉得异样，因为这情景是这样合理和熟悉。过了一会儿，想起了祖母已死，才有一些怅惘，决不是恐惧，而是逢到一种不该发生的缺憾竟其发生时所有的感伤。同时好像又领悟了一种美的情景既已有了就不会无的认识。目前的遗失好像只是在时间上错隔了一些。这个错隔，我又觉得，好像是可以消除似的。永恒不灭的启示袭上心来，宇宙展开了另一种格局。在这格局里我们的生命并不只是在时间里穿行，过一刻，丢一刻；过一站，失一站。生命在创造中改变了时间的绝对性：它把过去变成现在，不，是在融合过去，现在，未来，成为一串不灭的，层层推出的情景——三度一体，这就是鬼，就是我不但不怕，而且开始渴求的对象。

我不太看得惯现在那种只知道此时此刻的人。把此时此刻当作存在是虚幻的感觉。我们的一举一动中本身就累积着从宇宙原始时起一直进化到现在的整个历史，而且这一举一动又就在决定我们无穷继起者的运命。在此时此刻，片断地，抽象地，虚假地来估计生活，这生活也必然是单薄，卑劣，至少也是空虚的——此时此刻既不能留，纵情也好，狂欢也好，刹那已逝，还有什么？

美国的孩子们已听不到鬼的故事了。他们花一毛钱到Drug store里去买*Superman*看。“超人”是个足智多谋的万能博士，他能克服一切困难。我们且不论“超人”教育出来的会成什么样的儿童，有一点值得我们在这里注意的，“超人”并不是鬼。“超人”代表现实的能力，或是未来的可能，而鬼却象征了对于过去累积的服膺和敬畏。派克老太太尽管为了要减少东西的距离，特地领我去看客厅角里褪了色的相片，可是雷家的小弟弟却告诉了我美国文化重心，这重心是在“超人”不在鬼。

鬼怎能在美国这种都市里立足？人像潮水一般地流动，不要提人和人，就是人和地，也不会发生死不了的联系。两代之间的隔离我在上章里已提到过。孩子们长大了不需要父母的荫庇是一件客观存在的社会事实，这事实反映在家庭里的是孩子们的要求独立。有一次我在一位朋友家里闲谈，他的女儿陪着我们坐，接连不断地抽烟。父亲偶然说了一句，这样抽法是没有意思的。可是这位女儿毫不在意。后来，她和我说她已经18岁，老头子管不着，她抽她自己的烟。18岁是女孩子的重要年限，过了这年限，父母可以不供养她，可是也不能再管她了。

我还知道一位年老的教授，儿子在同一大学里教书，可是分开住，分开住还犹可说，连望也不常去望。在战时家里已用不着佣人，那位教授的太太，龙钟老态，两只抖动的手，捧着咖啡出来飨客，使我们心里发酸。

我在哈佛宾馆里住的时候，每天早上总有一位白发老翁同桌。他一个人住在楼上，看上去已经不久人世，我每次见他，总为他抱不平。他一定是个有名的教授，教育了多少人，为社会尽了这许多力。年老力衰，就被世界抛在这楼上，没有亲人扶持，更说不到承欢，简直是等死。有一天，他轻轻地对侍女说："明天我不知能不能下楼了。"我后来问她："这位教授的家在哪里？"她不知怎样作答，只摇了一摇头。在他们，儿女长大了有自己的家，在他们的家里父母只是客人。

家庭之外，社会的接触固然是极多，可是，每个人都在约会里来往。在我办公桌上有一本案头日历，每15分钟一格，每一格是预备填一个人名的。公事之外，各色各样的会名目就不少，可是你若到这种会里去，你就会明白，这不过是交际；和这人谈几句，和那人谈几句，连名字都不容易记得。我并不敢说美国人都是这样过日子的。有一次我曾问过一位比较熟的朋友，问他有多少朋友可以随时到他家去而不必预先约定的？他屈指一数，不到一手。事实上，没有事，没有会，他们在家的时候多，在家里他们是不大愿意客人去打扰的，这至少是我朋友劝我不要老是去串门的话。

在这种人和人的联系中，死后还会见鬼的自然很少了。而且，他们行动这样方便，接触的人数量上这样多，很少会像我和祖母的关系一般在同一情境中久长的和反复的相互生活，使这些情境成为似乎是不可变的自然秩序。流动，流动把人和人的联系冲淡了，鬼也消灭了。

以住的联系说罢，那又是我在美国不舒服的地方。我的不舒服并不是床褥设备所引起的；这些我相信没有比美国更舒服的了。我的不舒服是我这一年东跑西走，足迹所到的地方不算少，可是我坐定想一想，好像一个地方都没有到过，因为我从没有对一个地方留恋过，到处是一般的，所差的不过是房子高低一些。每个大城市差不多是一个样子的，至少对于旅客是没有多大分别：你下了车，有戴着到处相同帽子的黑人帮你搬行李（你可以碰不着这种人，可是决碰不着别种人），你坐入到处相同的汽车里，送你到到处相同的旅馆里，不论什么旅馆，你只要在任何地方曾住过一次，你绝不会再成外行。旅馆的房间都是相若的，大小是有的，可是缺不了一间洗澡房，吃冰水的龙头，席梦思的软褥，考究的信封信笺。到处既然没有什么差别，你也永远不会对于任何一个旅馆留下特有的印象了。

旅馆并不是例外，美国都市里的住宅根本是旅馆的性质。搬家并不比开旅馆为困难，一个电话什么都解决了。搬来搬去，房子还是差不多。我在纽约曾经想自己租一座房子住，所以一连看了有十几家有招租的空屋，最后我和伴我去的朋友说：“何必一家一家去看呢？抽个签不是更方便么？”搬来搬去，使人对于住宅的联系冲淡了。

我每次回家乡，总是要去看看幼年时节所住的老屋。我会对于那棵梧桐，那棵枇杷，问很多话。梧桐上还有我刻的字。就是在伦敦，搬家没有那样勤。我到现在还想起下栖和莉芹路的住宅，我在美国听说下栖的老屋被炸了，还为此不舒服了几天。在美国至少以我自己说是从来没有过这种会使我关切的住宅。

我也住不惯那种灯光洞明，一目了然的房间。在这种房间里住着，你会发生一种虚伪的自信，觉得这是世界的一切，世界只是这已经明明白白地摆在目前的一切。我似乎觉得西方人士对于那一部分未知的宇宙所有的态度和东方人很有些不同。他们觉得这部分是静止的，像等候人去开掘的矿产一般，不但不可畏，而且是他们将来更好的生活的资源。他们很有把握。我们东方人多少对于这未知之数有点敬畏；敬畏天命，使我们安分，使我们自知人的极限，而注目于人力所可及之处。我虽不敢说这种态度是养成于我们幼年时代的住处形态，可是我却相信我自己早年对于大厨房，后花园的渺茫之感，对于纱窗间的恐惧之感，一直到现在没有消灭，不过是扩大了一些，成为我对宇宙对世界的看法罢了。若是在我们传统的中国里很多人和我具有相同经验的话，则这种经验自是构成我们传统做人对事的态度的基本要素。

没有鬼的世界里，人生是轻松的。他们的眼睛可以一直望着前面。可是我总觉得它缺一点东西，使我不愿羡慕他们的生活。

# 男女之间

读者看了以上的两章也许会有一种印象：美国人民似乎是冷酷得不近人情的。他们可以不侍奉年老的父母，他们往来的人大多是泛泛之交。我也听见有人说过，美国朋友过眼就忘，薄情得很。这印象其实并不是正确的。人情是自然的，除了像我们传统的社会里，有系统地遏制我们的感情流露外，社会上总是预备下一条发展感情的康庄大道。发展的对象可以不同，任其奔放以完成生活则是一样的。西洋文明中，尤其是美国，在感情生活上的发展，实在使我们望尘莫及。

让我在这里再补充一点：我们对于传统、对于父母，所具的感情，敬畏多于敬爱。密切的联系是社会所加之于我们的，并不常是出于自发的。而且亲子之间尽管怎样相爱，情感的内容有它一定的限度，决不能引导到两性之爱的范围里去。以亲子关系作为发展情感基础的社会，性爱时常会被摒弃。我虽不完全承认一个人的感情归根是性的表示，其他都不过是推演出来派生的支流（像心理分析学派所说的，亲子之爱本来也是两性之爱，因为受到社会的限制，才转向而寻求男女之爱），但是两性之间的感情确是最原始的和最自然的。我们社会中摒弃性爱对于每个人感情生活健全发展必然有很深刻的影响。

若是我们觉得美国人对于两代之间社会关联没有我们的合理，使年老的人们失其所养，我们要知道我们为了要偏重亲子关系，却在另一方面损失了我们两性间的合理关联，甚至影响到我们感情生活的健全发展。他们因为没有亲子关系的拖累，在两性之间可以充分地发展他们自然流露的感情。

对于别的文化最不容易了解的是他们的感情生活。我们可以很快学会开汽车，可是我们就很不容易了解他们对于时间、机械等感情的内容；结果，我们买了他们的汽车来兜风，我们的司机可以关了油门下坡，把车子翻在山沟里。同样地，我们可以很快学会擦口红，在中国电影中，可以有接吻的镜头，可是我很怀疑在中国的男女间是否有人真的懂得西洋式的恋爱。这必然是学习西洋文化的最后，也是最艰难的一课。也许只有真的全盘西化之后，这一课才学得会。我在这方面可以说全盘是中国传统里养成的人，说老实话，我实在无法体会到西洋人恋爱时的情绪。自己没有这种经验也就永远也不能体会别人的这种感觉；在中国，西洋式的恋爱，在我看来，近于不可能的；因之，我们要讲这个问题，自然也十分困难了。

让我先从社会对于感情的看法说起。若说一句笼统的话，西洋人见了别人的高兴也会高兴，而我们呢，别人的高兴常会使我们自己不高兴。你只要看，人死了我们可以放声痛哭，不哭会受人背地里说话。可是久别重逢的夫妇，在人前却不能做出一点高兴的样子出来，不然，人家会批评你肉麻，不庄重、轻薄。在西洋，却刚刚相反。你高兴时，尽管尽情流露。在车站上，可以和情人拥抱接吻，熟人会鼓励你。可是，在你悲痛的时候，你却得忍得住眼泪，在人前号啕大哭是没有修养的表现。若要解释这点东西文化的分别，我又不能不归源于农业社会和工业社会的基本区别了。农业社会中，尤其是像我们这种老大的农业国中，机会稀少，大家在极低的生活程度上过日子，向有限的资源竞争，别人的得益常是自己的损失，嫉妒成了基本的精神。幸灾乐祸，不愿成人之美就是这样成了传统。这种人可以怜惜别人的苦难，其实这并不是同情而是一种自觉安全的慰藉。只有在别人的成功会增加自己的机会的社会中，人才能为别人的高兴而高兴。

在这种社会里，我们逐渐变得“庄重”了，感情是人们内脏的活动，像人们四肢的活动一般，若是从小就不给他操练，是会麻木不仁的。在床上病了一个月，走路都觉得不自在。庄重的结果，除了眼泪（中国人一说到感情似乎缺不了眼泪），我们的感情确是麻木得厉害。我们不易激动，相骂和诅咒代替了打架。我们不会欢呼，拍手时都不自然，冷讥和热讽代替了雀跃。我们是这样实际：利害、权衡、过虑，斤斤计较，使我们失去了感情畅泄时的满足和爽快。因之，我们对于感情成了外行。

我们不容易明白爱字，因为爱的前提是无我忘己。利害得失是爱的反面。母爱不在预备老年时有个可倚靠的子女，不在投资，而是把自己变成别人，把这一代变成下一代。从客观的立场来说，这无疑的是损己益人。在母亲不断的消耗中才能有孩子的生长。可是从为母者看来却是自我的充实，和一己的扩大。两性间的爱在性质上是一样的。可是在我们这文化中，两性之间的结合，除了本能的冲动外，被占有欲所支配时，爱找不到它的地位。在传统社会里婚姻是合两家之好的外交结合。在农村里，娶媳妇是雇一个不付工资的女工。夫妇相敬如宾，使他们之间永远隔着一层亲密的障碍。在我们传统社会里如果有一些近于两性感情结合的却在那些被小说中所描写的风月场中，可是这种建筑在买卖关系之上的感情，真情的流露纯属例外。何况爱和占有是互相排斥的，在男女不平等，没有相等的人格，不互相尊重的关系中，现代西洋式的爱是无从发生的。晚近恋爱这个名字是传入我们的中国了。表示恋爱的行为也多少已通行在我们的马路上。可是我们传统的重视实用和占有的欲望却依旧阻碍着我们获得恋爱的真义。

西洋朋友若向我们自述他们恋爱的经历，我们会像看电影一般，充满着“天方夜谭”式的新奇。譬如有一次，有一位美国来中国的朋友和中国学生讲起西洋恋爱的浪漫精神，他自述他在学校里有一次打电话给一位朋友，把号码打错了，在对方出现了一个极动人的声音，一位不相识的女郎接了电话，将错就错地谈了一阵，就这样两人相熟，后来相爱，竟结了婚。同学们听了，在新奇之感中发问："这种婚姻结果是圆满的么？"这问题表示着那些现在学校里读书的青年男女中，在和异性接触时，心里总是存着："这是我婚姻的对象么？和这人结婚，生活会美满的么？"两性的交际中，隐隐约约的总横着这一个实际的考虑。我是从这种经验里长出来的人，自然明白这种考虑的背景。社交是求偶，以往我们有父母为我们做主，我们可以不必管自己的终身大事。现在父兄不再顾问了，婚姻自由是到手了，可是我们传统的公式，从结婚到相爱（不是从相爱到结婚）还是没有离开我们。即使我们自己可以跳出这公式，社会上还是这样看我们。若是你有了一个异性的朋友，感情相当好，人家必然，善意的恶意的，假定对方是你配偶的对象了。感情拖着严重的社会责任，在没有把握之前，自不能轻易流露。婚姻是一件终身大事，那是不错的。我也相信没有一个健全的社会对这重大的事不加以慎重规划的。若是两性的往来中，永远横着这个人生大事的门闩，怎能自然流畅？

中国人没有恋爱的经验可以在"浪漫"两字的涵义中看出来。浪漫是一个音译，原字在英文中是一个代表着某一时代的特殊精神。它是和古典两字相对，指着人性的流露。用到两性的关系时，是一种不求后果，只讲爱慕的骑士精神。浪漫本身是超出于婚姻的，可是并不妨碍婚姻。这是一种情痴式的“意淫”，是宝玉所说的沉湎的境界。这字一到中国，因为它是超越婚姻，所以立刻被视作一种法外的结合，一种不负责的乱交，和贞节相反。我并不想为这字的不幸抱不平，它竟从高洁降入低贱。可是橘子过了淮水变成苦枳，并不是橘子的不幸，而是淮北人的不幸，他们的泥土里长不出甜橘。没有尊重女性，欣赏感情本身的人怎能领悟浪漫两字的涵义！

美国的电影喜欢用一见倾心的题材来编写剧本。从电影上去认识美国固然不是正道，得到的误会多于领悟。因为剧本是像漫画，时常故意选择一些不平常的题材加以渲染，使在常态里生活的人，感觉到兴味。这些不平常的题材也时常就是他们文化的特点，我们固然不应当因此推论美国的男女都是热情得一切不加过虑；为世俗的目的而发生的“方便婚姻”在美国有的是。可是这并不是他们认为好的方式。理想的婚姻是恋爱的结果；在恋爱的时候连婚姻都不是考虑的问题。

有一次我和一位年纪已经相当大的太太讲起这问题。她说:“在恋爱的时间,人真是会狂的。”我不明白这狂字,可是她也没有法子形容这境界,又只加上了一句我更不了解的按语:“世界上的一切好像都不在念,连自己也在内,只有他。”我明白了我不能领悟这狂字的原因了:我没有狂过。我希望我不是一个中国人的代表,也许没有狂过是因我个人感情上的缺点,可是我还没有看见过自己的朋友中有过这类似于狂的现象,所以我也不敢说,不会狂不是中国人普遍的“病态”。

我并不愿意奖励我们的青年“能狂”,这不是可以做作的;做作出来的免不了肉麻。这也不是一个人可以求得的境界。我已说过,在一个讲实际的社会里,婚姻的终身大事横住在青年男女的心头,感情的自然流露是不易发生的。当然,婚姻本不是感情的结束,夫妇的爱自有它的境界,可是夫妇的关系终究是一种责任,是一件成家的事业,不能、或不易,成为无所为而为的感情生活。像《浮生六记》的作者,我们固然可以羡慕他们夫妇之间感情生活的丰富,可是这种浪漫性的感情似乎对于成家的事业上并没有太大的帮忙。尤其在我们这种社会里,夫妇并不是一个被人认可的独立的生活单位,两性之间结合太深，不免会使他们不易和共同生活单位中的其他分子互相调适。

我们得知道两性感情发展的自由是现代的特色。在西洋，中古世纪下层的农奴中，婚姻是封建主所支配的，谈不到自由。即在上层社会中，即在50多年前，像托尔斯泰在《战争与和平》中所描写的，婚姻也是“合两家之好”的外交手段。没有嫁妆的女孩子，在帝俄时代，也是不配和人讲恋爱的。在婚姻决定之前，西洋的男女有一点择偶的自由，这有限的自由，所能发展的感情也有它的范围。歌德这类的人究竟是时代的例外。

美国早年也是承袭着西洋一般的传统，更因为早年殖民中清教徒的势力宏厚，在新英伦一带，对于两性生活的限制很严。一直要到工业发生，都市兴起，女子的职业发达之后，两性的交际才能逐渐不成为择偶的手段。我虽不是女子，可是我还能想像，若是自己一生的安全全部系于丈夫身上，我怎能不对于择偶小心谨慎，惟恐失足呢？若是女子自己可以有职业，经济上可以独立，事业上可以自求发展的话，她对于丈夫的要求也必然可以减低，这时，脾气的相合，理想的相同，感情的和洽才能成为婚姻的基本条件。在这时，男女的交际也可以不必横着一个婚姻的门闩；可以先讲感情，不必在感情之外过虑到对方若成了配偶之后的后果了。

我在纽约有一位相熟的朋友，她在一个学术机关里做事，我起初并没有知道她是位太太。有一次到她家去，她介绍我见她的丈夫。他是个商人，他们感情极好。我当时就想，若是这位太太自己没有可以独立发展的事业和兴趣，一定要靠丈夫为她去开辟一个社交的范围，她似乎是不容易和她的事业兴趣根本不同的丈夫相处得这样好。这也回答了那天晚上那位同学提出的问题："这种婚姻的结果会美满的么？"

我们若在现存的中国社会中，学时髦，在电话里认识了一位朋友，讲起恋爱来，结了婚，结果不圆满的机会必然很大。不圆满的原因并不是我们的感情不易持久，而是使感情持久的条件不够。一个圆满的婚姻在我们所需的条件太多。婚姻决定了我们女性的整个人生，她们怎能让感情奔放，让自己的一生，以及她们儿女的一生，交给命运和机会？若是有人说，中国的女子不懂得，或不需要感情上的满足，若容许我替她们辩护的话，这是她们的不得已，怪不得她们。

中国的贫乏使我们不能不注意实利，不注意实利的人会在颠沛流离里淘汰。感情生活多少是生活上的奢侈品。婚姻成为解决生活的手段时，哪里还能谈得到恋爱？这是一件事实，即使我不愿承认，也怎样能逃避呢？我们若羡慕别人生活丰富，我们应该努力的方向，也许还不在学人家的狂，而得造下一个可以狂的环境要紧。

我在这时想起了国内很多要求解放的女性，她们在法律上要求平权，她们多少是成功了，可是她们解放了没有？她们要求女子职业，中国社会在这方面比起任何国家来漂亮得多，女子在职业上所受的歧视并不能算多。可是女同胞们的处境却并不见得改善得太多。原因在什么地方呢？依我看来，我们的女同胞若是羡慕美国女子的生活，她们先得把中国造成一个美国。这话是这样说的：一个女子变不成男子，那是天意；她要生育，她得抚养孩子，于是她抛离不了家庭。女子要像男子一般往来自由，因之也就不容易。我并不反对有一天男女换一个岗位，男的在家里，女的出去做事。可是要做到这一个掉换，我们在生理上还得起一次革命，在目前说还是不可能的。女子要解放，要能在社会上发展她们自己的兴趣和事业，这个家必须不必费她全部的精力去照顾才成。我们传统方式中固然有把全部家事托付给老妈子，太太们在外交际，打麻将的办法。可是这办法却又并不能满足认真的太太们。在这次战时，最受苦的该是太太们了，她们为了家，什么兴趣、事业都谈不到，整天洗衣煮饭。凡是太太不勤苦耐劳的，先生们的事业也就发生影响。这个实践中，充分表明了女子的贡献，也说明女子的苦处。怎样可以解放女子呢？决不是男子的分劳可以做到。最后的解放者是科学、是工业。我在美国时常到朋友家去帮着太太们煮饭，美国在战时家里的帮工根本就请不到。可是煮饭是这样容易：菜蔬鱼肉，酱醋油盐，只要用电话去订购，一早送到你家里。水就在灶上，火只要扭动油门，或是电门。二三十分钟，一家人的午餐已经齐备，最麻烦的只有洗碗，普通人家还不常用洗碗机。

洗衣扫地，有着灵快的机器。一个家，夫妇两人每天大家费两个小时即可井井有条了。家务交给了机器，女子才能真的解放出来；那时，要谈平等，要谈感情生活，才是顺水推舟，水到渠成。我们在法律上，在老妈子上去求女性的解放，可能得到解放的能有多少人，能有多少程度?

女子不能在家务中解放出来，她们的婚姻也必然会是一件决定终身安全的大事。婚姻既这样严重，谁能不小心翼翼地在择配时考虑到感情之外的条件？我们的公式是先结婚，再讲爱，能爱固然好，不能爱也是活该。为了防止活该起见，还是爽性把爱这个字取消了安全。夫妇相敬如宾，大家在家务世俗中做个合作的同工。这样，我们的感情生活麻木了，看见外国人男女双双在街上挽手走路，自己都会脸红。我们妒忌他们，这又有什么用？现在的中国还不是美国！

# 眼睛望着上帝

若我们不容易体会美国人男女间的感情，我们当然更不容易了解他们对于上帝的感情了。在我们生活中至少还有男女，我们生理上和他们没有多大差别，即使说我们没有他们发展恋爱情感的机会，至少我们还能想像一下。可是在宗教上，我们实在没有和他们相似的上帝。因之，讲到这方面，我们未免更困难了。可是我们若要了解美国人，不知道他们男女之间的关系，并没有多大重要，若不明白他们的宗教精神，我们根本就捉摸不到他们重要决定的脉络。

从表面上看，美国人在目前对于做礼拜这件事似乎已经不很认真了。我遇着美国朋友总问他们星期日到不到教堂里去，大多的回答是："偶然去去，有朋友结婚、有熟人做丧事，才去走走。"也许因为我早年所接触的外国人都是些传教士，所以无意中总觉得外国人和宗教是分不开的，一到外国看见他们连礼拜都不很做的情形，未免会有一点奇怪，因而觉得以前的想法是错了。其实，宗教信仰并不一定要在口头上或是在仪式里表现出来的。从口头或仪式上去判断一个人的信仰，则最虔诚的基督徒应当是我们内地那些吃教的师母们了。我们若说基督教是西洋文化中重要的一个柱石，决不是因为他们教堂多，赞美诗唱得好听，祈祷文背得流利。主要的是他们具有一种基督所象征的精神。

我在上一节讲恋爱时，曾想强调感情生活是一种无我忘己的生活。爱人爱物就在把一己的范围推广出去。在非我的外界认取一个比自己更有价值的实在，使我们可以为这对象生，为这对象死。正如那位太太所说的："世界上的一切好像都不在念，连自己也在内，只有他。"这个他字可以代入任何东西，若是一个异性的话，就是恋爱；若是一个完美的理想，在美国就是上帝，就是宗教。

我时常觉得我们中国太注重实利，非但使我们的感情生活贫乏得可怜，除了母爱之外（很多把孩子交给奶妈去抚育的母亲，有没有这最基本的爱，还是很成问题），人和人之间似乎充满着利害的考虑，使我们不容易理解美国人的宗教。当然我们并不是没有鬼神的信仰。我们对鬼神也很实际，供奉他们为的是风调雨顺，为的是免灾逃祸。我们的祭祀很有点像请客、疏通、贿赂。我们的祈祷是许愿、哀乞。鬼神在我们是权力，不是理想；是财源，不是公道。我们尽管每一个村角里有一个土地，每一个县城有一个城隍，我们可是没有美国人所有的那种宗教。

美国人所信奉的耶稣基督据说是一个舍己为人的象征：他同情世界和人生的不完全，他把自己供奉出来，想填补这缺憾。他要求上帝把一切罪恶担在他的身上。他为残杀他的人求饶赦，不讲报复，因为他把自己扩大到了整个人类，甚至包括残杀他的人。在这种宗教的精神里才有牺牲这个字眼。一个跪在送子观音前磕头的妇人，她的心头里绝不会有牺牲这两个字。她的行为无异于在街头上做买卖，香烛和磕头是阳冥之间的通货。

美国早年殖民中就有大批为了要自由信仰而渡海到这荒凉的新大陆来的。所谓自由信仰就是要求摆脱基督教在欧洲大陆和权力相结合成的教会。他们并不是要摆脱宗教，而是要在自由的空气中充分发展他们所认识的基督精神。他们厌恶借宗教之名而形成统治人的权力和仪式。所以在清教徒中，仪式是简单到只成了一个普通的集会。我自己没有参加过这种没有仪式的礼拜，可是我到过美国所特有的Congregational（公理会）教派的礼拜堂。他们的礼拜，除了一些音乐之外，实在只是一个演讲会。那天，演讲的题目是“国际主义”。宗教在美国已经有大部分从仪式中解放出来，而且企图把基督教的精神扩大到了人生的各方面去，不再囿于一部有限的《圣经》里了。

有一次有一位到过中国的美国朋友和我说，他最看不惯的是中国人的虐待家畜。他曾看见过赶马车的人，在他的马已经滑倒在路上时，还是拼命用鞭子打他的马。这是在我们任何地方都看得到的事实。赶马人从没有感觉到马也是会痛的，至少在他，马的痛不痛和他是无关的。其实这种不愿扩大自己感觉的根性，何尝只限于人畜之间？尽管孟子有远庖厨的说法，可是在我们的生活中，何尝会因别人的痛苦而发生不舒服的同情呢？我们乡下凡是逢到枪毙甚至杀头的盛典时，刑场上会挤满了人看热闹。我虽不知道看热闹得到些什么满足，可是在别人的头落地的时候，从来没有人自己摸摸自己的头。人己之间有着这样大的距离，真可使人惊骇。

美国人所说的基督精神本是和我们“莫管他人屋上霜”的古训刚刚相反。你想别人坏，若坏不到你的身上，你管他干么？这话在我们听来是似乎有点道理。若是耶稣基督也存了这念头，他也决不至于被钉死在十字架上了。他所以死，并不是恨任何人，而是爱一个概然的爱，恨一个概然的恶。普通人可以爱一个人，或是恨一个人，可是很少爱一个概然的对象，或是恨一个概然的对象。同样一种行为，在某人身上可以恨，可是若在另一个人身上，就可以不恨，甚至于爱。一个人可以骂某人作弊，可是若是自己的父亲作弊，还是向他要作弊的钱，不再恨这种行为了。轮到自己作弊时，甚至会觉得自己能干和聪明。这就表示了这种人对于作弊本身并没有爱恨。换一句话，他没有概然的好恶。这是以自己作中心来衡定价值的方式，只有利害，没有是非，那也就没有理想，在美国人就会说，没有宗教。

我们时常会觉得美国人喜欢管闲事，而且老是同情于受罪的under dog，即在国际关系上，他们也时常表现出这种锄强扶弱的脾气。或者有人会说孤立主义，以及厌恶干涉等不是和这精神明明相反么？在他们看来却并不相反。孤立主义是他们觉得好心不得好报之后的反感。这是热心人招累是非之后自怨自艾的心理。若是他们一贯的以一己利益为前提，有利则动，无利则罢，这种反感也就无从发生。有人可以说，美国的几次参战，何尝不是为了保全自己？这话是对的，在客观立场上看去，美国自然说不上为他人牺牲，可是我们也要看到这是推动着美国人民的主观看法。在还没有碰到敌人时，就挺身而起，甚至因而招致狙击，在他们可以相信是一种义举。而且，我们值得注意的，每次外交或是战争的行动，政府方面必须肩出一些抽象的大题目来才能获得人民的拥护，这在有些国家是不必如此的。我不太相信，在赤裸裸地为了扩大领土，伸张势力的自私的名目下，美国人民是会批准政府的行动的。

有理想并不是说理想一定成为事实。美国和别国一样的不完全，不够理想的。若说平等，美国种族的偏见造下了黑白的悬殊；若说自由，美国独占经济的发展划下了个人发展的界限。可是美国和别国有点不同，他们并不在价值上认可这些不完全，英国人可以辩护他们不给印度以自由，即是很开明的英国朋友也不肯承认英国在印度的设施是一件愚蠢的事。可是你在美国若提起了黑白的不平等，你不容易碰着有人理直气壮地向你说黑白是不应平等的，很少有人会因黑白问题而根本否认人类平等的理想。我在美国所逢着的朋友差不多一致地认为这是美国的耻辱，是美国的不幸。在维持独占利益的人中，他们所用的理由，还是自由两字。若是有人公开地说，像希特勒一般，自由是要不得的，他绝不会在美国获得同情的。美国人愿意承认自己不完全，可是大体上，很少以理想去迁就现实。这一点，我认为可以用以说明他们的宗教精神，就是人们可以天天做违背《圣经》上规定的事，但还是要个完美的上帝。

我所能了解的美国人的基督精神就在承认不完全而不放弃完全的理想。在没有上帝的人，即是自己知道有欠缺，他还觉得可以瞒得过人的，这就是所谓“面子”。你想，假使你眼睛望着上帝，一个全能的理想在召唤你，你自然会觉得掩饰弱点是无聊，因为上帝是瞒不了的。人既有弱点，你承认如是，也就不会因别人的不完全而耻笑人家。同情中面子问题也消失了。我们古语中有“人比人，气死人”。人上面有了一个大家不能及的理想，人和人相比时，就会只有勉励和观摩，何从气死？

孔子说一个富有的人应当知道怎样把自己所有的东

西施舍给人家。这一点我们中国人会说，却不会做。中国是穷，那是就平均数来说的。若要找富人的话，我们也并不是没有。我们的富人们把围墙筑得高高，大门关得紧紧，金银向地窖里藏，或是向南美洲送。在他们心理上，不论这些钱财是用什么手段得来的，不论这些钱财搜刮到了一人一家手里之后，别人会有什么影响，他总是觉得这是自己运道好，别人苦是活该。他们不把孔子的话当作神的意志，因为儒家不是宗教。

世界上财富的分配，在承认私有财产的时候，总是不会平均的。若是我们根本放弃平均财富的理想，对于不平均的现状必然会视为当然。运道好的人自不会顾惜到运道坏的人了。我在上面讲到自由竞争的个人主义时已说过美国有这种潜伏的信念。可是这种信念并没有毫无约束的发展，因为他们还有他们的宗教精神在阻碍他们明目张胆地不负责任的搜刮财富。人类都是上帝的儿女，是杰斐逊所说“全人类生来就平等，他们都有天赋的不可夺的权利”这句话的底子。这个信仰使他们不能承认财富集中的事实为当然。不但比较穷苦的人觉得有权利要求更平等的分配，即是富人们心中对于自己的财产也会发生不大自然的感觉。我并不想恭维美国人，他们也是人，生活的优裕和安全是大家一样喜欢的，但是在得到了优裕和安全的生活之后，看到别人不优裕和没有安全时，有些人是可以漠然的，有些人却会感觉到不舒服。在有宗教精神的社会中很容易发生第二种人。我们可以说这些人是猫哭老鼠假慈悲，可是这慈悲，不论是真是假，确会使这个财富不平均的秩序不能凝固，不能僵化。

在中国很少有人向有钱的人去捐钱办学校，就是有这种人也是像叫花一样去乞讨来的。这在美国可不同。他们的富人会自动把大宗款子放出来，请了人来经管，专门去寻社会事业来做。有人说，这是富人们逃脱捐税的办法，因为美国有法律，这种做社会事业的基金是不征税的。这当然是事实，可是他们不同样可以像我们的富人们一般，名义上捐出一笔学款，而自己来经营，侵吞更多的利益？他们不是也可以为自己造一个显赫的坟墓，留传后世？他们不是也可以把这笔钱用另外一个名字到南美洲去买橡胶园？他们若完全是为自私的动机，成立社会事业的基金，似乎是太蠢了。

美国的大学，最有成绩的几乎全是私立的，就是由富人们捐出来的。美国的很多研究机关是受着大小基金的支持。美国的医院又大多是私人兴办的。美国社会工作的发达表示了富人们有钱后心里不太舒服的情绪。我也常说，社会工作，救济事业，并不是解决社会问题的基本办法，这些都是在百孔千疮的社会中，用了人道主义的名目去修漏补隙，结果反而维持这造成痛苦的社会秩序。可是，社会工作，救济事业，至少已经做到了对现存秩序“不承认”主义的初步。

理想并不是在天空里盖宝殿，而是一种不肯安于现状的动力。理想固然不常实现，可是它改变了现状，使现状不能生根。基督精神对于西方文化最大的贡献就在把一个完善不缺的理想，广被深入到每一个老百姓的心中。在这种不满于现状，企求更合乎理想的新秩序的心理中，发生了所谓“进步”的观念。进步，进步，他们的眼睛向着未来，这是从宗教精神中推衍出来的。科学兑现了这企求，坚强这信念。他们否认或轻视传统是这样形成的。

我是个受着中国传统影响极深的人，眼睛里没有上帝，不能梦想一个地上的天堂。我怕不惮烦，我对于不满意的现实想逃避，逃避不了时，讽刺一下文化，厌恶这人造的累赘。儒家和老庄可以在我心中并行不悖。偶然，在痛苦的时候呼几声“天呀！”神鬼不是我得到鼓励的源泉，我没有宗教。

我们现在对于西洋生活的享受开始羡慕了，可是，让我们扪心自问，我们对于科学不还是像我们对于鬼神一般，要求的是一些实利，对付这一生的手段？我看着西洋的科学家，总觉得科学是他们的上帝，是一个未来的保证，是一个要实现的理想。科学并不是发生于实利的期望，而是起于求真的热忱。科学固然已经改善了人的生活，这可说是副产。在我们骨子里有没有这种求真的热忱？我不敢说。若是西学只是为用，我怕的是我们永远不会使科学成为我们社会进步的动力。

科学和民主造下了现代西洋文化。这是一辆单车，两个轮子的配合还需要一个看上去似乎不动的三角杆。这三角杆就是理想，在美国人中就是基督精神。他们所说的基督精神里包含着人类的同情，和未来的保证。这在感情上是一个爱字，在社会上是推己及人四字，在生活上是理想二字。我不是基督徒，我的眼睛并不望着上帝，因之，我觉得更有资格来说这番话。我并不是为基督教作义务宣传；我也不相信要得到爱心，要能推己及人，要有理想，非做基督徒不成。我更不相信基督精神只在教堂里。可是，我看到了地球那一面所表现出人生的另一道路，不能不深刻的自剖，觉得我们所缺的还是这维持着幸福单车的三角杆。最难得到的也是这种东西。

美国并不是一个天堂，不是一个理想的世界，可是他们是一个有理想的民族。因为他们眼睛望着上帝，他们有勇气承认自己的缺点，肯不惮烦地想在人间创造天堂。这一点，我自信，并没有夸大。

美国是在变，他们要求不断的进步，所以我在这里所说的许多话，可以是已经过去了的事。我在以下几章中想指出美国人民想怎样去矫正以往的不完全，怎样去追求更自由，更平等的理想。我们若是羡慕他们，值得我们羡慕的，决不是他们已有的一切，而是他们创造的过程，和推动他们去创造的劲。还有，我们值得向他们学习的，我想没有别的，是他们所具的理想，一个以基督为象征的爱的世界，同情的人间！

# 民主的沉睡

我在《幸福单车的脱节》里曾说，科学所激起的工业在美国发展得太快，以致形成经济权力。人民对于这种经济权力无法控制，因为他们传统的精神是反对政治去干涉经济的。政治不干涉经济，等经济权力坐大了，反而过来干涉政治了。美国人民逐渐感到在经济权力控制下不能获得充分的自由和平等。因之，他们要求改革了。

美国财阀对于政治的支配是无从否认的。有一本著名的书名字叫《美国的六十富豪》，描写这些财阀怎样去左右美国政治。共和党和民主党都受财阀的津贴。每次总统竞选时，他们总在后台操纵。我们说美国在过去是财阀政治，并不是指美国的财阀是像某些我们熟悉的国家的财阀一般一定要亲自出马来独占政府。他们并不是以做官来发财的，所以不需占据政府。其实像那种以官作商，搜刮民脂来发财的人，本来说不上财阀政治，这不过是合法的劫掠而已。所谓财阀政治不过是政府庇护财阀的利益罢了。财阀们并不热心于做官，他们花钱来帮政客们上台，然后要政客们保护他们的利益。所以他们并不维持一定的政党，他们很可以同时津贴不同的党。只要受津贴的人答允他们的条件。在财阀看来这也不过是一种交易。交易是要两相情愿，双方有利的。财阀和政客勾结出卖了平民的利益。

我说美国过去是财阀政治，也不过是从比较财阀和平民的政治力量来说的。在罗斯福新政之前的美国政治是偏于庇护资本家的。若说得更正确一点，美国传统的政治，尤其是在1890年之后到罗斯福新政为止的一段时间中，是偏于财阀政治。我用这个“偏”字是要指出平民政治的力量并不是完全不存在的意思。

为什么美国过去会偏于财阀政治呢？这是两种因素凑合而成的。一方面是美国经济集中的局面在19世纪的最后10年中已经确立。这一点我在第五章中已经说明。经济集中成熟期间，同时发生的是美国的拓殖碰到了限度。美国广大的原野展开了拓殖者的机会，所以在工业里因独占而减少了普通平民发展的机会时，西方的荒地还是在吸收要求发展机会的平民，因之，独占的压力并不太严重，并不易很快地引起平民的反感。加上传统经济自由主义还是深入人心，所以独占趋势可以顺利开展。等到拓殖碰到了限度时，独占势力封闭了经济机会的事实才被一般平民所感觉到。这种感觉反映在20世纪初年的劳工运动。独占势力遭遇到平民的反感时，才需要利用政治势力来庇护。美国政治在财阀的需要中，担负起了财阀保护者的责任。

若是当时平民的政治意识和财阀一样的发达，美国财阀政治能否确立尚是问题。所以我觉得财阀政治的确立和平民自己轻视政治是有关系的。美国自立国之始就承认人民是政治权力最终的所有者。政府里一切做事的人，不是由人民直接选举，就是由人民选举出来的人委派的。所以政府是向人民负责的。凡是拿薪水，拿工资过活的，以及小农和小商人，就是我在这里所说的平民，占着绝对的大多数。在数目上财阀和平民相比真是相差太远了。财阀，大小都在内，包括一切靠财产生息来生活的人，大概也占不到1%。即是我们再把收入较高的人算入财阀集团里去，还是占极少的数目。民主政治是以选举来决定政策的，是大多数的统治，而且每一个公民一张票，在理论上，穷人富人是没有差别的。所以假若平民认真投票，用选举票来保障自己利益的话，财阀是决没有机会去控制政治的。财阀所以能控制政治，多少也因为平民自己放弃他们控制政治的机会。有投票权的最大多数还是平民，可是他们不是弃权，就是很多有意的和无意的依了财阀的主意去投票。

我们在局外只注意美国选举资格的逐渐减低，选民逐渐加多，觉得美国的政治是在渐渐平民化。其实有选举权是一件事，能不能选举，愿不愿选举又是一件事。譬如美国宪法上明明规定不能以种族来限制公民的权利。我们也找不到任何一州有禁止黑人投票的法律，可是每次选举时总有无数在事实上排除黑人投票的例子。这是说人民单单有选举权是不够的，要实现民主，还得要人民使用他们的权利去投票。投票还是不够，一定要投票者认真地用他这张票争取他自己的利益。要做到这一个程度就需要普遍的政治教育。美国在这方面还刚刚开始。以往普通人并不把自己的选举权看得很重，所以很多人根本就不使用他们的权利，不去投票。

美国民主政治不能充分实现的原因固然很多，选民的弃权也是其中之一。在美国到现在有8000万人是有选举权的，可是1940年选举总统时，投票的只有5000万；1942年选举国会议员时只有2800万人投票，2/3的选民弃了权。著名的例子是相当保守的Martin Dies是以Texas第二选举区中选民5%的票子当选议员的。为什么他只有这样少的票子就能当选呢？那就是因为大多数的选民对于选举没有兴趣，弃了权。平均说来，在乡间的县长选举中投票数只有选民的1/10；在城市里市长选举中投票数只有选民的5/10。这些数目实在表示了民主政治的基本困难。权利可以争取，可是要每一个有权利的人都利用他们的权利却不是在国会里通过一条法律就可以做到的。

最容易弃权的自然是家庭里的主妇，开店的小商人，工厂里做工的工人，和机关里的小职员们。他们一天忙到晚，没有闲工夫来研究当前社会经济等问题，来听取和比较各党的言论和政纲。他们若是有问题又没有询问解疑的地方。因之，他们对于自己的投票发生怀疑。哪一个政党的政纲是合于自己的利益呢？若不能明白回答这问题，即使投票也决不能是一种合理的政治行为。大多数的美国平民的确有此苦衷。

平民们要在美国复杂的政党政治中作合理的政治判

断是不容易的。传统的政党界线却并不是划分在平民和财阀的利益分野上。以经济利益来划分政党在美国还只是一个新近的趋势，没有成为清楚明白的事实。大体上说来，民主党将变成收入较小的人的政党，其中将包括有组织的劳工，小农，小商人和薪水阶级，有一天可以成为美国的平民党。共和党很可能成为收入较高的人的政党，包括企业家，大农，及那些不需政府补助或支持可以独立经营自己事业的人们。我说这只是一种可能，因为在目前，例外还是很多。以1940年大选的情形说：南方的上层阶级和有体面的人还是民主党的台柱，北方的平民依旧有很多投共和党的票。黑种人里帮人的老妈子，艰苦的小农，工厂里的粗工似乎是再也没有理由去维持共和党了，可是他们偏偏拥护共和党——换一句话说，美国人民还是有很大部分的政治见解没有脱离林肯时代的旧窠臼。内战时的仇恨使他们不易用经济利益来选择他们的政治联系。

美国政党分野的因素太复杂，不论共和党或民主党本身都包含着各种方面利益（经济、社会、宗教等等）相冲突的分子。因为这个原因，在重要的几次大选中，愈是局面严重，竞选时各党所公布的政纲也愈是模糊，甚至不敢提出主要的争点。譬如南北战争前夜的竞选，黑奴解放问题却避而不谈。又譬如1920年大战结束后，美国是否参加国际组织问题又是半遮半掩。罗斯福初次上台，袋里早预备下新政的方案，可是在竞选时，始终不愿详细说明方案内容。他的两个对手兰登和威尔基也同样的不愿对这方案有明显的和具体的攻击。再以最近这次大选来看，主要的争点，无疑是战后的经济政策，可是罗斯福和杜威所说的话中，实在看不出什么太大的分别——这是规避作用，就因为美国的政党是历史堆积成的东西，不是依某一清清楚楚的利益为分野的。

投票时各个政党既以半吞半吐，模棱两可的姿态出现，投票者若对于美国政治内幕没有深刻研究，也就难于依理智来作判断了。这时财阀的钱发生效力了。美国在选举时并没有人拉了选民去吃面，他们用钱的方法是间接的，不是直接的。有钱的人可以要报纸做什么样的宣传。美国的报纸大多是靠广告。办报是做生意，目的在挣钱，所以不敢得罪登广告的顾客。于是大企业家可以从登不登广告中，干涉到报纸的舆论了。假若太相信了美国普通的报纸，你会预测上一次大选，杜威会胜利的。这就表明了财阀怎样用钱来干涉舆论的一端。广播在美国是一个重要的宣传工具。可是广播公司是私人经营的，你要想广播多少时候，就得花多少钱。其他如演说会、宴会，都是要钱的，有钱的人就拿出钱来津贴政党活动，条件是照顾照顾他们的利益。

一个普通的平民只有靠报纸，靠广播，靠各种集会去决定他应该选谁。在这情形中，“天下乌鸦一般黑”也许是最入情理的结论。所以他们弃权了。好坏自己不负责。次一些的就依平时对候选人的感情来决定自己选举票上写哪个名字。威尔基曾说：“美国人并不根据政策投他们的票，而是依对候选人的感情来决定他们政见的。”谁是候选人，这人顺眼不顺眼是主要考虑。所以在竞选时，报上常有种种议论说某某候选人其貌不扬，不容易得女子的票。某某候选人声音好听，讨人喜欢，很有被选的希望。某某候选人多了一撮胡子，使人想想希特勒，不成。诸如此类的说法，我们从局外看去，有如以前上海滩上大学里选皇后一般神气。民主政治流到这地步时，结果可以使多数的平民选出庇护财阀的政府了。所以我说美国平民政治一直到目前才抬头，原因是在以往平民自己不在政治教育上用功夫，以致无法去利用民主政治所给予他们的权利来保障自己的利益。财阀政治得以确立，平民的弃权和盲从是一个重要的因素。

150年的美国历史中最基本的趋势是财阀和平民两大势力的赛跑。在开国的时候，哈密尔顿和杰斐逊，代表这两种不同的势力。他们是华盛顿总统的左右两手。财阀的贡献是造下美国国富的基础，平民的贡献是奠定美国民主的磐石。每当财阀势力跑得太快的时候，平民警觉了，就利用大选的机会，拥出一个反财阀总统来，像杰斐逊，约克逊，老罗斯福，小罗斯福，都是著名而且富有魄力的平民总统。但是，平民的政治意识薄弱，只要财阀稍稍让步，他们也就懒得再去顾问这“卑鄙和污秽”的政治了。于是财阀的势力又抬头了。就是在平民总统的任内，财阀的力量即使控制不了白宫，他们会退守议会，在互相牵制的宪法中，使平民总统无法行使权力；若是议会都控制不了时，他们还可以退守最高法院，把立法机关通过的法案加以“不合宪法精神”的名目予以阻挠。所以我们若单就白宫而论，过去的美国政府并不常是站在财阀身边的，但以行政、立法和司法的三部合起来看，财阀控制政治的事实也就显然了。

财阀政治最发扬的时间也许是在第一次世界大战之后。哈定接着威尔逊入主白宫，提出了“恢复常态”的政策。他所谓恢复常态是民营企业的自由发展和政府尽量津贴民营事业。在战时有很多企业是因战时需要由国家投资兴办的，一到哈定手里，就以极便宜的价钱卖给私人，换一句话说，把纳税人的财产差不多白送给了财阀。可是这时财阀们还有一个很麻烦的问题。在战时，美国借出很大的一笔钱给协约国作战，战事结束了，协约国开始要还债。要他们还债，一定要让协约国把货物运到美国来销售。这样，美国的企业家不是要遇到竞争了么？于是他们要求增加关税。这是一个最矛盾的政策，一方面要协约国赔款，一方面不许它们货物运入。可是庇护财阀的哈定和胡佛居然实行这政策。著名的 Fordney-McCumber 和 Smoot-Hawley 税则是美国史上空前的保护税则。这税则是使上一次大战之后世界经济无法恢复常态的主要因素。这样还不够，哈定总统订下种种法案去津贴私人企业。政府哪里来钱呢？他又订下新的税则把国库的担负分配到中下层人民肩上。这样的庇护企业家，使企业家大得其利，造成了 1920 年前后的所谓“企业繁荣”。

企业繁荣是社会病态的一阵虚火。大量财富集中到了少数人手上，发生了大量的储蓄，刺激投资和企业扩张。可是平民的收入却在减少（以农民来说，1920年到1932年，他们的总收入从15.5个10万万元降到5.5个10万万元）。一般人民的购买力赶不上生产力的膨胀，造成了生产过剩的现象，总结于长期的不景气。这情形，我已在第七章中说起过。

企业家的利益不是在企业的繁荣而应当是在社会的繁荣。社会的繁荣是平民生活程度的提高。即使我们不走极端根本取消私人企业，私人企业的发展也必须跟着在社会繁荣的后面。只有在平民利益的基础上培养财阀的利益。所以美国经济的发展势必走上庇护平民利益的路子。罗斯福的新政并不是“共产”，并不是取消私人企业，而是在给予私人企业一个繁荣的基础。因之，罗特威格在《罗斯福传》中说他是资本主义社会的最后保护者。平民政治并不是无产阶级专政，在平民政治中是可以包含资本主义、可以容忍而且培养私人企业，因为平民政治的目的是在保障平民利益，提高平民生活程度，和私人企业可以不发生冲突。美国是在试验这一种节制资本以保障平民的经济组织，能不能成功，那是以后的人所要作的判断了。

# 平民世纪在望

民主政治最后的归宿必然是平民世纪。平民在社会中总是占绝对多数，民主的基本原则是多数统治，所以最后必然是平民统治，我用“最后”两字因为平民要实现他们的政治地位，必须能合理地使用民主政治所给予他们的权利，这不是旦夕可致的，必须经过一段时期的政治教育。财阀统治很可能是一个平民世纪的预备时期。当然，少数特殊权利的享有者，为了他们自身的特权，可能否认民主政治的原则，建立法西斯蒂政权。可是这在英美是不容易做到的。他们民主的传统太深，就是那些握有特权的人，在他们传统的教育中，也不能内心无疚地踏上希特勒的道路。他们虽然不会痛痛快快地自动抛弃特权，可是只要他们在民主原则下斗争，他们至多只能利用平民的弱点，延迟平民世纪的实现，决不能改变这世界迈进的方向。

美国平民的政治意识慢慢在成长，在这次大战中，他们已开始自觉他们的政治责任了，这自觉可以说是发生于他们每个人对于自己生活的焦虑中。

自从大战的胜利有了把握以来，最大多数的美国平民心目中的严重问题是战后的职业。现在在兵工厂里做工的，在前线杀敌的，面对着一个矛盾：战争早一天结束好一天，可是战争一结束，他们不必再造轰炸机、坦克、吉普车；不必再在远离家乡的异国军站里等候命令了。那时到哪里去呢？现在每星期30元至40元的工资，养家之外尚有一点储蓄；即在军队的，每月也有50元养家费，40元零用。战争一旦结束，若是找不到工作，怎么办呢？失业，是的，这是个老名字，美国工人听来那样耳熟，又那样可怕。胡佛任内的不景气，还不过15年前的事，人人记得。这次战争结束后，会不会又重演这一幕惨剧呢？

他们这个忧虑并不只是受惊后的弓蛇之感，事实上不能不使他们着急。这里是一些数目字：

1939年，美国工业里和农业里所有劳工人数不到45个百万，1943年已增加到55个百万，还有11个百万的人在军队里。2000多万本来不做工的人现在或是做工或是当兵了。换一句话说，在这次战争中全人口中16%的人民就了新业，职工里添了原有数量的1/5。

1939年美国生产总值是100个10万万元，1943年已增加到了188个10万万元，差不多加了一倍。在这数目中政府收买的工业品占85到90个10万万元。换一句话说，普通工业还维持着战前原状，增加的是战时工业。

战争结束了以后，若是恢复了战前常态，则一半的生产力要缩小，1/5的工人要没有职业。若是再有一次不景气，那就更不堪设想了。何况技术进步，即使维持战前生产水准，所需劳工数目一定会大大的减少。假定“常态”恢复了，或是不景气降临了，谁受到损失呢？大企业家不过少挣一些利益；直接受到冻馁的是失业的工人，没法出卖农产品的农民，商店倒闭了的小生意人，开了差的小书记、小职员。愈是收入小的受到不景气的打击也愈重。在美国战前有职业的人中每年收入在1000元以下的还有21个半百万的人。这些人是现在对于战后经济最担心的人，这些也就是美国的平民。

这情形若发生在我们的这种国家，那只有袖手等待这厄运的降临了，至多也不过用求饶的口吻，哀告左右战后经济的势力，不要太狠心。可是在美国这个具有民主政治机构的国家，平民可以思考这样一个问题：我们能防止这厄运的降临么？这样，平民的政治的意识提高了。他们可以在合法的政治斗争中去控制战后的经济计划，使这庞大的生产力不但不必缩小，而且可以作为改善平民生活之用。

要使88个10万万元在战时增加的生产力用来提高平民的生活程度，在以“谋利”为动机所安排的经济秩序中，是不容易做到的。其间必有一个时期需有一个权力能保证这大量消费品的生产一定有市场，另一方面又得保证人民可以在工作中创造得出这一大笔购买力来。这是要有一个力量能维持住就业的人数有增无减，工资也有增无减。这个权力只能是政府。政府能担负这责任，在必要时可以用税收来兴办公益事业，以增加就业；低利放款，或甚至用津贴来维持短期间无利的企业；用保险和救济来维持暂时失业或无法工作者的生活。怎样去建立这一个肯担负、能实行这些战后经济计划的政府呢？平民们开始自觉他们要使用民主政治所给予他们的权利了，他们要在投票中得到一个庇护平民利益的政府。

我在上面已提到过在上一次大战结束之后所发生的财阀统治。这是可能在这次大战结束后重演的。而且假使平民们不在这时候争取政权，最自然的结果是财阀们再来一次“企业繁荣”。

1944年的大选是平民政治的一个试验。怎样能使最大多数的平民利用他们的选举权来争取他们生活攸关的战后经济安全？假定每一个选民都不弃权，平民政治也就有了成功的把握。平民人数多，票子多，所以必然发生决定哪一党上台的作用。“假若这次大选能和1940年一般有5000万选民投票，拥护平民利益的政党一定得胜。”这是在大选前，有政治眼光的人同意的结论。所以内行人在大选前都注意到选举票的总数上，杜威的朋友Gallup、美国民意测验的主持者，只能盼望选民登记那天下雨，不然杜威的失败是决定的了。

结果，罗斯福胜利了，8800万合格的选民中，有6000万人依法登记，有5000万人投了票。按Gallup的预测不过3700万张票子。因为在战时，大量人口流动之下，公私事务重压之下，没有了汽油不能自由往来的限制下，若没有特别的力量去鼓励选民投票，Gallup的预测是不致太差的。可是，结果有5000万人投了票，决定了罗斯福连任，为什么呢？这问题的答案大概是很复杂的，但是事后的评论，没有人能忽视了CIO-PAC的成绩。这是美国政治中的新运动，我们要了解今后美国的政治，决不能不明白这个组织，这个运动。

去年年初，大选的空气已经弥漫了美国。我本是美国政治的外行，每天翻看报纸，五花八门，真是摸不着头路。尤其使我这种外行觉得困难的是那些缩写的名字。那时我到处都看到这CIO-PAC，可是望文无从生义，从各报社论看去这一定是个怪物。有的报痛骂这东西是法西斯蒂，想包办工人投票。有的说这组织的负责人Hillman是犹太，是立陶宛的原籍，闻得到红味儿。有的说这组织的钱来路不明，可是巨大无比，预备收买总统。有的说Hillman既占领了工会，又要占领民主党了。可是另一方面，Hillman的演讲光明正大，实在动人。他要求国会检查这组织的言论，公私信件，以及出入账目。美国检查机关FBI检查了几次之后，找不出破绽，证明了他们政治活动完全合法。至于*PM*，*Nation*，*New Republic*等我所喜欢的进步派报纸又极力推崇和辩护这CIO-PAC。有一次在报上甚至见到一张Dorothy Parker，Henry Wallace和Hillman一同吃饭的相片。Dorothy Parker

是金老先生最崇拜的女作家，华莱士是不用说，大家熟的。金老先生所崇拜的作家大概决不致和闻得到红味儿的人在一桌用饭的吧——因为这种种矛盾的宣传，使我不能不追问一个究竟：CIO-PAC究竟是个什么东西，值得大家大惊小怪？

CIO是Congress for Industrial Organization的缩写，译出来是工业组合联会。这联会是发生在罗斯福任内通过了Wagner Act（1935年）之后。这法案保障工人有权组织工会和雇主作集体交涉，禁止雇主开除工会会员。于是以前的“劳工武士会”改组成了CIO，同时组织了钢铁、纺织、汽车业等工会，和AFL（American Federation of Labor）分别成为当前美国最强的劳工组织。

美国工会的主要事务是在保障工人的利益，增加工资，减低工作时间。他们对于政治并没有特别兴趣，不过是一个普通影响政治的团体。这可以说是一种传统，我在上面已说过。1942年国会改选时，工会照例并没有积极参加政治活动。在这政治兴趣的低潮中，三个选民之中有两个弃了权，弃权的大多数自然是平民（包括工人）。结果这个国会立下了许多和工人利益相反的法案。罗斯福总统虽则极力奋斗，很多重要的政策无法通过。好像罗斯福要以增税来代替公债，平民的负担减轻的法案被否决了。又像补助农产的法案也被否决了。1942年的国会正遇着战争，平民弃权的结果，使这次战争中有很多设施袒护了大企业家的利益，也因之使行政和立法两系统间时常发生磨擦。这教训使CIO感觉工人的利益不只在厂内，必须参加厂外的政治活动了。而且工人不过是平民的一部分，和家里的主妇，店里的小职员等等有着共同的利益。何况战争已接近胜利，战后经济的规定已成了平民所焦虑的对象。若是平民要争取自己的利益，在1944年的大选中必须联合起来才能发生决定作用。

平民之中，只有工人是有组织的。平民政治有抬头的一日，也必须从有组织的平民中发动。CIO认清了这责任，组织了一个委员会，叫政治行动委员会，Political Action Committee，缩写是PAC。

CIO-PAC不是一个政党。美国劳工党还没有组成的希望（虽则美国曾经有过一个劳工党，但只限于纽约州内，后来内部分化，已经没有什么重要性）。这是因为我在上面已说过，美国的政治虽则已有向经济利益基础上分化的趋势，但是还不是一个事实。在这时若成立一个新党，新党的力量本身不足以取得多数选民的拥护，反而会减少接近工人利益的政党的票数，给敌党一个取得多数的机会。CIO-PAC不成一个政党是出于环境的限制。它将来会不会成一个新党，那是以后的事。不少人在猜想1948年可能有个以CIO-PAC为基础的新党产生，甚至会推华莱士做候选人。那不过是一种预测罢了。这四年内的变化，谁敢说得定？

CIO-PAC既不是一个政党，它有什么政治行动呢？他们的口号是“每一个工人投一张票”（Every Worker A Voter），至于投什么人的票，这不是PAC所要管的事了。CIO一共有500万个社员（1934年），有工会组织的工人在美国一共有1400万。若是每一个工会会员都投票的话，可以占选民总数的16%，或实际投票者的28%。这个力量已够惊人。若是他们能动员所有工人都去投票，一共可以有5400万，加上每个工人的家属，其数更是庞大，几乎超过现有投票者的总数——让我们再推想一步，若是他们都选一个人，这个人一定能当选总统，不成问题。美国是个民主国家，绝没有人能反对从投票获取政权的公式。这样说来，工人支配政府是有把握的了。最大多数的统治，必然会造成平民世纪。凡是和平民利益相冲突的特殊阶级也必然会在民主原则中消灭。在美国已到了决定阶段，只要平民认得清自己的利益和不放弃他们投票的权利，CIO-PAC就要做到这一点。

1943年11月1日至5日，CIO的第六届大会通过了PAC的组织，1944年这组织开始工作了。到过PAC办公室里去参观过的人出来摇着头说："这哪里是个委员会，简直是一辈十字军。"紧张的空气使任何人，不论是赞成或反对的，全都觉得这是一股美国政治上的活力。就从那时起，全国的舆论开始对CIO作种种批评和攻击，也就在这种种矛盾的批评和攻击中，使我这到美国去观光的人也不能不发生兴趣了。

CIO在这狂潮中坚决地立下了几个纲领：一、一切活动绝对公开；二、绝不强制工会会员选择他所投票的对象；三、尽量和一切平民利益的团体相合作，不居功。

这几条纲领他们确实做到了。

他们不但欢迎任何负责的个人和团体去参观，而且自动地要求国会来检查。Hillman分别在众议院和参议院出席调查委员会答复问题。FBI两次派检查员到他们办公室审查一切文件和账目。Hillman在1944年9月28日众议院的调查委员会前作了一篇动人的演说，其中有一段话说:“我不知道有任何政治团体像我们一样一切活动一贯地在光天化日之下进行的，像我们一样愿意给政府机关一切的情报。也许这是我们的奢望，因为我们想在这公开和合作的精神中立下一个别的团体可以取法的榜样。但是，若是果真能这样，即使我们别的竟无成就，这一点对于美国的政治上已有卓越的贡献了。”

他们的工作是在供给一切人民作政治判断时所需的真实材料。譬如某州要选举议员了，各党都提出了候选人。CIO-PAC就把各个候选人的传记、言行、政绩公开发表给当地的选民看。这不是宣传，更不是“拉票”，因为所发表的事实是公开的，若是有捏造的话，当事人自可提出诉讼。至于当地人民愿意选谁，PAC绝不加以干涉。他们崇尚民主精神。民主精神的要义应在尊重每一个选民的意志。

他们知道从获得选举权到行使选举权之中，其间有很多事实上的阻碍。譬如选举前要登记，普通人可以因故忘了去登记，或是不知道日期和地点，没有同伴，不愿意麻烦等等。所以PAC最重要的工作就是派人去挨户指导和引起他们对政治的兴趣。这件事他们叫canvass，招徕的意思。招徕员是自愿的。PAC预备下种种手册教这批招徕员如何去招徕。*Life*杂志上曾有过一张全幅的照相，例证一个十七八岁的姑娘如何挨户去招徕。

他们更预备下一个具体的政纲叫The People's Program For 1944。这是经CIO执行委员会所通过的政治要求。他们并不从政党立场来立政纲号召选举票，而是借此宣布人民的要求，让各政党自己去采取。任何政党若能采取他们的纲领，他们就拥护谁。1943年各党大会选择总统候选人时，CIO的代表都参加。等到两大党的政纲决定之后，CIO就宣布民主党的政纲合于他们的纲领，拥护罗斯福的竞选。可是这并不限制工会会员投杜威的票。

CIO明白他们不过是平民中的一部分，所以自始至终都和其他劳工组织相合作，后来为了推广这种政治服务运动起见，组织了一个“全民政治行动委员会”（The National Citizen's PAC）。那是1944年6月里的事。任何人都能参加，其中有很多有名的作家和教授们，

Dorothy Parker就是其中的一人。到8月里，NC-PAC又成立了一个宗教联合会，很多教士参加了这平民阵线。

CIO-PAC是1944年开始活动的组织，到现在还不过一年半。一个新生的婴儿，又遭着有计划、有财力的反对，居然成了没有人能忽视的政治势力，那实在是一个美国政治史上的奇迹。它已诞生，还要时间去培养它，使它成年，使它完成政治服务、政治教育的任务。

为什么它会有这些成功的呢？它的招徕使1944年的大选达到5000万票子的数目，成为罗斯福连任的决定因素。它又改造了一个比较进步的众议院，监督政府保障平民利益，制订战后经济方案，压倒种种种族偏见、国际离异、独占企业的势力——它能得到这些收获，理由是很简单的，那是因为美国的政治在过去的几年中已开始发生了一件重要的变化，那就是有选举权的人民开始利用他们的权利来保障他们的利益了。这也就是华莱士所谓“平民世纪”的序幕。平民政治意识的成熟必然会发生平民政治。CIO-PAC不过是执行这时代的要求，促进这过程罢了。

要了解美国政治的动向，我们绝不应忘记了这根本的趋势。这趋势也不会限于美国。现在是一个天下一家的世界，没有理由可以相信，和平民利益相反的政权能在这世界的任何角落里长久维持下去。今后将是平民的世纪。

# 经济的修正

自由和平等不是消极的。在政治上，美国的平民已经逐渐觉悟，他们消极的厌恶权力并没有保障他们所渴求的自由和平等。牵制和平衡的政治组织固然使要做事的总统们无从放手做事，但是在消极性的政治中培养出了强大的经济权力，笼罩了全社会的活动，大多数的人民失去了生活的保障，在失业的威胁下战栗。经了一个半世纪，平民的力量在政治上逐渐有所表现了，他们不再在选举里弃权，他们要使用他们传统精神所授予他们的权力来参预政治了。这是积极的民主，积极的民主在参预两字。

平民若控制了政治，政治的力量是否会遏制经济的发展？我们可以想像的是平民对于经济权力的反感，这反感很可能转变成私人企业发达的阻碍。在美国历史上已经表现了好几次。最著名的是杰克逊的反对国家银行，我在上面说过国家银行制度是哈密尔顿的杰作，他集合了私人资本，用国家的名义，得到特殊权利。这无疑是为财阀谋利益的设施，可是限制国家银行的活动，固然可以使平民称快一时，同时却阻碍了美国经济的发展，受损失的不只是财阀，平民也在其内。这其实又落了消极民主的窠臼。杰斐逊所希望的小农民主，在科学发达工业勃兴的19和20世纪是不可能实现的了。消极的经济民主忽略了这事实，因之，在美国历史上像昙花一般，一现再现，总是没有结果的。用政治力量去限制私人企业的过分膨胀是可以的，但是若没有其他的道路可以引导经济的发展，一切的愿望都会落空，像老罗斯福的反对托拉斯一般，全无实效。

在美国，除了极少例外，差不多没有人在原则上反对私人企业的。在我们，电信、铁路全是国有的，没有人觉得这些社会公用事业应该由私人经营。可是在美国，若有人主张铁路国有，一定会引起强烈反感。这是传统。所以他们的问题不是国营和民营的问题，而是私人企业的发展怎样能普遍地提高人民的幸福。

私人企业并不一定是有违人民幸福的。可是因为以往的私人企业是以“谋利”为目的，所以有时可以违背人民幸福。所谓谋利是指投资者一定要有利息，利息愈高，企业愈顺利。企业发展的路线也是依利息较高的方向走。投资者得不到利息时，企业也得停顿。谋利的利字既限于这狭小的定义，所以有时会和较远或全社会的利益相左。举一个例子说，为企业本身着想成本愈低利息愈大，工资上能低一些就能降低一些成本。在工业突起的早年，童工和女工成了最有利的劳力，因为儿童和女子并不是家庭的正常挣钱的人，他们可以在较低的工资中出卖他们的劳力。在企业本身说没有理由反对这成本较低的劳力，可是为了社会的利益着想，没有教育机会的儿童长大了，不但社会不能得到他们最大可能的贡献，而且死亡率、犯罪率的高涨，增加了社会的费用。女工的利用可能影响她们的家庭生活，若是工作环境不良，她们过度劳作的结果，可以影响社会上第二代的健康和教育。这是极容易明白的道理，所以现在任何文明国家都已经禁止利用童工，以免预支和浪费社会的本钱，对于女工的利用也必须加以种种条件，使她们不成为便宜的劳工了。

私人企业为了要求眼前的较高利润，他们可以用种种方法维持他们所定的价格。这是发生独占的一个原因。可是在维持某一商品的高价时，可以减少能享受这商品的人的数目，同时也限制了其他商品的市场。电力是一个很好的例子。电力公司为了它本身的利益，不愿降低电价。所以一直到现在，美国的农家中还有2/3不能使用电力。没有电力的家庭，自然不能有电灯、电气冰箱、电炉。在这种人家，做主妇的就得费很多的时间和劳力去经管家务，限制了这社会的文化水准。同时，因为没有电，电工材料自然也就不能销售到这些人家去。没有公共的电气冰箱，很多的农产品不能种。比如杨梅，若是不能保存，就不值得种。为了电气公司个别的利益，使社会整个生产力无从发展。

私人企业对于资源的利用也会发生浪费的弊病。美国Ducktown的铜矿是一个例子，这个铜矿附近有极好的森林，炼铜厂就砍下来作燃料。同时，炼铜时所发生的硫磺从烟囱里散布到四周，把剩下的森林都熏死了。雨水接着把土层冲洗，沙土淌在河里，把鱼赶跑了。下游的水电厂，因为水里的泥沙太多，常常停电。结果，这地方的铜矿是开发了，可是其他的种种实业都受到了坏影响。若是这个铜矿的经营者心目中不只是炼铜，他们可以保存这森林，可以把硫磺作为副产，则这地方的渔业、农业以及电力都不会受损失。

每一个公司追求它自身最高的利润并不能保证社会经济最大的发展，并不能保证对于资源的最大利用。纯粹站在经济的立场说，私人企业的方式并不能实现科学所允许人类的最大收获。

有很多反对私人企业的人是站在财富分配不公平的伦理基础上说话的。这自然是应当注意的。科学知识是社会的产业，从科学知识里得到的财富也应当归之于社会大众，可是很多答复这攻击的可以说，私人企业并不一定排斥财富的公平分配。假如公司的股票能分散在大多数人的手上，这问题不就解决了么？我有一次在纽约一条街上走，抬眼望着一座摩天楼，顺口问和我一起走的朋友，谁是这高楼的主人，他笑着回答我："你要不要也做个主人?"我惊异地望着他，还以为他是在说笑话。他接着说："我是认真的。你有钱，就可以在股票交易所去买这座高楼的股票。"其他的工厂、铁路都是如此的。现在，美国的趋势确是在尽量地想做到资本家的大众化。譬如，他们一方面奖励储蓄，指导投资，以及把劳工的奖金购买了本公司的股票发给工人；另一方面征收累进财产税和遗产税，一扬一遏，逐渐可使财产分配趋于平均。这样说来，私人企业和财富分配不平均可以是两回事。

我在这里所给予私人企业的责难却不是从财富分配观点上来立论的。私人企业的专为个别企业的利润着眼，可以和社会整个的利益相左。它不容易实现科学所允许我们对于资源最有效地利用和开发。我在美国曾和不少朋友讨论私人企业的问题，我觉得美国人并不根本否认私人企业的原则，而是想怎样去避免私人企业可能发生的弊病。换一句话说，他们觉得以往个别的企业确是不足完成现代社会的经济使命。可是补救的办法并不在以其他原则来代替私人企业，而是要在私人企业之上加上一个社会的目的。他们认为缺乏社会目的的私人企业确是会发生有损于社会的结果，可是在社会目的之下，私人企业同样地可以获得利润。社会目的和私人目的并不是矛盾的，因为他们并不在一个层次里。社会目的给私人目的一个范围，在范围之内，两者是相合的。私人企业的繁荣最后是靠社会的繁荣。社会不繁荣而私人企业讲繁荣会引导到搁浅私人企业的不景气。社会繁荣所以是私人企业繁荣的前提。若是在短期间私人企业因要顾全社会目的而遇到限制，这并不是两者的矛盾，而是私人企业轶出了轨道，会遭遇打击的警告。

美国的一部分进步的人是在想，怎样去给私人企业一个合于社会目的的范围。社会目的并不是一个抽象的伦理观念，而是在经济组织中生活的人所能在生活中感觉到的利益的综合。譬如上游铜矿公司去设计它的企业时，能顾虑到在同一社区中开发资源的人所具的利益，它就可以不会浪费森林里的木材和炼铜时所得的硫磺了。最理想的自然是在各种相关的企业之上有一个相互讨论的机构。不但企业之间应有更合社会目的的配合，而且在从事于共同经济活动中各种职务的人之间也得有这种讨论的机构，使他们能共同完成大家的利益。换一句话说，只有共同的参预才能达到社会目的的确立。这是经济民主的基本原则。

以往私人企业的经济的确有许多弊病，到了20世纪的中叶，各个国家都在设法矫正这些弊病了。同一的目的之下，可以发生种种不同的方法。每个国家有它不同的传统和不同的处境。在某一传统和某一处境中所试验成功的方法，并不一定能应用到另一传统和另一处境之中。事实上世界各国怎样去达到在社会的共同利益下最有效地发展它们的经济，大概是不会采取同一方法的。我们自然应该去向各种方法一视同仁地去学习，但是若忘记了自己的传统和处境，就不免会有画虎成犬的结果。美国在试验它们的方法，正如苏联在试验苏联的方法。我们没有理由有任何成见，为了美国的方法和苏联不同而分别我们的好恶。重要的是在从各国的传统和处境中去了解它们为什么采取某一种方法，更从领略各种方法的妙处中去为自己社会寻求一个适合于自己传统和处境的方法。这就是我所谓“邦各有其道”的真谛。

美国在这方面试验最有成绩的是罗斯福最得意的杰作TVA。TVA是Tennessee Valley Authority的缩写，译出来是田纳西河流域管理处。1933年罗斯福受命于美国的人民来征服当时的不景气。这是美国传统经济弱点暴露得最明显的时候。美国的人民下了改造的决心，拥护罗斯福所提出的新政。新政之中最永久和最具有基本改造美国经济意义的设施就是TVA。我在将要离开美国的时候，文化联络处的朋友建议我们去参观这会决定美国经济出路的实验。她更加了一句：“罗斯福太太曾说，一个到美国来观光的客人，若没有参观TVA就回国，是一件最大的遗憾。”可是我就抱着这遗憾回国了。为了要减轻我的遗憾，在美国的朋友们陆续寄了不少关于TVA的书来。我愈看就愈觉得罗斯福太太的话是一点不错的。我这本《初访美国》的小书也不能不用我最后一个遗憾来作结了。

田纳西河在美国相当于黄河之在中国。这是一条吃人的河流，位于美国的东南部，集五条支流的水量，流经七州，并入密西西比河中。这个区域是美国东部雨量最高的地方，水量大，水流急，可是出口却极为狭小，所以每逢大雨的年份，这拥有450万人口的流域就遭殃了。这里是美国的贫民窟，我在前面所提到的百乐大道上上演纪录最长的《烟草路》一剧，就是取材于这个区域里的实况。

罗斯福的试验是想用科学来改造这吃人的“黄河”，变成一条生财的大道。就是这些经常泛滥为患的水，若是纳入正轨，可能发生巨大的电力。这电力用到生产事业上去就可以增加大量的财富。这财富分散到人民手中就变成了巨大的购买力。这购买力可以刺激生产，维持工业的活动，获得繁荣，克服不景气。这些话说说是容易的，做的时候就不是那样简便了。要使泛滥的水变成推动发电机的力量，就要筑坝，筑坝不能零散、个别进行，必须把整个区域通盘筹算，测量水位，择地分段兴筑。使水流在一定的速率中流动，在坝上需筑巨大的蓄水库，因之要把原有的村落、铁路、农田改位变道。不但所需的资本宏大，而且在权力上也决非私人企业所能经营。电力产生了，怎样去推动生产？谁去经营？怎样使这自然动力所生财富能分散到人民手上变成购买力？这些问题更不是普通私人企业所能回答的了。

罗斯福要求国会通过一个法案设立田纳西河流域管理处。这管理处有权执行如何利用、保育和发展田纳西河及两岸的资源，用以促进国家的社会和经济利益。这管理处是独立的，直接向总统和国会负责。有一定的事做，有一定的责任要负。到1944年年底，21个大坝完成，一共费了475个百万元，除了少数公债外，全部是由国库担负的。10年里动员了20万劳工，挖掘了17.5万英亩的地面，筑成湖泊。搬动了1200英里的公路和140英里的铁路。筑坝所用的石料和洋灰比埃及七个金字塔还要多12倍。单以洋灰论，比巴拿马运河所用的多两倍半。这工程在历史上是空前的。到1944年，这河上的水力发出了120亿千瓦的电力，合美国在上次大战时代全国所有电力的一半。每1千瓦电力相当人力工作10小时。所以这曾经带来无穷灾祸的田纳西河，在这工程完成时，发生了1200亿小时的人力，相当于我国全国人口去服务13天。在这区域里的人每人平均每年所用电力在这10年里从400千瓦增加到2500千瓦（美国平均每人1530千瓦），换一句话，每一个人经常有七个工人每天做工10小时来服侍他。这个巨大的动力用来开发这流域的资源，真是非同小可。单以电力本身说，每年可以获得纯利1000万到1500万元，30年之后就能把投资总额回清；至于因为有了电力而增进的人民收入那是不容易算了。在没有兴办这水利以前，每家每年平均收入只有150元。现在平均的收入至少已增加了10倍到20倍。举一个实例来说，有个10年前每年收入200元的农家，去年，用了拖拉机来耕种的结果，一年得到了4600元，增加了22倍。

怎样使电气变成平民的收入的呢？我在这里不能详尽的介绍，只能举一个例子。田纳西河连年水患，土地已冲洗得很瘦，加上种植玉蜀黍和棉花，地力更是消耗得厉害，所以农业出产极低，这种瘠地需要从事培养。管理处一方面解决水患，有了蓄水库，不致再有泛滥，另一方面利用电力制造大量的磷质肥田粉精。这种肥田粉精和石灰加入了土里之后，可以培养一种豆类植物，豆类植物根上的微菌从空气里吸收氮，制成氮化物，增加土地的肥料，1磅磷肥在这过程中可以产生3磅氮化物。地力恢复了，然后改变农作物。以前这流域多种玉蜀黍和棉花，现在他们可以因地制宜地改种经济作物了。譬如有一个地方杨梅长得极好，以前无法保存所以不能多种。管理处请了专家发明急速冷藏法，建立公共的电气冷藏库，这问题就解决了。

这管理处虽是政府设立的机关，但是和普通的国营性质不完全相同，它等于一个公司，不是一个衙门，而且这许多发电水坝很可能由政府发行公司债，把所有权转移到私人手上去。政府不过是垫一笔款，负兴办时的风险，一等这企业上了轨道，有了可靠的赢利之后，就可以脱手，归于私人的资本去维持了。这是指水坝而言，至于其他因为有了电力而兴办的农、工、商业，则完全以私人企业来经营，管理处只处于协助和联络的地位。

先从农业说起，管理处负责研究土壤，和恢复地力的技术问题。试验成功之后，就由当地的县农业处召集农民，把这个道理讲明，农民中有自愿接受这新技术的可以成立“示范农场”。管理处于是派专家到这些“示范农场”去，和自愿实验的主人讨论出一个程序。管理处最初送他肥田粉精，在这示范农场上逐渐地把新的农具输入，可是一切都要由农民自动来采取，不许强制。凡是在当地表现了成绩的“示范农场”自然不愿再放弃，他的亲戚、邻居、朋友们也可以放胆跟着做。管理处并不津贴“示范农场”，因为惟有实在在经营中证明有利的才值得推广。从“示范农场”扩充成为“示范区”，由几十家人联合试用新工具，试种新作物，管理处不过是一个技术顾问。农民自己组织“农场改进会”来合作自助。他们并没有实行集体农场，更没有把集体农场国有化。可是，在技术上他们得到现代科学所可以给他们的好处，生活程度提高了20多倍。

管理处对于工业和商业都是采取协助性质。譬如肥田粉精试验成功了，管理处并不独占这商品，而奖励私人公司去制造，使产量可以增加，受益的农田面积也可以扩大。有一个码头为了交通的便利，亟需有个轮船公司，可是这地方的人并不起劲。管理处宁可不方便，并不考虑自己去开办个轮船公司。他们用各种方式去鼓励私人出来经营。这原则是极重要的。一切计划是否真正合理，真正对于人民有利，最好的判断者不是计划者，而是实行这计划的人民。若是一种肥料确实会增加生产，增加生产是人民的要求时，这肥料自然会受人欢迎，也自然会有工厂肯制造的。若是需用权力来强迫的话，计划本身大概颇有毛病。这是一个“计划”的最好的试验：信任人民。

田纳西河流域管理处不是一个国营的独占事业，而是无数小的私人企业的咨询、提倡、协助、联络机关。因为有这种超于私人企业的服务机关，才能使各种企业在为本身求利润的条件下不致损害社会的公共利益。而且在开发资源的整个观点下，使各项私人企业能获得互相依赖的好处，不致浪费资源。这种机关可以不限于当前的利益，看得远些，作种种研究和试验。所研究和试验的也可以是直接可以实用的问题。田纳西河流域管理处所发明的急速冷藏法和提炼水分法对于这次大战的贡献极大。战后可以引起食料生产和运销的大改革。

田纳西河流域管理处并不只是一个水利公司。它是从具体的、有效的动力供给起，使人民先改良他们的经济生活，在改良生活中使他们对于科学技术有认识，发生对于改良生活的自信力。更在参预社会共同的目的中活动，使他们发觉生活的提高有赖和别人密切合作。于是他们不致再对一切公共事业不闻不问，对于政治发生消极的反感了。民主是要在参预中体悉到它的意义。经济的民主必须实现在共同的经济活动中。只有共同的经济活动能把各个人的利益清清楚楚、明明白白地摆到眼前，人才会觉得经济民主之可贵。经济生活也许是最容易自觉的生活，贫困饥饿是一点不含糊的，所以从经济民主的实际经验中也最能训练一个能和别人合作、尊重别人意见的精神，经济民主可以充实和维持政治民主。从消极性的民主变成积极性的民主之间的桥梁就在这里。

TVA是成功的。它描出了一个新的经济模式。至少可能是美国将来经济模式的一个模型。可惜我没有在离美前几天里去参观一趟。这真是我初次访美中的美中不足，令人遗憾的事！

# 余笔

写完了以上16章，从头又看了一遍，虽则名称是《初访美国》，可是写下的既不是游记，又不是论文，至多不过是我个人在美国的一年所搜罗来的一些零星的感想。在一年里想从这复杂的文化中去找出一个头绪来，其实已经是奢望，何况，我在美的一年大部分的时间又是用在写作上，观察和阅读的机会实在太少。在离美码头上，我曾对送我上船的庆堃说："我抱了要认识认识美国的心愿来此，结果，我比刚到美国时更糊涂了，人家若问我美国是怎样的，叫我怎样回答？我真有一点心慌。"这担心的事，果真碰着了，我本来打算免得盲人骑瞎马，爽性拒绝回答这类问题为是。可是，看到了国内对于友邦既这样隔膜，同时和友邦事实上的接触却又这样密切，这距离确使我寒心。似乎有一种责任心推着我，要我做着我自己觉得并不能胜任的事。我终于写下一些介绍美国的文章，分散在各报纸和各杂志上发表了。在这暑假里，有几天闲工夫，把它们又整理了一下，成了这本略有系统的《初访美国》。

美国朋友们或是熟悉美国的朋友们看了这本小书也许会觉得我并没有了解美国。这正是我想要以这本书来引起的批评。我想借此和美国朋友或熟悉美国的朋友们说，中国人对美国还是缺乏了解，连那些在大学里教书的，甚至到过美国去的，对美国也是隔膜得很。这本书若被用来例证这句话，我心里很满足，因为我自觉这句话确是不错的。若是我这本书果然引起了这批评，我希望作此批评的朋友们不要就停住在这里，而能进一步想想：中国人对于美国不了解，不认识，或是美国人对于中国不了解，不认识，会有什么结果？为什么中美有了这样长的接触，有不少人到过美国，或来过中国，而两国还是这样陌生？若是我们认为缺乏了解并不是一件好事情，我们应当怎样才能增加一点相互的认识？我愿意在这本小书的结尾，提出这些问题来说一说，也所以说明为什么我愿冒着别人的指责而发表这种印象性质的介绍文字。

我这次旅行回来，我知道我的性子变得更急了，人家看我这匆忙的神色，为我担心，做学问的念书人连一点悠闲的味儿都没有了，像什么，书怎么念得好？我怎么不知道，又怎么不想悠哉游哉一些，可是我一想起了这世界，我心神真是闲不下来。世界变得太快了！

威尔基周游全球回去写了一本《天下一家》。地球这样小！那是每个空中旅行过的人的同感。地球上任何一点到任何别一点，以现在的飞机速度论，不能超过60小时。飞机速率还在加速，一年之后，又不知快到什么程度了。在这门户洞开、瞬息可至的小天地里，人们的生活自然会密切得像在一个家里一般：痛痒相关，休戚相系。像密支那、片马，那些蛮荒之区，已成了世界最热闹的空运站，两三年前谁敢作此预言？不知这些地方的人民，仰头看见那和蜻蜓一般多的飞机会作何感想！

世界真是小得很了。我听见朋友说过一件事：纽约百乐大道的咖啡馆里面有一群客人正在谈论轰炸柏林。大家嘻嘻哈哈地好像是在说山海经，远得在另外半个地球上的事。说到一半，旁边桌上两个英国空军移座过来。“柏林的火焰真高，”他们插口说，“气流急得像大风暴，飞机逃得不快，会吸进去似的。”旁边的人问道：“两位参加过么？”“是的，昨天晚上那次最凶了。”——大家瞠目结舌，不相信他们是活人。他们忘记了纽约离开伦敦不过十几小时了。

世界缩小得太快，快到我们心理上竟赶不上有此准备。不要说密支那、片马那些偏僻之区，或是我们内地这类被国事和政治封锁了相当久的地方，就是像美国那种交通便利、新闻自由的国家，离开海岸一两天的内地，同样还有“孤立主义”的遗老，他们一生没有见过冲绳人，没有听见过塞班岛，而他们的孩子却在这些名字都说不准的地方冲锋陷阵，为的却又是要去解放一些没有见过的人民。在他们看来，怎能不是荒唐？我们又怎能盼望他们不主张“莫管闲事”？我们自己也何尝不是这样？天下一家是个外形，内里住着的还是小门墙隔开着，各自起炉子的多房媳妇。我们传统的大家庭很有点像这时代世界的缩影。身世不同，互不了解的妯娌们，偏偏要住在一个家里，经营共同生活，于是误会、口角、骂街都是免不了的日常事务了。大家庭还可以分家，兄弟阋墙，至多也不过是断绝往来。这个天下一家却分无可分，逃无可逃，因之更麻烦了。

假定缺乏互相了解的人民间自己承认对别国人民不太了解，情形也就好得多。“不知为不知”，然后可以知。若是对方有一种行为或是一种意见，看来或听来，不太合自己的脾胃时，先假定自己可能误会别人，正可慢一慢激动自己意气，平心静气地想一想，很多无谓的争执也就可以免除了。可是普通人却并不如此。在一种传统里长大的人不容易承认世界上还有其他不同的活法。自己是这样，别人也不能不是这样。于是不同文化的人碰面时，问题就多了。

我想，经过了这次战争，大概没有多少人会觉得还能闭关自守，也大概不致再有人会因怕家丑外扬而有意阻碍国际间相互的了解了。可是，一直到现在为止，却还没有任何专门的机关和专门的人来担负分析文化和促进文化间相互认识的责任。我们到现在还只是靠一些旅行者偶然得来的印象来沟通民族间的了解。我这本小书就是一个例子。这显然是不够的。有时甚至是会曲解，反而增加误会。可是在没有有计划和有系统地介绍各国文化之前，也只能靠这些不完全的印象来担负这责任了。我希望从这小书的缺点里能引起负有沟通各国文化责任的机关和人员的反感，而促进他们在这方面更完善的工作。

严格讲来，做介绍文化工作的事并不是容易的。介绍文化不是宣传，而是分析。宣传所引起的是感情，爱好或憎恶，可是分析所引起的是理解，超出了爱恶，而入于欣赏。分析所要根据的是全盘事实，决不是短期的观光者所能胜任的。以目前的学术传统说，实在还没有培养这种人才的科目。我在美国曾参加过几个大学里为军队所特设的区域训练班。在这里不妨介绍一下。美国政府明白这次战争是全球性的，美国将在世界各地进行战争，而且现代的战争不能缺少当地人民的合作，为军事上的需要，作战的部队必须对于战区的人民有较深的了解。而且他们也知道军事胜利之后，对于解放区的种种设施，都得根据当地的民情来擘划，来推行，所以召集了各种专门人才设立区域训练班。譬如，他们对于日本，对于朝鲜等区域，早就得预备下行政人员。在区域训练班里，地理、历史、文化各方面全得顾到。于是专家之间得互相配合，贡献他们各人的专门知识，来完成对某一区域的介绍。这就是我心目中所想的文化介绍工作。

我参加这些训练班之后的感想很多，其中有一点值得在这里提及的，就是凡是有关于文化方面的分析困难很多。譬如你若为一个美国朋友解释中国文化，你时常会发现他们会发生种种你从来没有注意过的问题。有很多我们觉得极平常的，可是在他们却正是最不能了解的地方。原来，我们所谓文化介绍，其实是在用自己文化来和别人的文化相对照。所以要介绍美国文化给中国人，介绍人不但要明白美国文化而且还要能明白中国文化。为美国人解释中国，我们中国人自己反而有时不及美国人。要有这种贯通两国文化的人才实在不容易。

若是我们在这时发觉为什么中美接触了这么久，竟其没有一本解释美国的书流传在中国读者间，我们不应当认为这是出于疏忽，真正的原因是在我们还没有这种人才。要有一个对于中美文化都有了解的人，必须加以特殊培养的。以往，以及现在，我们并没有培养这种人才，怎能希望有这种书问世呢？

我们以往并不是没有关于中西文化的讨论，可是所讨论的却偏于原则的问题。讨论的内容不能不限于原则的原因，就在于我们还没有先做一步基本的、也是必须的工作：详细地、有系统地介绍西洋文化。因为没有这步基本工作，所以结果发生了“全盘西化”等说法。我们要不要西化的判断是必须根据我们对于西方文化的认识。全盘西化也就必须全盘了解西方文化。试问，在中国有谁敢自己承认了解了全盘西方文化呢？什么时候我们才能根据事实来讨论怎样去接受西方文化呢？

这次战争是快结束了，战争给我们明明白白看到的就是我们对于怎样毁灭的知识长进得实在太快。当我写这余笔时，报纸又送来了原子炸弹的消息。原子力的运用已产生了人类整个毁灭的可能性，要避免这可能性的实现（这应当毫无问题的是人类共同的目标），我们实在只有用同样的努力去发展可以促进人类合作的知识。若是沟通文化是可以消弭国际误会的话，这无疑是我们不应再事延缓的工作了。

我怎能不心急呢！我们这一代处在这一代历史的考验里！

1945年8月8日于云南呈贡

# 美国人的性格

我希望读者在这本小书里看到一个社会结构的标本；好像我们在生物实验室里解剖一条蚯蚓或一只鸽子一般。当然在这几万字里所画出的一个速写决不能把美国社会，和生活在美国社会里的人的性格，全部勾出一个棱角来，但是在这里读者至少可以看到社会和文化的解剖是怎样着手的。

# 美国在旅程的尽头

我们很多已经不太自觉其意义的客套和口头禅，时常能表示我们文化最深的一层里隐藏着的原则。尤其是两个素来不太相识的人，想在三言两语中，建立起社会关系时所用的那些已经成为习惯的客套，最足令人寻味。譬如说，我们传统社会中，见了个陌生的客人，开头几句里就要请问对方的年龄。我在《初访美国》里说过，这正表示了我们社会中尊卑的划分时常是以年龄做标准的。

在美国，两个不太熟悉的人，除非他们不愿相识，见面不久总会问到对方“你的家乡（home town）在哪里？”他们所谓家乡和我们的家乡性质不同。我们说的家乡是和我们现在生活上还是发生重要关系的地方。我们的亲人在家乡，我们的支持来自家乡。家乡也就是一大群关心我们的人，所以衣锦了要还乡。这是我们感得到荣辱的团体。我们攀同乡是因为我们属于一个亲密的团体。美国人所谓家乡并不如此。

美国人的家乡并不是现实的团体，而是个人历史上的纪念品、记忆中的标帜。他们是流动的人民。最初从别的大陆移到这地方。许多从一个地方来的人住在一起，说他们的土话，吃他们的土味，跳他们的土风舞——于是形成了“小西西里”、“罗宋镇”、“波兰街”等等各大城市里有名的土香土色的小区域。在这些人，只有祖国没有家乡。而祖国在他们的脑中并不是个将来死了还要把棺材运回去葬在那里的地方。大多是代表着穷困，压迫，不自由的陈尸。不但如此，“祖国”是他们在新大陆上发展的障碍。人似乎是都很势利的：祖宗不成为靠山，没有余荫的话，子孙们不易常常为了过去的劬劳之恩，而对他们念念不忘的；一旦祖宗的名字阻挡了他们发展的机会，对于他们的出身和来源很容易发生反感了。

在土香土色的小区域住过一个时间，那些移民或是移民们的子女开始向美国社会侵入。他们搬家了，搬到了大城市的郊外和附近的小镇上去住。这些人和隔壁邻舍并不发生亲密的感情，对于所住的房屋更说不上依恋。可是这是他们在社会生活上进入美国的第一步。这一步是走得很孤单的：在人缘上，他们不再日常听见从小学会的语言了；在生命的经历上，是断链的。他们不但不能从过去的生活里得到有助于当前，展开将来的资本，反而是束缚、阻碍；所以他在生命上要划断，要另起炉灶。这一步却又踏上了一个一时一代所走不完的旅程。在美国早年，向西去，象征着这遥远的前途。各人走着各人的路。从一个地方搬到另一个地方；从一个社会地位上升或下降到另一个地位。“家乡”是指这条长长的旅程上所停留过的站。

孤单的社会旅途中，他们举目无“亲”。血缘的关系联结不住不断移动的人。劳燕分飞的结果，手足之谊不免落了空。我们托人情的时候找亲戚，要攀登的时间拉裙带。美国人却没有这么许多表兄弟。他们社会的连锁是什么呢?

各人的社会旅程是孤单的，但是当他停留的时候，他们遇着许多停留在同一站上的过客。过客之间是陌生的，只是偶然的凑合，无情义可说。时候到了，各人又照着各人的方向移动了。可是当他们在第二次偶然凑合的时候，却不同了。他们在当时的许多陌生过客中可以见到了一些有过一些相同经验的人了。这是美国人情的来源。

Mead女士曾记着这一件事:“从澳洲到旧金山的船上有许多旅客:肯萨斯的工厂老板,雪德莱的看护,印度回来的牧师,英国的商人。他们在一个桌子上吃饭,一同跳舞,一同上岸,在码头上分手了,一毫也没有惜别之感。出于这位英国朋友意料之外的,他开始接到肯萨斯工厂老板的信了,告诉他这个偶然凑合的团体里每一个人的情况。他和这些朋友显然老是保持着通信——这些在海上一同享过毫无可纪念的三个星期的朋友们。”

“你的家乡在哪里?”并不是要发现对方和自己是否属于同一的乡土团体,而是要找出两个人的人生旅程上是否到过相同的地方。这一点就够作人情的基础了。美国人要提拔的是“同路人”。Mead又说:“一位常挡住来向她上司讨差使的秘书,一旦知道来者是从那极小的达科他大学里出身的,就不再挡驾了,因为她的上司就是这个大学毕业的。”

美国人主要的社会关联不是血统,而是那些名目繁多的“社”。这种兄弟会之类的组织在中国留美的学生中也极盛行,而且一度也成了中国政治中的重要势力。这一套是“美国式”的,是一个永远在攀登,在流动的社会中的产物。

攀登成了美国人特有的性格；上升，上升，不肯停留在一个地方或是一个地位上。这个性格反映着美国的历史，这是一部移民的历史。一个初到美国的新客不但在社会和经济上都处在极低的地位，在心理上也充分的被“自卑意识”所支配。现在的美国人大多是这些第一代、第二代或第三代的新客的子女。这些父母所希望于他们子女的是离开他们，他们自己是代表了没有成功的例子。他们希望子女成功，要他们的子女在美国社会里占一个可观的地位，他们的子女就不能像他们一般说话带着土音，不能承继他们所有较低的职业。他们自己不过是把子女送入美国社会的一个填脚石。子女决不应该像父母一般。应该变一些，上升一步。

初入美国的移民们所记得的祖国是一个他们想求解放，想抛弃的过去。他们的父母在他们心理上是强项的，可怕的，不可亲的，甚至是可恨的。可是他们自己子女对他们却不同了。他们并不是子女可恨的压迫者，而是个可怜的失败者。他们是在美国社会门外徘徊的贱民。

第二代的美国人的心理是矛盾的。他不敢正视着门外的父母，他生怕自己结果像他父母一般被他们所渴望而进不去的美国社会所拒绝。凡是他父母失败的原因，他自己得很小心地予以避免，于是发生了美国孤立主义的心理基础。避免、疏远、藐视一切使他们父母失败的因素——也就是从欧洲祖国所带来的一切，甚至是祖国的名字。

祖先崇拜绝不会在这种社会里发生。但是为什么他们这样念念不忘华盛顿、杰斐逊、林肯呢？有些心理分析家说，美国人想用这些“国父”来补偿他们没有个可以敬崇的父亲的缺憾。可是我们应当知道华盛顿并不是一般崇拜他的人的祖宗。他并不是一个属于自己的“过去”，更不是属于自己的光荣。华盛顿是代表着一个他们想加入而尚没有完全接受他们的“美国社会”，一个前程的地址。华盛顿是成功者的祖宗。别人的祖宗成了自己的憧憬，这是美国保守心理的结症。“美国”在大多数的美国人是一个理想，一个目的，不是一个现实。“美国”在哪里呢？在旅程的尽头。旅程的尽头是怎么样的呢？他们指着华府的三个纪念堂，华盛顿、杰斐逊、林肯。

每个美国人都想超过他们自己的父母，更接近“美国”一步，他们要购买一辆比父母所有的更新型的汽车，他们要穿着更时髦的衣服。他们不能恭维一个父母所赏识的明星。和父母一般，就表示了一样的没有出息。做父母的要子女们向前走，不是普通的所谓“前进”，而是更近于“华盛顿、杰斐逊、林肯”这些美国的象征。象征着个人的成功；成功是指他们更离开他们的祖国，成功是指和他们父母不一样，成功是指“上升，上升”。

美国是怎样的？或是怎样才是美国？这问题并不能正面地答复，只有反面的答案，反面的答案就是“不像父母”。于是他们不能停，一代一代的推着，向着一个望得见达不到的目标走。人生成了一个旅程，抛弃了父母，本乡，走呀走。他们在寻找美国，一个还不是他们的，更正确一点，自己还没有资格被接受的爱人。你不能指责这爱人，若是这个还没有入门的天堂是不完全的话，走呀走，不是就失去了意义了么？为了要使自己的努力有成就的希望，要使他们的父母的牺牲有价值，他们必须把“美国”推得很远，近于理想。哪一个美国人能告诉你“美国是这样的”？

他们要求的安慰是这一代比上一代更近了这理想一

步。他们既然说不出理想的内容是什么，于是只有在他们生活的周围看到不住的按年按月的变化。1947的汽车不同于1946，正如时装的袖子今年又比去年短了或长了1寸。

# 在记录与起码之间流动着

Social class 在中文中总是翻译成“社会阶级”。这个翻译业已习惯，用的时候也不太细究了。美国人心目中这个词有它独特的意义，和我们所了解的颇有出入。我不知道class这个词是怎样望文生义地译成“阶级”的，细细想来确是有点问题。“阶”和“级”这两个字都是指由低而高，斜面上分划的步骤。“晋身之阶”、“拾级而登”——都是指通门达户的一条攀登的道路。我们若说“小资产阶级”、“工人阶级”、“工商阶级”以及“长衫阶级”等是不是说这些是像学校里一串相联的“年级”么？在“工之子恒为工，商之子恒为商”的社会里，工和商显然并不相连续在一个斜面上，直通“目标”道路上的“阶”或是“级”了。除非我们说这两个意义类同的字一加起来就失去各个字原来的意思则罢，否则“阶级”一词其实只能指社会地位上升或蜕化的段落。如果我们愿意这样限制这个字的意义，凡是一个社会里划分着的各个大体上不相逾越，而在价值上又分高下的团体，我们就不能说是“社会阶级”了。这些有上下等级分别的团体只能说是社会层次。如果有人觉得这样未免把用惯的字重加限制之后，用起来不方便，那么我们也可以爽性用社会梯阶来指可以攀登的层次，留“阶级”一词来指另外一种社会实体。

我咬文嚼字了一番，目的是要说明美国的社会很少“工之子恒为工，商之子恒为商”的分层情形，他们的社会结构是梯阶性的。他们所用 social class 这个词其实就是指社会梯阶的各级。

层次性的社会和梯阶性的社会很不相同。印度是层次社会的极端形式。生为婆罗门，衣食住行全得在这一层里，死了也要葬得像个婆罗门。一生在一个层次里生活，既然走不出这层次，人家也进不进来。这极端形式叫做 caste，有人译作“种姓”。欧洲中古的封建社会分层分得没有那样细密和划得那么严格，但是贵族和平民是层次之分，平民在普通情形下不能攀登到贵族层里去的，其间没有梯子，而是一条鸿沟。

封建制度退化了的欧洲，产生了一种中间人物，德国的Mittelstand，法国的Petit Bourgeoisie，我们常在翻译书中看到的“布尔乔亚”者便是。我说他们是中间人，因为这辈人是一个流动的，可上可下，不成一个固定的层次。上贵下贱是高低两层，大夫之子恒为大夫，工人之子恒为工人——层次分明，生来如是。中间那些商人富农们，却很可以爬上去成为新贵，也可以掉下去成为难以翻身的无产工人。他们不是一个固定的层次，也不成一个集团，而是在一个梯子上正在上下流动的一批人。层次间一旦发生流动，这个社会也就从层次社会变成梯阶的社会了。欧洲中世纪的封建社会进入了初期的资本主义社会。

社会梯阶的发生不但改变了社会结构的性质，同时也发生了一种新的精神。这精神可说是“攀登上进”的精神。还没有登高到顶的人，总是有一种不断上升的奔头。他们必然要否定运命，否定社会地位是上帝安排下的岗位。在他们，好汉得靠自己，要白手起家，不希罕祖宗余荫，不讲究天生丽质；有本领的要从努力里见颜色。他们不会安分，他们要到处找填脚石，有机会不肯放松，百变不离其宗的要达到“上去呀！”的目的。生活有计划，讲经济，谈话得考虑考虑，吞吞吐吐，看人颜色，一切行为都是有作用的，是手段。是非好恶之情，有害无益。紧张，疑虑，晚上多梦，白天也会见鬼，神经衰弱是他们的通病。

这种性格和一个生于斯，死于斯，身份地位改变不了的人不会一样。在层次里生活的，既然改变不了，只有安之若素。譬如一个矮子，长不长，他不会成天照镜子，比尺度。天也，命也，不痛快的也忍了。命运自有幸与不幸，但是安于其位是一样的。他们无从紧张，不必努力。

美国这个社会，从这角度看去，是很别致的，大体说来它是早年截去了两头的层次，只剩下了个中间梯阶的结构。我说这是别致的，因为梯阶是发生在两端之间的，没有两端也就没有梯阶了。其实美国的两端不在美国，它是个移民的社区，是从欧洲中间梯阶里爬横了，到了这新大陆，结果保持这梯阶的精神，永没有顶的往上爬。

在英国，社会金字塔顶上的贵族们是有封号的，生来就是尊贵的。美国没有这一套。他们没有像英国一般一听就知道这人出身的说话腔调，一看就知道这人地位的举动礼貌。美国人并不在这些上边表示分化。要在说话腔调，举动礼貌上表示分化，每个人在他所处的地位上必须停留得相当久，而且一定得从小就生在这地位；像说话腔调那种富于习惯性的肌肉动作，长大了是不容易改的；即使改了，也很难自然，在别人听来特别刺耳。美国人没有人愿意长久停留在任何地位上，于是这套附着于社会层次的各种文化特征也就培植不起来了。

在英国一个出身高贵的人是掩藏不了他的社会地位的。我在印度旅馆里远远的听见走廊里有人问掌柜的某人在不在，这个腔调一听就知道这位先生是牛津大学念过书的。交谈三句之后，他的来历，他所认识的朋友和盘托出了。英国似乎是个很小的国家。在美国这种情形是不会发生的，而刚刚相反，只要你借得着漂亮的汽车，时髦的行头，任何人都可以在最高贵的旅馆里出入。在说话，举动，礼貌上不会露马脚。如果一个地位相当高的人，没有留心他的行装，譬如说，他忘了在胸前挂上一个某某学会的金钥匙，没有在名片上刻上某某工厂的经理，他又穿得不太体面时，很可能被大旅馆门前站着的那种穿着礼服的欧仆们冷眼看上几眼。

美国人的社会地位是比出来的。你没有汽车，我有汽车，我的地位比你高。你有汽车，我有比你更新的汽车，我的地位比你高。如果大家有一辆当年最新式的汽车，汽车也就不成为表示社会地位的标识了。这一点显然又是和层次性质未脱的英国不同。在英国作为上等人标识的特色是富有独占性的。譬如说话腔调根本不容易半路出家，即使要学习也得天天和说这腔调的人接触，换一句话说，得先加入了上等人的社会集团才有学习的机会。层次相当严格的社会里，这是不太容易做到的事。美国的社会结构像个梯子，大家在上边攀登，速度快，所以不能采用那些富于文化性的标识，于是他们只有在汽车，衣着，住宅，浴室等物质条件上去争强了。这些物质条件顿时成了每个想要面子，想要被人看得起的人所追求的对象了。一个原来不容易得到的物质条件，一旦因为经济的开发，而大家可以得到时，这项条件也就成了必需品，失去了社会上高下之分的标记。如果一时想不出新花样，他们只能在数目上比了。以汽车说，在战前美国已到了每家平均都有一辆的程度，于是只能一面讲款式，一面讲数目。你有一辆，我有两辆；你有两辆，我有三辆。新花样难想，数量上比较倒不必费心思，于是美国社会地位的比较多少成了量的竞赛，和英国社会地位偏重质的差别，大异其趣了。我们局外人看美国，他们似乎有一点数目狂。这种狂是狂得有社会背景的。而且由社会身份变为物质表现，由质变为量，也有他们的长处。他们物质享受的增进确是世无其匹。美国人以浴室数目来表示住宅的高贵，多少是可以鼓励他们清洁的习惯；英国太忽略了社会身份的物质体现，到现在还是不太喜欢洗澡，也不能说是件足以骄傲的特点。

美国社会地位既然是要比较才显得出来，两极端也就很少，而且没有多大意义的了。爬到了最高层，除非到外国去，他就变了一个尺度上的记录，本身固然是荣耀，但到了这地步也就空虚了。美国人崇拜造记录。什么都有个记录，甚至继续不断跳舞的时间，喝啤酒的洪量，在高楼架空铁丝上站立的长久，全有最高记录。这些造记录的人是值得推崇的，因为他们给了美国人许多生活的目标，刺激生命的活力。在以比较来规定社会地位的美国，不能没有引诱人向前的记录。美国社会是个梯子，不是平常的梯子，而是愈走愈长的梯子。有时在我们看来确是没有什么道理，但是这个活力却推动了他们物质的享受。这一点我们也不该忽视。

印度是个层次的社会，也是个几千年来物质享受最不进步的社会。英国在两端的层次里发生了个中间梯阶，现代的工业的发展就是这些中间人搞出来的。有人说民主、资本主义、科学等等现代化的特征，是中间人的贡献，我也觉得这说法也有点道理。美国社会整个结构是个梯阶。上下两极端，一是记录，一是起码，都不过是个记号，形不成社会集团。他们另有一工，因为他们的社会结构是梯阶性质，在记录和起码之间流动着的人们并不容易团结为一个共同层次而成为争斗的团体。他们不必去打倒在上的层次，因为每个人都有希望，或是相信有希望，有一天会攀登进去的。每一级都是通门达户，接近记录的石阶，美国工人们缺乏“阶级意识”，多少是由于这个原因。他们记着的是福特、洛克菲勒都是工人出身，如果取消了这些记录，他们努力的目标不是同时失去了么？

美国是不是能永远使工人中不断的有福特、洛克菲勒这等人物出现？他们能不能使他们的社会梯阶永远开放，每个努力的人都能向上爬？这些是美国人所关心的问题，因为假如梯子一折断，他们也是会变成层次性的社会了。

生活在这种社会结构里的美国人，一说social class

就会想到学校里一年升一级的体制。这是一个梯阶，只要你用功，考试及格，就能升级。这和我们所了解的“社会阶级”显然是不同的。

# 有条件的父母之爱

我们的星期日好像是特别为了社交所留下的日子。本来，我们脑子里一想到节日，必然是宾客满堂，没有半刻清闲的场面。肉食是这样稀有和难得的社会里，靠了祭祖的名目，有这么一顿馋余可以大嚼，无怪他们得借题发挥，大大地请请客人，热闹热闹了。星期日提去了宗教内容自然不可能是个安息日，进入了我们的传统体系，成了个十足的节日。一清早就有朋友们来找你，太太们得忙个整天，为了招待那群不速之客。小孩们高兴得乱跳，星期一小学校里的请假率也就特别高。

中国学生出了国，没有不每逢星期倍思亲的。我们热闹惯的节日，在人家却冷冰冰的使人难受。这倒并不是英美的朋友们热心宗教，星期日全上了礼拜堂；冷冰冰的原因是他们大家缩在家里。家，这是个我们中国人所不太容易了解的偶像。它是个富于神圣性的生活堡垒，四周围着一道和社会隔离的墙，谁也不准胡乱闯入的。中国那道围着家的墙似乎只是为女人筑的，被称为“外子”的男人们好像不太感觉到这道墙的限制。在西洋，男人们也像我们的女人，他们是驯服的“家里人”。家的外面是利害竞争之场，辛苦奋斗了六天，第七天得在家安息了。这一天照例是留着享受堡垒之内的温情，外人得自己识相不要去乱闯。

家庭的独立性和神圣性本是西洋社会所共有的特色。在美国，这特色却特别出色。我在以前两篇关于美国人性格的分析中已说到过：他们是社会旅程上的旅客，大家在向个陌生的地方走。在一个生于斯，长于斯的小社区里的人，在自己生活堡垒四周住着的都是些深知来历，面目熟悉的老乡，这个堡垒也就不能或无需门禁森严。但是在美国，除了第一代初到的移民还不能不依靠乡亲者之外，为了要争取体面，必然得离开那些“小西西里”、“罗宋镇”，和老乡们隔离。“家”在这种举目无亲的世界里才成为惟一温暖的孤岛。

美国的家并不等于我们的家。我们的家里可以有祖父，祖母，伯伯，叔叔，一大堆，即使关起门来作个堡垒，这个堡垒也可以和大观园一般，自成一个世界。美国的家却只有一对夫妇和没有成年的孩子们——这不但是个标准，而且也是统计上的常数。孩子大了，成了人，照例要离开父母。没有女孩子愿意嫁一个和他母亲一起住的丈夫。结果使每个生活堡垒小到不能再小（不成家的孤魂不是没有，但究竟不是正常的）。这狭小的生活堡垒也限制了孩子们的社会联系。在一个美国孩子，所有的温情都来自父母。我常觉得西洋人对上帝、对爱人的感情强调专一，这专一性的训练场所就是在早年亲子间的关系里。我们中国人在孩提时，就接触着许多亲密程度不太相差的人物，广泛的联系冲淡了专一的依恋，这感情的方式表现在宗教上的是和尚道士在一个行列里合作出现，表现在朋友之间的是“君子之交淡如水”。

这小小的生活堡垒在时间里也缺乏推陈出新的连续性，很有一点像用种子来繁殖的植物。每一个新堡垒并不在旧堡垒里长成了雏形，然后脱离本枝而独立的。一个青年人想结婚就得先准备自筑香巢。他自己的“家”是另起炉灶的，和父母的家，在历史过程中是隔断的。这显然又和我们不同了。我们是老小相接，虽则不一定老小和气，像蛇脱壳一般，一代一代这样结成了没有清楚起讫的一线，所谓一脉相承，像条流水。

我们说美国是个没有历史的国家，并不是说他们300年历史太短，而是指每一个人在生活紧要关头，并不去乞援于历史的。每个人都在向前看。我在以前两篇文章中说过：在美国人的心目中，过去总是个累赘。一点都不错，一个说着洋泾浜英文的父亲显然是个不足取法的失败者，而且失败的原因就在他不肯或不能和他过去的历史绝断关联。殷鉴不远，历史只是消极性的警戒。

于是，很自然，一个力求比上一代更美国化的美国青年组织了家庭，不会回头向他们父母去请教做父母是应该怎么做法的了。每个人自己去创造自己的模式么？那自然不可能，而且也不是他们的目的。他们的目的是强爷娘，胜祖宗，比他们更美国化。可是美国化的标准在什么地方呢？说到这里我们可以了解为什么《妇女和家庭》杂志的销路会这样好，为什么《生活》会人手一册了。这些，有一点像我们传统社会中的朱子家训和黄历之类，是生活的指导。这些杂志里重要的地方显然不是论文，而是广告。广告里暗示着“美国化”的标准。有一次一张香烟广告里的美女所戴的帽子，因为照相时，时装店的职员偶然少加了一个花边；这广告一登出来，帽子店里忙着拆花边，因而顾客们认为“美国化”的标准不该有花边的。

在杂志广告中，在电影上，大家在寻求“美国化”的标准，极力地要设法做像这些标准，可是这种生活指导究竟有限，于是他们不能不很敏感的注意着隔壁邻舍，茶会里遇着的客人，甚至路上的行人，电影院里的观众了。

谁也不敢后人，因为大家怕别人看见自己“不够美国化”。父母应该怎么做法的答案也别无更可靠的字典可查。他们关心着别家孩子怎样，自己孩子也就不能不这样；自己孩子不如别人的孩子（和别人的孩子不同），也就是说自己没有做像个父母。在孩子的行为上，他们可以测量出自己美国化的程度来。美国的父母并没有具体的孩子将来应当成为怎么样一个人的标准。他们对此是没有自信的。自己不应像父母，孩子也自然不应当像自己。要教育出一个不像自己的孩子来是件很难着手的事。他们的办法是绝不能让自己孩子落在其他孩子的后面。如果别的孩子都会跳，自己的孩子决不能不跳，而且要跳得比别的孩子更高。“我们怎么知道他长成了这世界上会变得怎么样，但是他总得争在前面，不管怎么变，他总在前面”。

在一个像我们这种社会里，我们希望孩子像自己，和客人们谦虚时，称自己儿子作“不肖”，心里正在用自己的标准去奖励或谴责孩子。孩子如果真的不肖，我们心里固然不高兴，但是至多说“子不教，父之过”，可是绝不会因孩子的不肖，而自己都变成不肖起来的。这是使我们和美国人不同的地方。他们对待孩子比我们认真得多，如果自己孩子落在别人家孩子后面，不但是孩子没有出息，而且也表示了自己不够做像美国化的父母的程度，这是多丢脸的事！

在以自己的标准来教育孩子的社会里，孩子们养成了一方面是服从，循规蹈矩，尊重权力，另一方面是逃避，欺骗，假冒为善的性格。这些在我们社会里是很熟悉的。以不落在别的孩子之后的相对标准去训练孩子的，造下了竞争、好胜的性格。做美国的孩子除了胜过自己同伴，得到好分数，出风头，有人向你拍手之外，不容易获得父母的喜欢的。

生活在狭小的堡垒里，感情上专一地联系于父母的孩子们，除了父母，向什么人去求得感情的满足呢？而父母的爱却是有条件的，不在堡垒之外夺得锦标回来，父母的脸上难有笑容。美国的孩子们从小就明白，父母不会单因为你是他们的孩子就会爱你的。父母之爱不是孩子的权利，而是一种胜利品，要你争取，争取的地方不在家里，而在堡垒之外，你的同伴之间。

他们并不是为了竞争而竞争，为了出风头而出风头。在他们从小养成的意识里，这样深深的长着根，天下没有可以不必争而得到的收获，一切幸福，甚至父母的爱，都是有条件的。胜过别人才是自己的安全。

# 不令人服输的成功

在英国，你在私底下打听老太太们，刚才碰着的那位客人是谁时，她会一连串背出那位客人好几代祖宗的名字来。你如果是个外客，不熟悉这些名字，她会极耐烦地好像念名人传似的啰唆很长的时候——这是个家世社会。说明了祖宗也就等于介绍了那位客人了。在美国，很少遇见过这种情形，偶然在新英伦的区域里有一点遗风，但是很少人对于别人的祖宗有兴趣的。他们介绍一位不相识的客人时，你常会听见他们说："这位是畅销书的作家。""这位是某某小镇里的网球锦标。"如果那位客人还是学校里的学生，"这位是某校的优级学生"，或是"级际球队比赛选手"。畅销书，锦标，优级学生，选手等都是和同业，同行，同级中比较出来的杰出者——这是个竞争社会。

在这个竞争的社会里做父母的人担心着自己儿女落

后。怎样能保证儿女们不落人后呢？他们很认真的依学校里的报告单去报酬或责备他们的儿女。在父母们看来，只有儿女在他们的同班中能保持优级的地位，儿女的前途才有把握。这方面说来，美国真是个十足的科举社会，孩子们对于考试从来不敢疏忽的。科举得到功名，考试得到父母的爱。我们这些受过美国版的教育的人不难明白“分数疙瘩”的作祟。到现在我离开学校已经近10年，但是半夜里还是常常会被考试不及格的梦所惊醒。在中学里教我英文的老师曾告诉我：当他考完最后一次算术时，曾点了蜡烛，烧了炷香，送走这苦了他多少年的鬼，他把算术书都烧了。我不知道这应否称作“教育”，但这是个“制度”无疑。这“制度”是从美国社会背景中产生出来。我们中国孩子却也在受这份罪，虽则科举据说是已经废了。

“分数”是什么呢？我做了几年教员，批过不少卷子，实在还是无法回答这问题。有一次我请教美国的一位念教育的朋友。他解释给我听：数目是比较出来的，尺寸是长度的比较，分数是成绩的比较。这一点我是明白的，但是成绩的尺寸标准在哪里呢？我这位朋友也是位统计专家，他毫不迟疑地告诉我：学生的成绩是有差异的，形成一个“常态曲线”。标准就是中数，也就是及格，凡是比中数高的，分数也高。我听了说：这样说来每级必然有不及格的了。他点点头。在美国一班学生如果全体及格，那是老师马虎，不对。在认真的老师手下当学生必然有1/4不及格。

美国的教员们也许多数接受这个看法的，至少有很多觉得这才是公允、客观，甚至有人说是科学化。有一个孩子在班里常常考不好，回家受父母的白眼，听见邮差送报告单来，吓得饭都不敢出来吃。后来病了。他停学了几个星期，换了一个班上课。他不但没有因为旷课而受到损失，反而分数突然好了。他父母高兴得很。原因是他这个班上的学生程度低，并不是他自己病后变得聪明或努力了——这一种现象并没有引起教育家的注意。在美国，所谓成就还不是“相对的”、“客观的”？孩子们的家长默许这种考试制度的合理，而且依“考试”结果来决定应当给孩子多少“父母之爱”。

考试是发生在同班里的。不是在一班里的就没有同一的标准。在上边所举的例子里看得很清楚。在不同班的人中如果进行竞争，问题就复杂了。这复杂的情形就发生在不同年龄的兄弟或姊妹之间。他们都要得到父母的奖励，报酬和爱。父母怎样去分配呢？在我们中国，父母对儿女的亲疏，所谓偏爱，是依长幼次序的。贾母这样老了还要在笑话里说出不要认为她偏心的话。同时，我们在兄弟间的权利上也是以长幼为序的，长者在前。我们从小就听惯了孔融分梨的故事。小弟弟在母爱上多得一些，在物质上少得一些——这是以身份决定同胞间高下的办法。没有竞争，有习惯的成法可据。

在美国这种竞争社会里，从小在家里就奖励竞争。如果兄弟或姊妹间在同一标准上竞争，问题简单得多；可是同胞间年龄有差别，这种竞争除了男子的气力和女子的美貌外是行不通的。于是发生了间接比赛了。他们各人以他们在自己班里的地位作比较的筹码。老二在初小里得80分就算比老大在中学里得70分为强。这种以不同性质，不同场合里获得的分数来比较，会使比赛者觉得太不公平的。于是发生了美国社会里同胞间很别致的嫉妒心理。

一个五六岁的孩子在父母的严厉监督之下，不准用手抓菜，不准赤脚走路，他得赶上他同年的孩子们的标准。可是他眼前就有个不适用同一标准的小弟弟，张着嘴有人喂他，坐在童车里有人推着跑，而且因为他长得胖，会笑，而受着父母的称赞。哥哥的心里就会养成着对于标准较易的成功者的嫉视。这个心理发生在很幼的年龄，一直在不同标准的竞争中滋长，在美国人的基本性格上铸下了一个烙印。

美国人瞧不起家世，并不完全是因为他们根本没有什么家世，也不完全是因为他们成功的人物大多不倚靠家世，至少有一部分是受了这种心理的影响。他们心眼里有个不像自己一样费了劲就能得到母亲说声好的小弟弟。这种不费力而成功的，虽则成功了，被人称赞了，报酬大了，却不能使没有成功的人服输。没有凭借，白手起家的才算奇罕，才能成为美国式的英雄。好汉是要苦出身的。

美国有一种极受听众欢迎的广播节目，叫“知识测验”。在这测验中时常是没有受过高等教育的人胜过了大学教授。听众听了高兴，因为他们同情没有受过高等教育的机会的人。大学教授环境好，因而有知识，如果没有这样好环境的人而能胜得他，那才是本领。他们拍手叫好时，其实是在向他们的小弟弟出气。

美国的传统是同情于刻苦而受委屈的平民，他们所谓 under dog。这种同情和我们上边所说的心理是贯通的。一个成功的人必须遭受“阻碍”，受委屈，最后克服了困难，成了人上人。平民是受委屈的，所以应该得到同情。美国人多少都把自己列入平民之中。我在另一篇中说过美国社会本来没有什么有形式的层次。平民并非层次的名称，他们叫做common man，直译是普通人。凡是上面还有比自己更高的人都可以算是普通人。更说得明白些，普通人的特点就是没有特权。特权在美国也不是具体地像爵位一般，而是一个比别人机会多，容易成功的好环境；也就是我们上述的小弟弟。每个人自己都会感觉到在成功路上的阻碍，而且也总容易觉得自己的阻碍特别多。因之，都可以自认为common man。

美国对于公平的观念也因之有它的特别的涵义。他们没有我们传统里所希望的扒平王，来重分财富。他们也不想每个人所有的享受都一样，他们所求的是大家要有相等的机会。譬如说一个学生得50分，不及格，看别的同班学生得八九十分，神气，那是甘心的，公平的，因为大家标准相同。但是回到家里，有个弟弟明明什么都不如自己，可是他在他的班里得了90分回家，妈妈喜欢他而冷落自己，这会使他心里不高兴。

在社会上确是有类似的情形。各行各业，各个圈子，等于学校里的各班，竞争的标准不同的，但是社会上却依着各人在自己圈子里的地位给报酬。这真容易使人常常引起幼年时在弟弟面前受母亲冷落的闲气。

美国人注重的是fair而不是equal；是公平，不是相等。竞争的社会中，真正的成功是要使人心服的。

# 猜不透上帝的意志

5月9日的 *The Spectator* 周刊上，Gunther Stein 发表了一篇《迷惘的美国》。他说美国在这次大战之后因为生产力的增加，国民收入差不多比较战前加了一倍，一般人民的生活程度大大提高了。乡村里的普通农家一年的平均收入已超过2000元。我在美国时曾打听过，在战前一个一年收入在800元到1000元左右的农家已算是小康之家了。所以现在他们手边的钱确是多得多了，虽则物价也在涨，一片繁荣的景象是很显著的。可是 Stein 接着说，这片繁荣的景气带来的却不是欣欣向荣的愉快和满足，而是恐惧和不安。据他的观察，上自企业家，下至工人农民，都在担忧，这繁荣可能是朵昙花，怕不久就会有经济恐慌要发生。政府里的要人们愈是“辟谣”，民众也愈觉得恐惧得有根据。

Stein 并没有说美国经济是否真的不久会有恐慌发

生，其实谁也不敢预测，除了算命先生；人类历史中的波动确是难说的。不过他所描写的那种普遍的迷惘的心情却是事实。美国人为什么这样神经质地在繁荣中会担忧起恐慌来呢？有人说这是因为在上一次大战后美国人所受经济恐慌的打击太深了的缘故。一个吃过苦头的人不会忘记痛苦的经验，所谓杯弓蛇形，草木皆兵都是这样发生的幻觉。但是这次大战和上一次大战究竟并不是如法炮制的一帖药。而且有了一次经验正可以及早设法，更有把握来应付可能的覆辙，学了一次乖，不是更有一点保障了么？美国现在那种心情的不安还有着更深刻的疙瘩。关于这方面，Stein是没有讲到的。

美国人的骨子里还是充满着清教徒Puritan的精神。清教徒的信仰里有着一个严厉的上帝。他是整个宇宙的舵手，驾驶这万有的大船，向着至高的目标进行。这个目标是什么呢？在其他宗教派别中是要求说明的。他们依赖先知，直接和神交通，启示给芸芸众生。清教徒却不然，上帝既是全能全在的，他可以直接在给每个人的赏罚中去表示他的意志。他会给合于他意志的人具体的恩赐，他可以给违反他意志的人严厉的刑罚。生活上的顺利和繁荣就是恩赐，事业的失败和破产就是刑罚。于是清教徒放弃了依赖先知或其他权威来猜测上帝意志的企求，一转而把眼睛看到了现实的生活。同时也把日常生活作成了测验上帝意志的指数。他们在现实生活上加上了一层宗教的意义。

他们并不是说，一个衣食丰裕的人是个好人，而是说好人一定会衣食丰裕的。衣食丰裕是上帝所给的，上帝只会赏给配受恩赐的人。普通观察者都看得到美国人是最主张自助天助的原则。一个自己不想求上进的人是道德上有缺陷，上帝会降下灾难，使他受苦。人怎能对这些上帝所不喜欢的人予以援助呢？美国人在社会保险这一类事业上是永远带着一些怀疑的。贫穷由于自取。很多人反对罗斯福的新政是为了新政养成了人的依赖性，使上帝对每个人赏罚的机构受到了阻碍。

清教徒勤俭刻苦，生活很严肃，不住的自省，像是在替上帝记账。我在以前的几篇文章中曾分析过美国社会背景，说明了他们怎样会发生那种竞争的心理。这心理和他们的宗教信仰是配合得十分密缝的。他们竞争，比别人顺利，有办法，更富裕，那就表示他们更能得上帝的宠爱，因之，也必然是更好的人。物质就是道德。

在一个机会丰富的社会里，各人可以不必靠劫掠别人来谋自己富裕的经济路，这种信仰多少是有客观根据的。勤俭的人起了家，懒惰的人破了产，天道恢恢，赏罚不爽。这种信仰对于一个顺利的人是有鼓励的，但是对于一个失败者却不然。如果失败的原因果真出于自己的错处，自可以借此自己检点一下；如其并非出于懒惰或疏忽，情形就不同了。不幸的，美国在上一次大战之后容忍竞争的开拓机会已经减少，成败已经不是个人的能力或道德问题，而是整个社会制度的问题了。那种个人负责的传统显然已经不合时宜。但是深入人心的信仰常是出于理性控制之外的。两次大战之间的经济恐慌，会使无数的人受到严重的打击。在经济上固然因罗斯福的新政而得到了挽救，但是心理上的创痛却不易平复。严重的经济恐慌在个人来说是事业的失败。失业之后，大批的人靠救济过日子，传统的自信心一扫而光。而且更严重的是找不出上帝为什么要谴责他们的理由。依清教的教条，这些不幸必然是因为人犯了罪，但是每个人自问良心并没有做过什么错事。他们如果不能把这责任归之于社会制度，就不免迷惘起来。迷惘是出于对传统道德标准失去了把握，像是一个受到了莫名其妙的刑罚的孩子一般。

1929年开始的经济恐慌对美国人自信心的打击是空前的。过去几百年，新大陆的新字不但是指地理上的新，也是道德上的新。自助天助，上帝严厉而公正。第一次世界大战时，他们出兵欧陆都自认为是以光明去征服黑暗，正是逼他们祖先出外开辟新天地的黑暗；是以新去克服旧，是进步的。所以1918年的胜利，道德的气息远过于军事。威尔逊到巴黎代表的是新世界的曙光。美国在德国的屈服中证实了自己的优越，几百年来传统精神的优越。同时也证实了他们祖宗确是弃暗投明，走上了正道。但是上帝却并没有给这些正直的人应得的报酬，相反的，却是失业和穷苦。上帝是不能错的。于是他们迷惘了。他们猜不透上帝的意志。

迷惘的美国曾经想把头埋在沙土里像一只鸵鸟。但是在他们并没有恢复自信的时候，那些在1929年经济恐慌中度过早年的孩子们刚长成又被送上第二次大战的战场了。我们如果比较前后两次大战结束时的心情，可以看出一个很大的差别。一个避免“思想问题”的战争必然避免不了胜利时道德上的迷惘，也因之并不能使世界感觉到获得了新生命的欣慰和愉快。《大西洋宪章》的道德境界本身已经不太高；不幸的，宣布不久又遭到丘吉尔的蹂躏。我在美国时印象很深的就是在胜利前一年竟没有人愿意勇敢的追问到这次战争的目的。太平洋上的空战差不多成了足球比赛一般，报纸上竟相以各战斗员击落敌机的纪录来吸引读者。关于战争目的他们觉得只是罗斯福的事，罗斯福一死战争的目的也跟着死了。

这次战争缺乏道德气味并不是偶然的。美国心里有病。他们在这次大战之前原有的自信心已经消失，而新的标准并没有建立。有人觉得罗斯福一死美国怎样会完全变了面目。其实这并不值得惊异。罗斯福挽回了经济危机，但是并没有确立一个新的道德标准。新政人物是技术性的，并不是人民的导师。罗斯福一死新政人物悄然引退，除了华莱士发表一些演说外，没有半点挣扎。这就表现了罗氏10多年的执政只续延美国经济制度的寿命，并没有在美国人的心底引起一股新的改造热力。新政死得像罗斯福一样容易！

美国人道德上的自信力的虚弱使他们并不能安心接受从战争里得来的繁荣。在他们内心，更有着一种不敢说出来的恐惧，这恐惧是新大陆在道德上将要不能再领导世界了，因为有一个更新的大陆在浓雾里闪烁出现了。美国讨厌苏联并不止是它的“强大”。在经济和军备上美国深知苏联在20年内没有法子超过它的。但是他们感觉到压力，这压力不是来自实力。如果美国人有自信觉得资本主义比社会主义好，或是共产主义是不近人情的主义，他们不必害怕苏联会危害美国了。美国在这次战后像患了歇斯底里症一般的反苏，把苏联的思想威力估计得这样高，除非心里有病是很难理解的。

美国的心病害了近20年了，还是在上一次经济恐慌中得的病，一直没有平复。他们并不能承认在美国之外还有一个“新大陆”。“美国”本来是个理想，是个追求，靠近的目标，如果这理想在道德上是次级的，这目标上没有了光芒，这些各自奔向前程的美国人有什么可以维系在一个社会里呢？这些来源不同，皮肤颜色不同，兴趣不同的一大堆同路人是必须有一个共同目标把他们联系起来。这目标在道德上必须超过一切。可是现在呢？不论是真或是假的，在亚欧方面据说又有一个新大陆了。这是美国人所不敢相信的。苏联把美苏看成两个体系，所以斯大林可以说：“不妨并存，更可合作。”美国并不这样看法，是两个理想，两个爱人，理想和爱人岂可携贰？杜鲁门回答说：“并存不得，你得让我。”

从经济和政治上没有人能指出美苏必须冲突的理由，但是在美国人的心理上却有此非理性的病根。美国人反苏能这样夸大，绝不是少数“反动分子”可以制造出来的。美国对自己的信心已经动摇，所以难于自恃了。

美国眼前的繁荣并不能维持人民对自己制度的信心。他们害怕经济恐慌像鬼一般，在一闭眼之间，会突然出现。罗斯福把“没有恐惧”列入四大自由之一，谁知道这次战争非但没有在这世界上实现这“战争目标”，反而把美国也拖入了这恐惧的苦海里了呢?

在太平洋这岸看过去，美国虽则在经济繁荣上打出了一个记录，但是他们在心理上还得安定下来，这繁荣才不致真的成为昙花一现。闹鬼的，鬼真会找上门来的。

# 蛮一点，孩子！

“什么情形之下，一个人可以用武力来对付别人？”不同的文化对这问题有不同的答复。

有人认为用武是决定是非的最后方法，所谓成则为王，败则为寇。弱肉强食，是生物界最基本的原则。这种看法把生存视作惟一目的，武力是获得生存的手段，所以武力本身是道德的。我们记得尼采曾认为基督所代表的道德标准是弱者的护身符。这世界应当是强者的领土。如果被人欺侮，那是因为你自己弱，弱的本来不配在这世界上生存下去。侵略有选强汰弱的作用，是合理的。胜利是强者的报酬。

有人却刚刚相反，认为武力根本是要不得的。用武本身是罪恶。基督说人家若是打你左脸，你把右脸也给他打。这种看法里包括着一种道理：人和禽兽是不同的，人是有社会的；社会的形成有赖于合作，共同的生存才是道德的基础。个人不能以威胁别人的生存取得自己的生存，因之，侵略是反社会的，不道德的。人家如果用武力来侵略我，我也用武力来抵抗，我固然可以防止被害，但是我同时也承认了武力在人和人关系中的地位。这承认也就威胁了社会所赖以生存的原则。武力来，武力去，结果道德的基础必然被否定，而回到了人相食的禽兽秩序中去了。不主张抵抗，是因为用来抵抗的武力本身就可以成为侵略的武力；要确立人类社会，必须取消武力。甘地厌恶武力，提倡无抵抗主义，就是从这种看法中引申出来的。

在这两极端之间，还有着各种程度上不同的答复。事实上极端的看法是不能彻底的。原因是在我们所处的人群中并不完全是以利害相结合的，也并不完全是以道义相结合的。Jack London 所描写的“海狼”船上那种以力的平衡来维持的局面，本来是少见的；但是《镜花缘》里的君子国也同样属于一种想像——至少现在的世界离开这理想尚远。在现实生活中，人和人的关系免不了有时要用武力，但是也不允许武力成为通常维持人和人关系的手段。因之，每个文化对付上述问题所有的答复，大多是有条件的。这些条件而且都是早年教育的一个主要项目。

我们做父母的人，无时无刻不就具体的情境去指示孩子们：什么情形之下，用武力来对付人是不应该的；什么情形之下，不用武力又是不应该的。譬如说，最近我的孩子从学校里回来，哭着说她的皮球给她同学抢走了。我毫不思索的向她说："没有用的孩子，给别人抢了皮球，还要哭！"意思是很清楚：自己的财产是应该自己保护的。人家用武力来抢就该用武力来保护。很显然的，我承认武力本身并不是坏的，应当不应当是要看情形。我的孩子还哭着说她告诉了老师，老师没有保护她。我又随口的说："真没有用，我最不喜欢有人一来就告诉老师。有本领的，人家不敢来抢你。"这句话我又无意中指出了倚赖别人的权力不如依赖自己的能力，只要用得应当，武力是比其他办法更可靠，更可贵——我们就是这样传递了我对于用武的态度。孩子们从我们这些对具体情境不经意的反应里，学得了做人的态度。

我上述对孩子的反应，也许并不代表我们中国传统的规矩。我记得我小的时候，凡是和别的孩子有争执，动了武，给我的祖母知道时，不论我为什么打了人，总是派我的不是。她会说："君子动口不动手。谁动手就是谁不是。”她有时也知道我是委屈了，她会安慰我说：“我们不和他们一般见识，他们那些野孩子不讲道理，我们可不能。让让他们就得了。”她会接着给我些糖果，赔偿我的损失，我的气也平了。这是我们传统礼让社会的正统方式。我想到了自己对孩子说的话，不能不觉得我们文化的确是在变了。

在我们的礼让社会中，君子是不动手的。鲁迅把阿Q式的精神胜利描写成了一种懦怯的心理掩护。这在现在的情境里也许是事实，但是在传统的社会中也不尽然。不动手是赢得社会同情的手段，表示自己理直。中国的传统社会是富于社会压力的，在社会争执中不鼓励个人间的直接解决，而要诉之于社会。在小学校里老师最忙的是听取学生们的“告诉”。大一些，吃讲茶。更大一些，我们会一味的等国际仲裁，我们可以请马帅来调解，那是一贯的。我有一次在美国某一个讨论会上，听到有人责备我们中国把国联太看得认真了，以致国联的纸老虎在东北事件中被人戳破。我听了觉得很奇怪，我反问：我们依赖国联来判断是非是尊重国联，怎能说是我们的错误呢？他们也很奇怪的听我这样说：这是你们自己的事，怎样推给国联，你们希望别人替你们打仗么——这里我看到文化的基本差别了。我记起了祖母的教训；也使我在我自己孩子失了皮球，我向她说了上述的话之后，默想了半晌。

在存在着有效的社会压力的社会里，不动手是争取胜利的手段，因为不动手是表示讲理，也就表示了有理，动手的人会受到社会的制裁，至少社会会给受欺的一方面其他的报酬。阿Q的不幸是因为社会压力已经无效，他所得到的也只能是他个人的精神胜利了。在一个还没有国际制裁的秩序里去依赖国联，结果也只成了以大好江山去换取国联的崩溃，于己于人都没有好处！

经过了多少现实的教训，我们这一代做父母的已经和我的祖母不同了。与其说是受了西洋文化的影响，不如说是我们对于自己传统的否定。在西洋文化中，各国对什么情形下应该或不应该用武力的问题的答案还是不同的。德日的黩武主义是个极端，我们且不论，单以英美而论，他们也不一样。

英美相同，而和我们传统社会不同的，是并不把动手用武一概加以否定。君子也可以动手，但是有一个条件，那就是他们所谓fair play。这个字我直接用原文来说实在是因为不容易翻译的缘故。这字有一点像我们的礼字，但是礼字下面我们可以跟一个让字，而fair play却比较积极，可以跟一个争字。在礼字里我们不能有动手的意义，而fair play却充分带着动作，用武也是动作的一种。这字又近于宋襄之仁的仁，宋襄公要等人家过了河，排定了阵势，才开仗；这是说打仗也得和竞技一般须有规则的。不按规则而打败了人也不算英雄。宋襄之仁后来被人视作愚不可及，其实是不明白其中的道理。他想统治天下，他明白天下不能以力统治。因之，即是在用武来达到这目的时，他也得在道德上同时征服人，否则军事的胜利将会毫无结果。Fair play也包含这意义，不按规则得到的胜利是道德上的失败。英美人说日本野蛮而不说德国野蛮，那是因为德国是宣战的而日本是偷袭的。

单是有规则的用武还没有说明fair play的意义。它还包含"不欺弱"的要素。大人打孩子是不fair，强者欺弱者是不fair。Fair必须是在用武之前，相打的对手都有胜利的机会，旗鼓相当，才能在play中比个高下。再进一步说，操胜算的人是不该挑衅的，一定得比较不易得胜的一方求战，架才打得成。向强者示威才算是勇，向强者低头，欺侮弱者，在他们眼中是懦夫。

在英国，孩子们动手用武认为是本性，长者的责任是在教他们打架的规则，使冲突成为fair play。他们看见两个孩子在打架，他们注意的是孩子们打得合不合规则。“你不该打他的腰部，拳头得向上。”“他比你小，你怎能还手呢？”“拉人家头发，成什么样子。”打架也有礼貌，打输不要紧，人家不会笑你，可是打了人家腰部，撕了女孩子的衣服，却会不齿于同伴。

美国的父母却没有这样简单。英国可以讲规则是因为所有的人大多接受着同样的规则。一个娇弱的孩子如果不去向人挑衅，没有人会去欺侮他。Fair play多少掩护了弱者。美国不然，因为他们各人的来历不同，文化复杂，社会上并不全是接受同一规则的人：他们有被压迫而不甘服的黑人，有性情躁急，感情旺盛的拉美侨民。他们有德国人，有法国人，什么人都有。如果父母不奖励孩子蛮一些，成个他们所谓的tough guy，孩子在外边是很会有被欺侮的机会。而且我们也不会忘记，他们的孩子都是预备背井离乡的。早年他们向着陌生的荒原去开发，不要说礼貌，甚至法律都靠不住。英国人无需奖励孩子们蛮一些，而美国人却得先有此准备，宁可备而不用。美国和英国一般有着fair play的传统，但是还得有应付unfair的袭击。因之，他们同时特别重视自卫。“你得还手！”“谁叫你给人欺侮的，为什么他不去欺侮别人而单欺侮你呢？”在这方面说，很有一点像我教训孩子时的态度。可是美国人的自卫却须和fair play相联结起来。动手用武只限于必要的时候，就是说，必须是别人先动了手，而且还得要对方是个合格的对手，所谓合格的对手就是你和他打时，谁胜谁负在事先是说不定的。如果是一个年龄小的，一望而知比你弱的，即使他打了你，你不能认作挑衅，和他认真。至多给他一些教训，不能构成真的打架。最好是你笑一笑，摇摇头，说一声：“朋友，你看错人了！”就算了结。你也不妨唬他一下，如果你认了真，在美国人看来，是轻举妄动。

英国人可以认输。挑衅的既然要在太岁头上动土才算fair play，失败也表示勇敢，无所谓。如果自己量力不去挑衅，自然更可安于弱者，避免弱点的暴露。英国有一点能屈能伸，他们有能力自己笑自己。逼紧了可以拼一下命，拼不过，认输，等一下再说。敦克尔克大败之后，德国耻笑英国人不敢出来应战，丘吉尔回答说：“这有什么了不得，英国本来是只龙虾，脱了壳，就得躲在石头里，等壳长硬了，才再钻出来。”

美国是个不能败的国家。人家打了你，要是服了输，那就算是懦夫了。对手如果是旗鼓相当的人来挑衅，你必须应战。但是在应战前，又必须证实对手确是旗鼓相当的。美国是不能先动手的。可是，动了手却不能服输的。罗斯福早就料到美国不出头参战，欧战是不会了结的，而且民主国家可能会失败。美国人中和他一样看法的人并不是少数，可是罗斯福并不能在日本袭击珍珠港以前向轴心国宣战。有一次《生活》杂志上发表过一篇追述珍珠港事件的文章，里面甚至说，罗斯福如果要防止这袭击是很可能的，可是他并没有防止，说不定是他要诱敌袭击，使他可以参战。这篇文章是否正确是另一问题，我们很可借此看出，在一般美国人看来，日本袭击珍珠港，给他们解决了一个矛盾。什么矛盾呢？那就是我在上边所分析的，人家不先动手，自己不能动手的传统。他们久已预备动手了，但是这传统遏制着他，人家打上了门，于是可以不顾一切的“自卫”了。

美国会不会再打仗？这是大家现在想问的问题。有人说，美国人民都不愿打，所以不会有第三次大战。这理由不一定正确。假如有人去挑衅，先动了手，他们不愿打仗的人，一分钟里就会跳起来从军了。至于有人以为美国会在别人没有原子弹之前先解决别人，那是一样不正确。这和英美的传统太不合。即使少数人可以作此想，大多数人民不会接受这种不合传统的战事。

有没有人会像日本一般的打上门去？那是另一问题。可是从美国人的性格上说，整军经武，有备无患，不会疏忽。他们对于“自卫”有着特别敏锐的感觉。但是自卫不就等于求战。他们找不到对手，或是对手耐得住，不先动手，第三次战争是不易出现的。

# 道德上有个毒刺

我曾经这样想过：一个文化里若是对一套东西特别看得重，重到不太受理性的检讨，重到时常要为此动感情，这套东西必然是相当不容易得到的。反过来说很容易明白，我们生命所倚赖的没有比空气更重要了，但是我从来没有看见过任何文化中有把这事实上十分重要的东西看得那样重的；除非有一天我们整天得在重庆大隧道式的防空洞里过日子，我们也许会发生一套特别看重空气的信条出来。我也曾用这个原则来解释为什么在饥饿的中国对于吃的一道会这样考究和这样的念念不忘。见了人第一句话："吃过饭了么?"见了朋友第一件事是约个饭局。不先喂饱了对手，似乎没有话可以谈得上似的。一切聚会里，不论是结婚或是死了人，总是吃一台。连生孩子的动机也在怕死后过年过节没有子孙上祭，上祭也是吃——这样讲究吃的文化却是一个大多数人吃不饱的民族。说来似乎矛盾，其实却是相配合的。

从这个角度去看美国的讲平等讲竞争，就不免使人想起了他们黑白的界线来了。当然，话先得说回来，在数目上说，中国能大吃大嚼的只占极少数，一般生产者每年能畅吃一阵的也不过几个节日；而美国能享受平等和竞争的，至少从理论上说，还是占多数——这说法也许不大正确，但是我们得承认被拒绝于平等竞争圈外的有色人种确是少数。我在这里想说的是美国人这样重视平等竞争多少是有着一大批得不到平等和竞争机会的“黑奴”做着背景。

我记得黄裳先生曾在他《关于美国兵》的小册子里写过一篇《黑美非美》。当美国人说起“我们美国人”时显然并不包括那千万的黑美。我在读Mead女士那本*The American Character*时（就是我写这一路美国人性格的蓝本），也很明白的觉得，她心目中并没有这些黑美。譬如我在《在记录与起码之间流动着》一文中分析美国社会阶层的性质时，也找不到黑美的地位。如果我们把黑美加入这幅素描中，在起码的界线之下，大概不能不再加上一格不流动的，黑漆漆的底层。以黑白的关系来说，美国确可以和印度相提并论，用社会学的名词来说，是个caste的结构了。

关于黑人在美国社会中的地位我相信读者必然已知道一些。如果不大熟悉，不妨去看一本美国新闻处重印了分送的Washington Carver的传记。这位Carver先生是一位科学界中的人杰。他是念农业的，他在理论上和实用上的贡献极大。举一件事作证：他因为美国南部的土地太差，农民生活太苦，所以提倡种植花生。他不但在种植上努力推广，而且发现了花生里的营养素，和发明了种种以花生做原料的工业品——这种综合的研究是后来TVA大计划的基础。他的贡献于人类的幸福是够大了，但是不幸得很，他是黑人。他去参加学术演讲时，甚至国会里委员会请他去陈述意见时，他不能住在大旅馆里，只能从后面的小门和铁梯上进出；他不能坐卧车，有时他得靠两条腿走路。他的朋友们很惋惜的叹气："假如他不是黑人——"但是这惋惜却白不了这位伟大人物的皮肤。在"平等竞争"的美国社会，他走不上"美国的旅程"，在比赛的圈外。

每一个到过美国去的中国人没有不能举出他亲眼看见美国社会里种族不平等的实例，因为我们皮肤的颜色也并不是白的。我记得有一次我在美国参加了一个讨论种族问题的会，主席很客气的要我说话。我觉得很难开口，后来我说了："我没有意见，因为我是在一个并没有这问题的文化中长大的。我对于印度的宗教，美国的种族，成为讨论的题目，甚至成为生活上的问题，只有好奇心而已。"

我在书本上自然读到过许多分析这问题的文章。我在美国的短期旅行中也受到过感情上的刺激。如果我要为这问题说话，自知难于客观，因之也不会得要领。我的兴趣却是在这显然和美国所特别重视的价值标准不合的现实对于一般美国人性格的影响。

黑白的双重标准在我看来是美国人道德体系中的一个毒刺。如果美国人接受了希特勒的哲学，认为世界本是个种族竞争的场合，他们可以找到人类历史上有着无数被淘汰了的种族，上帝是用了"物竞天择"的原则，以生存和繁荣去报酬最优良的种族。他们正可以把黑种人的"失了上帝的恩宠"来维护自己白色皮肤的优越感和自尊心——这样的话，美国人的良心是可以洗得干净了。但是美国并不接受希特勒的哲学。相反的，在他们天经地义的人权宣言上，写下了人是生来就平等的。要证明黑美不是人，自然不是件轻而易举的事。

我们念社会学的人自然明白，道德是在视为自己人的圈子之内的。当我们对付圈子外的人，杀戮、欺骗、愚弄是道德的，受到奖励的；至少也不是不道德，可以容忍的。在战场上，双重道德表现得完全无缺。美国如果根本不承认黑美是美，取消黑种人的公民资格，他们把这些“非我族类”的人物，圈在“自己人”之外，在道德系统上也可以做到一贯的程度。但是美国人并不这样做。在他们立国之本的宪法上又明明写下了，不得以种族限制公民的权利的字句。

这样，美国人只有两个选择了：一是忘记种族的界线，以维持道德上的完整；一是昧了良心，维持种族的偏见。他们的选择是第二条路。

这选择是有理由的（我说有理由并不是说我是同情的）。在一个竞争的社会中，一方面是要竞争者大家不出轨，所以要讲fair play；又要大家在一条线上开步，所以要讲机会平等。但是为竞争而竞争，必须一个条件就是竞争者总得从竞争里能得到报酬，报酬可以有多少之别，但不能白白的跑这一阵。所以归根是要看大家可以得到报酬的总数。如果总数不增加，而想分享的人太多，有人要分不到时，竞争也就会变成乱抢了。人家说中国人坐公共汽车不守秩序，那是因为汽车太少，守了秩序根本就会有不少人坐不上车。在粥少僧多时，不讲进取的和尚们也会不讲礼让的。于是在竞争社会里，在事实上会发生拒绝增加竞争者的倾向。我这样说并不在体谅美国的种族偏见，而是在说明在现实世界里，竞争的社会可以排除竞争者的原因。

同样的道理可以使我们这个重视吃的文化中，发生“朱门酒肉臭，路有冻死骨”的现实。如果在粮食不足的国家，遵守了“推己及人”的道德原则时，大概事实上会没有人能一生温饱了。

美国人维持种族偏见是事实，他们的代价是道德上不能完整，良心不安。当然，我很难想像一个人永远在受良心磨折的。于是我们有孟子的“远庖厨”的遮眼法了。这是说，我们承认理想是理想，现实是现实。孟子本是个不讲逻辑的现实主义者，他一方面可以说性善，而一方面又要远庖厨。一贯的推论，必须承认现实是不善的，这不善既是无可奈何，也必然是出于人的本性了。一个文化中如果发生了这种理想和现实的善恶之别，他必然要走到内向的路上，那就是说，一提起道德问题，心就虚了，想到了自己的不完全，而惶恐起来。

"理直气壮"只在现实和道德相合的时候。理不直、气不壮的人是想逃避的，他们没有勇气认真的就某一价值彻底的推论下去。美国人自己承认"年纪轻"，也就是自宥的说法。他们可以高唱四大自由，而不认真的讨论现有的政策是不是在遵守这项诺言。政治学家Merrian说，政治是illogical moderation"难得糊涂"，也是美国理想和现实发生了太明显的距离时的说法。

美国人心底是明白种族偏见和传统道德标准无一合处。现实既难改变，于是只有转弯抹角的想法自赎罪愆。他们可以在艺术上尽量的接受黑人节奏，爵士的音乐和舞蹈是这样进入了美国的生活。他们可以个别的向黑人捐些款子，做些社会工作。但是像一个犯了罪的教徒在牧师面前忏悔了，就可以心安而继续发生犯罪的生活了。

这是那些想创立"美国世纪"的雄心家所遇到道德上的阻力。美国并不能站起来说："我是民主的模范，民主是好的，因为你瞧，我们的社会是多完美。"美国人没有说这句话的勇气。当他说这句话的时候，他良心会轻轻向他一笑，"看看这不平等的现实。""美国"本来不是个现实，而是个向某一理想的追求过程。美国人可以说，我们爱好民主，民主是好的，我们要实现好的民主，可是我们还没有实现这理想。

民主是好的，能享受平等，能在平等机会中自由竞争。如果有人问："你怎么知道是好的呢?"他们可以指出黑美的痛苦，"你瞧，这种人得不到平等，所以苦。"他们的父母可以指着当差的黑仆教训他们的孩子："孩子，平等是可贵的。没有了平等，就成了这种人。"在局外人可以批评他们为什么不给黑种人平等呢？可是这是另一问题。孩子们听这话所得到的教训是要保持自己的平等，并不是要把平等给人。

如果我们不能了解这个逻辑，不妨想想自己。当你看见在街头乞食的叫化子时，旁边的父母和你说："你不用功就会如此"时，你会想到的不是对叫化子的同情，而是对于自己地位的可贵和可能失去的警惕。

美国文化道德素质是脆弱的。脆弱的原因当然很多，种族偏见和他们立国的基本道德的不相容是其中很重要的一个。黑白阶层之分又可能是美国人感觉到平等竞争之可贵的背景，但是这种等于caste的结构在本质上却不能容忍于民主自由的世界上，何况是想成为民主示范区的美国呢?

这本是一个威望政治的时代。美国的种族偏见过去或者只是一种引起美国人民良心不安的苦衷，现在却已成了举世瞩目的民主缺憾。显然的，除非美国能另外选择一条道路，就是维持道德的完整而放弃种族偏见，美国在威望上是不免要打了个很大的折扣。在我们的立场看去，很有理由问美国人，上一次大战的目的如果是在打倒希特勒主义，而不是在打倒希特勒个人，为什么美国人民可以容忍自己文化中相类于希特勒主义的成分呢？我们也更有理由怀疑：如果美国的民主中可以排除这样多的黑美于平等的圈子之外，别国的人民在接受美国民主的领导时是否也会造成这类于caste的结构呢？这些问题是美国想做新世纪的领导者时所必须答复的。不然的话，美国尽管依恃他的财富，不能使人折服，威望并不能用金元来收买，也不是原子能的威胁所能取得的；这是需要一种道德力量的。我们看到手无寸铁而被人钉死在十字架上的耶稣基督可以支配大部的世界这样久，就可以知道道德力量的伟大，而道德力量的发生不只是说，而得实践。如果美国的民主在别人眼里是个不彻底的民主，甚至在很多名义上是公民而实际上被排除在平等圈外的美国人的眼中，美国民主也不过是个不讲原则而讲便宜处事的民主，试问“美国世纪”怎么会在历史上出现呢？一心一意想创立“美国世纪”的人，肯把金元浪费在别国战场上的人，也该自省一番。

我们当然并不应该因为口口声声是自由之邦的美国自己有缺点而否定这些标准，可是为美国想，实践比了宣传和出售都更切实些。

# 原本是负了气出的门

丘吉尔必然是个摸熟了美国人性格的人，不然他怎能向美国借得这样多年轻人的血去阻挡希特勒的凶焰？他用着已过时的美国土语向包围着他的记者们说，他身体里流着的血一半是来自美国的。这是事实，他的母亲是美国去的。但是他却用这亲切但属少数的个例，去拗转了历史的通则。美国人的血不原本是欧洲的么？他不提这个渊源，而巧妙的暗示着大西洋上血的倒流。我们也不会忘记他有一次回答记者们问他，什么地方开始驱逐占领别国土地的侵略者时说的话。他一扬眉，毫不思索的说："伦敦，这些洋克的占领军。"美国人在欣赏他的幽默和机警外，还有着内心说不出的满足：洋克占领了英国——不但是血的倒流，而且竟是血肉的倒流。

在哈佛大学里有一位英籍的教授，有名的哲学家怀德海的令郎，有一次很得意的告诉我：他去参加了一个美国独立纪念的盛会。在会里人家一定要他致辞，他说：“你们找错了人，还是有意要为难我？我名字里还有着North这个字。”原来他是North爵士的后裔，而这位爵士是派兵去镇压美国独立的。听众热烈的报以欢呼。我默默的颔首，英国人真是内行，美国孩子们的命是送定了。

美国对于欧洲具有很复杂而且矛盾的情感。这感情表现在历史上的是一连串反反复复，似乎没有一贯性的事迹。最使人忘不了的自然是威尔逊总统的失败。他一手创立的国际联盟中，并没有美国的席次。美国国会否决了他的国际主义。美国人民向他说：“欧洲的事，我们不管。”可是怎么叫不管呢？不久之前不还是兴高采烈的横渡大西洋去参了战？并非健忘，而是在历史中养成的美国性格在作祟。

这里我又要提到在以前几篇文章中已经屡次说过的话了。美国是欧洲的“逆子”，欧洲是美国的“严父”。假如在十七八世纪的欧洲这位家长对它的子弟仁慈些，北美很可能像中美一般成了个犯罪者的乐园，囚犯的戍站，土著和白人混合之场。但是北美却不然，它吸引了虔诚地想在地上建筑天堂的清教徒，宁愿短期卖身以求不再挨饿的饥民。充满着威胁、匮乏的欧洲才有这无数背井离乡、抛弃父母之邦的移民，一个向欧洲要求独立的美国。

美国在中国华侨眼中是“金山”。想发财的冒个险去捞一票，成则衣锦还乡，败则为异域之鬼。不但去美国的这样，散布在南洋和欧洲的华侨们，多少都是这样的。在他们，出外是个手段，不是目的；在国内走码头的山西帮，湖南帮，何尝不是如此？发了财，在家乡盖个富丽堂皇的宅子；阳宅不够起个阴宅；墓地有了，造个祠堂；推而广之，办学校，兴公益。华侨的理想人物是陈嘉庚——这是说，我们这片旧大陆尽管够荒瘠，够黑暗，但是还不失其温暖，还是个“家”。海外的华侨心心念念着祖国，使他们成了辛亥革命的主力，成了中国经济中平衡国际贸易的支持者。至今还有所谓“民宪党”在国内政治中当个苦恼的角色。亚洲在这一点上是和欧洲不同的。

从欧洲到北美去的移民不但不怀念着祖国，年老了没有丝毫意思要到故乡去寿终正寝，更不会遗嘱子孙把棺材运过大海葬入祖茔；他们死心塌地的想在北美立脚，当地当时就可以衣锦昼行；而且他们对于压迫他们到不能不自求自由之邦的老家，心里充满着忿恨。所以我说他们有一点像是严父手下，受尽了委屈，发誓不再回家，出门自立的孩子。在父亲眼里是个逆子。在孩子心头有着一肚子总得找一个机会出一出的怨气。好马不吃回头草，“就是冻死，饿死，被天雷打死，也不再进你这扇门了。”这是个有志气的孩子，但是——我们应该明白——所要出的那口气，还得在严父面前出的呀。丘吉尔、怀德海教授之所以能使美国听众高兴得叫好，原是给他们出这口气罢了。

我也已经屡次说过，到美国来的移民想“美国化”就得改变他们土音和乡气。他们一到能在美国社会上立脚时，矫枉过正地要表示出“美国是多么可爱呀”的态度来。怎么表示呢？最明显的是和祖国隔绝。有些人甚至把一望而知其来历的姓名改去一两个字，使人听来活像是老美。他们可以有意地避免去和原来的同胞接触。祖国是个应该也必须疏远的影子，虽则这影子也永远在他们心底作祟。

美国社会是个截去了两端的梯阶，是从欧洲中间阶层里爬横了长出来的；两端不在美国，而是在老家。欧洲的破落贵族们可以把他们古董用高价出卖给美国的暴发户，甚至把整个的“故宫”一块砖、一块瓦地搬到美国去重建。美国那些爬到了社会尖顶的人眼睛只有望到欧洲去，不能倒流回去，也得把贵族拆过洋来，只是个仪表也可以过一过瘾。

美国人是负气出的门，他们尽管天天叫着“美国化”，但是没有人比他自己更明白，美国文化是缺乏明白的标准的。其实他们并不是真的没有目的，他们的目的是要老家里的人说他们一声：“有志气。”他们在任何一部门的生活里，最高的标准还是在欧洲。

我初次到英国，朋友们，老师们，甚至房东太太，都带着一种惋惜的口吻说：“可惜你的美国音太重。”意思是我的英文说得不标准，从美国传教士那里传授的英文怎能合格呢？可是过了几年，我到了美国，我那带了一点英国口音的话，却赢得别人的容忍，非但容忍，而且借了不少光。在美国学术圈子里英国的学位是到处买账的；反过来说不正确，美国博士在英国却多少带有一点，虽非轻蔑，也略有无足轻重之意。美国大学考博士必须先考两门外国语（其实大多是指欧洲语），而在英国就没有这种规定。在英国，论文里若是太多引了美国作家的著作，反而有时会被老师轻轻的摇了摇头说：未免浪费了一点时间——美国学术上受欧洲的影响是极深刻的，直到现在，别的我不知道，以社会学说来，美国还不能说是已经可以离开欧洲而别树一帜。欧洲的学者在战时大批的上美国。美国虚心的接受。肯这样虚心那是因为他们要强爷娘，胜祖宗，他们知道现在在文化上究竟还落后一点，还得争这口气。

美国人对于欧洲因之有着很矛盾的态度。他们对于欧洲的标准是心服的，但是他们负了气。他们对欧洲想报复，想使他们说一声：“好孩子。”他们决没有丝毫要回乡的念头，他们有决心要在新大陆创立个更好的世界给大西洋那边的人看看。为了要使美国能成为一个独立的单位，他们在心理上不能不把可能拆散这个祖籍不同的移民集团的离心力遏制下去，孤立成了美国立国的基本精神。所谓“孤立”就是指不管闲事，尤其是不管欧洲的闲事。

李普门说美国外交政策中只有门罗主义是一贯的，持久的；除此简直说不上任何外交政策。门罗主义是孤立主义，人不犯我，我不犯人的不管闲事主义；美国这个负气的孩子惟一希望的是关了门做个样子出来给人看看。他们即使不幸灾乐祸，但是也不会发生姑奶奶对娘家的关切。中国的华侨肯投资革命，输将抗战，那是因为他们还是抱着回乡的愿望；不但如此，祖国的不争气是他们受人歧视和欺侮的原因，他们不能不关心祖国。从欧洲到北美去的移民并没有这经验。他们本来没有回乡的计划，而且靠了他们的白皮肤，也受不到因他们来历而起的歧视，即使有，也很快可以洗脱他们的来历。他们不是姑奶奶而是私逃出门的逆子。

放逐这逆子的严父已经低头了。非但低头，而且伸出了手，期待着这已经自立的孩子的反哺了。丘吉尔以身体里有着美国的血来象征着下一代的风向将是由西而东，不再是由东而西了。可是美国的态度怎样呢？他可以为了自身安全，为了要从欧洲不能不乞援于他的表示中获得道德上的胜利，他可以出一次兵，在欧洲流一次血。但是这并不是说他们已经放弃了孤立和不管闲事的传统。如果我们从这个角度去看最近美国的战后措置，多少可以使我们感觉到“逆子并未回头”的神气。

杜鲁门主义是门罗主义的扩大，精神上是一贯的；所不同的只是在范围上。门罗主义只包括大陆，那是因为那时没有飞机，海洋是地理上的防线。现在，门罗主义所求美洲的安全和孤立不能不加上一个外围了。这外围包括了太平和大西两洋，和在两洋对岸建筑下的空军站。在两洋边缘的国家也许会感到近似侵略性的压力，但是这压力的来源却是美洲的要保持孤立。杜鲁门并没有超过门罗，不过是个现代化的门罗。时期虽则已过了快半个世纪，美国人还是带着300多年的历史，这是一部背叛严父自求独立的历史。

联合国巨厦的基石刚刚安定在纽约的岛上，而杜鲁门却已开始了放弃这国际组织的行动。这真是使我们哭笑不得的讽刺，不但告诉了我们美国传统里的矛盾，而且告诉了我们，这矛盾已化成了世界共同的矛盾了。

# 后记

这本讨论美国人性格的小书里的8篇文章是我读了Margaret Mead女士的*And Keep Your Powder Dry*一书之后写成的。这本书在英国的企鹅丛书里再版时就改名作*The American Character*。原书是1942年出版的，那时战事正打得紧张。作者认为美国要求胜利不但得充分动员他们的资源，而且得加紧动员他们的人力。要使每个人都能自动的为胜利尽最大的努力，必须明白美国人的性格，加以因势利导。我们如果不明白钢铁的性质就没有法子用钢铁来制造我们所要用的东西了，同样的我们如果不明白人的性格也就没有法子团结人来完成一个任务了。她在这本书里企图用美国的社会背景来分析美国人的性格。这是一本美国人写给美国人读的分析美国人性格的书。

1943年我在美国就听见过有这本书。Mead女士本是我的同行，她原在哥伦比亚大学讲人类学的。我在美国曾见过她，她的丈夫Gregory Bateson，也是一位同行，曾经特地从印度到昆明来在我们乡下住过三天，也谈了三天。但是我却一直没有机会读到这本书。在朋友们中间谈起这本书，有的认为是美国人自觉的开始，是本极重要而且极有见地的著作。但是也有不大满意这书的。我们念人类学的人自然容易明白“民族自省”的困难。把人作为研究对象已经犯了“人的尊严”，何况在人中还要研究自己人呢？人类学以往是门“研究野蛮人的科学”，很少能用同样的客观态度去研究文明社会；即使去研究，也多限于已失时效的风俗习惯而已。而且一说到自己的文化，客观的精神也就很难保持了。

普通的人都认为自己的文物制度，民族性格是“标准”，是上帝依他自己的相貌造下的。这点自尊心确是维持文化的力量，尤其是在战斗中，为了士气必得坚强自信。历来坚强自信的方法是宗教性的，那就是超于理性的，发动着爱恨的感情去支持“好坏是我的祖国”的盲目信仰。事实上，天下哪里有完全的东西，如果用理性去检讨就不免发现所属于自己的也颇有缺点，这样就会使人不便盲目了；爱恨的单纯，也是原始的，感情未免动摇，于是也就不免被认为“打击士气”了。在初民社会里，战争前常有一些仪式，激动感情，排斥理性，就是这个道理——蛮性的遗留阻碍着民族的自省。

我并不知道为什么我在美国不容易看到这本书。战时纸张缺乏当然是一个主要的原因，所印的书不多，销完了也就难于再印。但是普通人不喜欢看并没有恭维自己的传记的心理，也许也有一点关系。以我自己说，我是不喜欢照相的，照了相也不喜保存，理由总是说“照得不像”。其实谁也不能承认照相机会有偏见，但是长得不出色的人有哪几个不像我？

今年2月，快从英国返国前，我和一位朋友一同去伦敦的旧书铺里淘旧书，他在书架角里找出了那本《美国人的性格》。我高兴极了。他就把这书送了我，说我在归程的飞机上可以用它来应付这段无聊的时间。我如他所说的在回抵国门前，清偿了这个夙愿。我心里不免时常向自己说：“在写那本《初访美国》之前实在应该先看看这本书。”回到北平之后，安平屡次来信要我为《观察》周刊写稿子。我就决定翻译那本书。可是这是本美国人写给美国人读的书，假如我按字翻译，对于中国读者必然会感到隔膜。于是我想不如依这书的见地重写一道罢。在我开始下笔时还遵守着作者的原意。但是一下笔，我的笔头却走远了，远到和原书相差太多。说是编译，对不起原书；说是创作，又未免掠美。如果一定要题个名，最好是说是“读书札记”，是翻译和创作之间的东西。我所希望的只是能使读者多了解一点关于那些日渐和我们发生更密切关系的美国人的性格罢了。

我希望读者在这本小书里看到一个社会结构的标本；好像我们在生物实验室里解剖一条蚯蚓或一只鸽子一般。当然在这几万字里所画出的一个速写决不能把美国社会，和生活在美国社会里的人的性格，全部勾出一个棱角来，但是在这里读者至少可以看到社会和文化的解剖是怎样着手的。读者如果先看我那本《初访美国》，再看这本小册子，多少也可以从历史的过程中看到美国人生活的脉络。

各地人民的生活方式，亦即是他们的文化，与其说是上帝安排下的模式，不如说是这民族在创造，试验，学习，修正的过程中累积下来应付他们地理和人文处境的办法。从这种立场上去看文化，每一项目都有它的来历和作用；因此可以从他们的历史，地理和人文处境中加以说明的。这是说各种社会制度的形式都可以理解的。人类学的任务就在理解各式各种的文化形态。美国也好，中国也好，都可以成为我们理解的对象。

文化帮助着每个人去获得生活上的满足。我们种田吃饭，推车摇船，都是用来满足我们生活需要的基本活动。这些活动却并不须我们每个人自己去发明，去创造，我们只要跟人家学习，这是一个团体所共同保持和享用的财产，而且也是祖宗传下来的一份很重要的遗产。这是文化。当然文化并不单包括祖宗给我们遗留下来的谋生之道，我们自己也不断因为处境改变而创造新的办法去充实我们的文化。但是我们的创造也必然是根据于原有的基础，所以文化是具有历史性的。

社会，人和人集合的生活，分工合作的体系，以其具体内容来说，是文化的产物，也是保持，传递，创造文化的机构。我们生下来并没有带着可以在社会里生活的办法，我们得一项一项的学习，这是社会的任务，社会要使每个人接受那一套谋生的办法。社会要使每个人就范于文化，它于是对于个人发生了一种制裁的力量。我们从小有父母在旁边教我们这个，教我们那个；如果我们不领教，随之而来的是呵责和白眼，甚至是戒尺和关闭在黑房间里。这是制裁作用的开始。在这种我们所谓教育里面，我们分别了什么叫“乖孩子”，什么叫“坏孩子”；什么叫好，什么叫不好；什么叫是，什么叫非；什么叫对的，什么叫不对的——这些是价值标准。价值标准是我们行为的指针，是文化替我们砌下的道路，是社会用了压力很早灌输到每个小孩子脑中的辨别应该和不应该的张本。没有一举一动不能在这个价值尺度上查得它的地位。这是决定每个人在各种可能的反应中所作的选择，一切行为的实践也是文化所定下的价值的表现。这样说来，价值标准是文化造下来指导个人行为，使其符合于社会制度所规定下的规范，它的功能就在配合个人和社会，维持社会的制度。至于什么算是好的，和什么算是不好的，那是以当时当地社会制度的内容而定：符合则好，不符合则不好。社会制度的内容则依其是否能帮助人在其处境中获得最大可能的满足而设计，而变迁的。所以，价值标准也是人类得到生活上满足的手段，并不是绝对的命令，而是因时因地而定下的实用规则。

这样说来，在个别文化中可能有和其他文化不相同的价值标准了。抽象的价值尺度可以是普遍的，而价值的内容却是个别的，可以因时因地而变异的。我们要了解一个地方的人民的生活就得先明白赋有指导作用的价值标准是怎样的，然后才可以进而从他们的历史和地理的特殊处境中去解释这些特具的价值内容是怎样发生的。另一方面，我们得记住价值标准并不是件社会的装饰品，也不是人们的口头禅，而是社会制度的维持体系。我们只有从他们在人民生活上所发生的实际作用去看到这些观念的实践。实践的场合是在他们的社会制度里。

在这本小书和我那本《初访美国》中，可看到我一再提到"自由"、"平等"、"竞争"、"成功"等等观念，这些是美国人民所坚持的理想，是代表着他们的价值标准。这些标准是发生在有着充分发展机会的新大陆上，发生在生产技术开始改变，社会的生产力不断增长的时候，发生在从专制的欧洲，穷困的欧洲里出来勇于冒险求生的移民中——美国的地理和历史的凑合里。这些价值标准发生了厌恶权力，崇尚自助的性格，也发生了相互牵制，三权分立的政治态度；信仰自由，不重仪式的宗教制度；放任独占，缺乏阶级意识的经济制度；孤立而内向的小家庭制度；注重分数，考试和绩点的教育制度——那一切被认为“美国式”的社会形态。

要充分和完全把美国社会解剖出来，画成图样，决不是件轻而易举的事。美国社会学家和人类学家还刚刚开始做这件工作。好像Lynd的*Middletown*，Warner的*Yankee City*，West的*Plainville*都是比较成功的著作。但是这些解剖工作常常偏于社会形态的描写，而忽略了生活在这种社会里的人，怎样在他们所处的文化中养成他们的性格。

个人的兴趣，对人事的态度是逐渐在文化中养成的，也就是我在上面所说的价值标准。社会的价值标准和个人的性格其实本是一回事，从两个角度上看过去而表现出来的两个方面罢了。要真真描写一个社会所有的文化，应该从这两个方面配合了看的。从个人这个角度看，我们还可以见到一个人怎样在社会生活中养成他的性格，那就是教育的过程，尤其是早年孩提时代在亲密团体中得到的训练。这个过程一方面可以说是造成个人一生行为形式、性格的紧要关口，所谓“三岁到老”；另一方面从社会的角度看，是社会对个人使用压力最强的一段时间，是把一个牲口变成一个社会能接受的“人”的过程。把这过程作为对某一社会的文化分析的中心是Mead女士在人类学中所作出的一个很重要的贡献。她早年所写的*Growing up in New Guinea*和*Coming of Age in Samoa*以及较近出版的*Balinese Character*都是从个人性格的养成过程中着手去分析一个社会的文化的。她的贡献已在美国人类学上起了很大作用，晚近对于个性的分析已成了一个新的风气。这种风气的发展必然会引起人类学者对于比较文明的社会发生研究的兴趣。Mead女士这本《美国人的性格》在人类学的发展上占着很重要的位置。

Mead女士所论美国人的性格亦引起过不少评论。我曾听见过有一位朋友说过，这本书里所描写的情形只是美国人中一部分人的事实，并不能概论一般的美国人。这一点我在本书里也说过：在这本书里，黑人好像并非美国人；严格的说，美国的华侨，也不能包括在内。黑人和华侨并不能在美国社会的梯阶上往上攀登，有着一道无法逾越的鸿沟。因之，Mead女士所描写的竞争和好胜的性格也就无法养成。非但如此，他们生在一个注重竞争的社会中而自己却没有入场竞争的资格，这种反感也必然会深深地影响了他们的性格，可惜

Mead女士没有注意到他们。我在本书中所补充的一章，也不过是从种族歧视上去看白人内心的矛盾，也没有说到被歧视者的那一方面。

批评这书没有代表性的那位朋友也曾和我说，Mead女士对于那些从欧洲落后国家到美国来处在较低地位的移民和他们的子孙确有很透彻的了解，但是美国人并不都是这种人，而且在社会上占着重要位置的也并不是这种人。据他说，在美国社会金字塔的上端有一批是早年从欧洲比较上层社会中出来的，在美国也处在领导地位，他们“强爷娘，胜祖宗”的心理并不太强——这一点批评我想可能是正确的，但是如果我们想替作者辩护的话，我们不妨注重数量的问题。所谓高级的移民事实上并不太多。历史上的记载，我在《初访美国》里也曾提到过，即在早年，大多数到北美来的是那种短期卖身的贫民。如果我们要论美国人的性格以他们占多数的那种人做分析的对象是有理由的。当然，最理想的是能先告诉我们，作者所分析的对象究竟是美国人中的哪一种人。

即使我们承认Mead女士所告诉我们的是美国人中占最大多数的那一种人，问题还是存在，这些人是不是都像她所描写的呢？我想，要回答这问题也许我们还得在理论上多说几句话。在上面的话中，我用了“多数”和“种”两个概念。主要的是在“种”字。认为Mead女士所描写的美国人并不能包括一切美国人的批评，有两个可能的说法：一是说美国社会中有着不同“种类”的性格，Mead女士所描写的只是其中的一种；一是说美国人中每个人的性格多少都有一点差别，Mead女士所描写的只是一部分人，有多少人的确像她所描写的那样还是很成问题。我所谓“多数”并不是答复第二类的批评，而是答复第一类的批评。我的意思只是说她所描写的至少也是占最大多数人口的那一种人。

很显然，Mead所描写的那一种人中个人的差别还是存在的。她是否应当就所有人的行为加以统计，而达到他们中间最频繁出现的性格呢？我的回答是不必的。要明白我的答案，我得先讲明白个人性格中的两部分。一部分是受社会依了它的标准严格加以塑成的，另一部分是社会容忍变异，不太加以干涉的。我在上节里已说明社会为了要使个人能和别人共同生活下去，所以要强制着各个人接受相同的行为形式；它预备下一个模子，套上各个人的行为上去。在一个模子里塑刻出来的个体大体上是一般的。所以，如果我们要描写同一模子里塑刻出来的个体，最好的办法是描写这模子本身，不论在这模子里塑刻出来的个体有多少数目。所以，从社会的角度去看个人的性格是就其相同的方面着眼的，凡是受同一标准所陶养出来的人，也就是我在上面所说的“一种人”，有着性格上相同的一部分。

这个社会加之于个人，变成个人性格的部分，在大体上是“一种人”所共具的通性。但是社会对各个人的塑刻力可能并不一致，事实上也确有深浅程度之别。社会对于个人的变异能否容忍却须视其对于集体生活的影响而定。在重要的行为上，社会会立下很狭的伸缩范围，一轶出这范围立刻会加以制裁。所以就这一部分说，我们注重它的标准也就够了。譬如语言，我们如果要学习一种语言，我们必然从标准入手，虽则事实上也许没有一个人在发音和文法上是全部合于标准的。我们并不须以统计方法来求得标准语言，因为这不是事实问题而是规范问题。事实问题是统计性的，而规范问题是标准性的。

在这一部分性格之外，我们还可以看见一部分性格是轶出于规范之外的。社会并不完全控制人们的行为：

有些是无法控制的，有些是无需控制的。社会要控制个人还得通过个人的意识，换一句话说，社会只能强制个人去控制自己。凡是个人不能自己加以控制的行为，好像我们很多基本的生理活动，心跳速率，眼睛视力等，社会也是无能为力的。因之，生理性的变异，只要无害于集体生活，社会只有加以认可。所谓社会无需加以控制的部分就是指我们那些行为并不在集体生活之内，或对于集体生活没有多大影响的部分。社会之所以要强制个人去接受一套标准，并不是有意与个人为难，而是出于集体生活的需要。我们不能让每个人有他自己的语言，这样语言也就失去其功能了，因为我们要靠这共同的发音和意义的象征体系来互相会意，互相配合各个人有关的行为。可是我们的生活中尽可以有一些和别人没有关系，或关系不深的部分。这部分也就是我们常说的“私人”的范围。在这范围中，我们有种种所谓癖尚，嗜好等等，只要怪僻到不影响社会的安全，社会是常常能充分的予以容忍，甚至鼓励，使它们发生一种对社会的一律和单调性的调剂作用。

一个研究个人心理的人应当注重社会强制个人去接受一套社会规范的过程，在个人全部性格上所引起的影响。心理分析者时常强调心理上的遏制作用怎样使私人部分的性格受到斫伤，以致进而使他不能遵循文化所规定的社会生活，发生疯狂和犯罪。研究这套问题的必须从个人入手，因为每一个疯子的疯法是不相同的。如果我们想有一些概然性的结论的话，统计方法是有用的。我们可以从数量的比例上说明某一类的疯狂是占多数或少数。

我说这一段话的目的是在说明如果我们从社会规范性的那一方面去看性格，我们可以把文化上一致的团体作单位来说，而不必从多数个人的行为上的异同去作数量的计较。我这样说并没有暗示我们不必从个人立场上去看这个问题的另一方面。我只说从社会一方面看去，我们并没有数量的问题罢了。Mead女士在这本书所做到的，可以说是从社会一方面去看这问题的。她可以概然的论“美国人”，假如“美国人”是代表一个文化一致的团体。我在上面批评她，或是想要求说明的，就是“美国”是不是一个文化一致的团体。很可能有好几个不同的模子，塑刻着不同的性格。但是无疑的Mead已给了我们一种美国人的性格，而且依我看来，她所分析的那一种人在美国人中占着大多数，因之可以说是一个重要的模子。

我在《初访美国》的后记里已经说过，我总觉各种文化里长大的人不能互相了解是当前世界的一个严重的问题。以往，世界上各地的人民各自孤立地在个别的处境里发展他们的生活方式。交通不便，往来不易，各不相关。现在却因交通工具的发达，四海一体，天下一家，门户洞开，没有人能再闭关自守，经营孤立的生活了。在经济上我们全世界已进入了一个分工合作的体系，利害相联，休戚相关，一个世界性的大社会业已开始形成。但是各地的人民却还有着他们从个别历史中积累成的文化，不同的文化中有不少价值标准是不相同的。同样一件事，一句话，可以在不同文化中引起不同的反应。

利害的关系是可以计算的，计算是理性的活动；价值问题却是超出于计算之上的，是计算的前提，是感情所维持的。当前国际间有不少磨擦，稍稍站在客观的地位，看来是对大家都不利的。损人不利己，和损人又损己的事，在利害立场上是不值得干的。但是我们却看见这类事不断发生，如果不是因为愚昧，那就是因为动了感情，超出了利害关系进入了价值的冲突了。那也可以说是文化的矛盾了。

如果我们不愿意人类自相残杀，以致消灭，很显然的，我们只有积极的促进这世界性社会的形成。我们也就得极力克服文化的个别性所造下的阻碍。怎么去克服呢？

我在上面已说过，文化中的价值标准虽则可以理解，但是在个别文化中生活的人却时常不求理解，只加以接受就够了，而且用了感情来维护它。在各民族的部落孤立生活的时代，这不但是件省事的办法，而且也具有加强社会强制力的作用。这些标准是要灌输到每个人性格中去的。怎样灌输法呢？一是用理解的方法去说服个人，一是用感情的方法去取信于人。前者是科学性的，后者是宗教性的。在科学不发达的社会里，去激动人民的感情来支持社会的价值体系比较方便而且有效。孔子所以说："民可使由之，不可使知之。"后来还有知难行易之说，都是着眼于理解社会制度，价值标准的困难。不论是主张保守的或主张革命的，出发点是同在以感情支持行动。因为这个缘故，本来可以理解的文化却罩上了一层非理性的铁幕。在各个别文化中生活的人对于不同于自己的文化只觉得可厌甚至可怕。我们如果要改变这种态度，只有充分发挥人们的理性，这就是我在上面所说的“民族自省”。在这件工作上，社会科学可以有它们极重要的贡献。

我在这几年里利用了旅行的机会一再访问了英美两国，使我更切身的觉得了解别国文化的重要和不易。因之，我曾不因自己才学的限制，一再写了几本分析英美文化和社会生活的小书。我的目的其实并不完全在介绍“西洋景”，而是在想引起读者对于文化和社会生活分析的兴趣，进而能用同样方法去了解自己。

这几年来，我们中国人，常常会感到惶惑和失望。我们看到了自己国家繁荣发达的大好机会，不幸，也眼看着我们失之交臂。我们可以怨恨人们的愚蠢，可以指摘某某那些人的作恶，但是我们如果再问一下，为什么中国会有这些人，为什么这些人会在这紧要关头把我们的船触礁在混乱的水里，这原因显然不只是我们中国人命运不佳，或是偶然的被一辈群魔所害，而是我们累积下的文化和这个现代国际局面发生了冲突。这冲突我们有可能避免，但是并没有避免。没有避免也有其原因，应当引起我们的深思。

我们对于自己文化的传统，处境和发展方向是必须要有一个全盘清理一次。我现在所做的工作可以说只是在迎接这个时候。我们必须用科学方法把我们中国人的生活方式，在这生活方式中所养成的观念，一一从我们的历史和处境中加以说明。有了这笔清清楚楚的账才能使我们走下一步时不致再像目前这样的艰难而浪费了。

这一本《美国人的性格》不过是这项工作所做的微小的准备。我希望还有继续为这项工作而努力的机会。

1947年7月11日于清华园新林院

# 访美掠影

我这次访问美国是为了促进两国人民之间的文化交流。尽管时间短、码头多，感谢现代化的交通工具，我还是从东海岸到西海岸，会见了许多多年不见的老朋友，又结识了许多神交已久的新朋友。

# 释题代序

西方有句俗语：到过一天的地方可以说上一辈子，住了一辈子的地方连一句话也说不上。这原是对旅游者的讽刺。越是不熟悉，话就说得越多，越说多就会越离真失实，甚至信口开河，荒诞无稽了。可是这也不能完全责怪说者，人们就爱听和习惯见闻不同的新鲜事儿。有人从外地回来，拉住不放，挤些新闻，用以解闷，也是人之常情。所以一个无意写游记的人，也会因别人的催促而无法拒绝，至少我这几篇《访美掠影》是这样给人逼出来的。

自知访美期短，见闻局限，理解肤浅，所以只够称为掠影。坐飞机走码头，真是蜻蜓点水。所见种种无非都是些浮光而已。浮光者表面现象也。大千世界高速度地掠眼而过，所得印象安得不是些浮面的浅显波纹！不敢言文，说些杂话，不受章法的拘束，想到什么写什么，倒也自在。

这次访美是高速旅行，时间短，到的地方不少。前后一共是一个月出一点头。4月14日晚从北京向西飞行，清晨到达巴黎，休息一日，于15日下午越大西洋到美国首府华盛顿。如果在巴黎不逗留，离北京的下一天午前就可以到达美国。我们从美国东海岸，绕道东北，再横越大陆，到西海岸，共约四个星期。然后在太平洋中间的夏威夷岛上停了三天，取道东京返国，到北京是5月17日晚。绕地球一周，其间停了10站。这样的速度可谓高矣。

我这次是参加中国社会科学院应美国与中华人民共和国学术交流委员会的邀请而组成的代表团去访问美国的。邀请我们的这个机关，我们的主人，是由三个群众性的，或说是民间的学术团体，为了和我国进行学术交流而组成的。它们是美国学术团体理事会、美国社会科学研究理事会和美国科学院。这些机关的名称应当怎样翻译我不敢自擅。按字来译也颇有困难。比如说我们主人的名称中有学术交流四字在英文是scholarly communication二字，第一字是个形容词，直译应是“学者派头的”或“学究式的”。第二字普通是译作“交通”，也指交换消息的行为，如通信等。直译出来似乎不那么好，因为我不知道怎样一种交往才够得上“学者派头”。在茶余酒后，我也半开玩笑地请教过主人，得到的却是一种“会心的微笑”。我说，我希望今后我们之间的交往能认真地守住这个形容词。

所谓“主人”是指负责为我们安排和美国对口的学术界进行学术交流的机关。我们所接触的除了这个当主人的团体之外，访问了一些大学和一些社会科学的研究机关。访问的方式多少可以说合乎“学者派头的”这个形容词的，而且对方对此也是十分认真准备的。到一个研究机关于相见如仪后，开始座谈，由他们的研究人员就他的专业发言，几乎都有手稿或提纲。发言后再和我们进行讨论。到了各大学，由负责人和我们集体会晤，然后，我们各就专业到各系去“交流”，方式和研究机关相同，但大多要问我们这方面的情况，交谈较多。我在国外被认为身兼两科的学者，一是人类学、一是社会学。在美国各大学里除了极少数两科合在一个学系里，一般都各自立系。所以我要接触的对象也就比别人加了一倍。每到一校，至少要有两次“交流”的座谈。重点大学还要加班加点。

据说美国的高等院校有8000到9000所，有名气的“大”大学有300所。大多数的大学都有社会学系，设有大学程度以上课程；200多所大学有给硕士、博士学位的研究院。这是社会科学中的热门。人类学系比较少，但也有300多所大学设立这门学科的学系。我这次只访问了10所大学，在数量上说，只是个零头。交流座谈会分大小型两种。小型是以10来个教授为度，大型是包括一部分研究生在内，多至三四十人。小型座谈是以主人专题发言为主，大型座谈则以我答复问题为主。此外我还作了一次听众在百人以上的演讲。所以尽管我加班加点，接触面还是很狭小的。在这种座谈会上要进入深入的讨论是不大可能的。以10个人谈三小时计算，每人只占一刻多钟。我还得说说话，占去一些时间。10分钟的话能有多少分量呢？怎样做到学术上的思想见面？至于社会情况，匆匆一个月，接触到的更是有限。我用掠影为题，非谦词也。

这次访美是旧地重游。我没有在美国留过学。我的社会学是在中国学的，社会人类学是在英国学的。但是在1943年，美国和日本宣战后的第二年，它以盟国的名义向我国邀请了10名教授去建立“文化关系”（那时不叫“学术交流”），我代表云南大学应邀访美，在美国住了一年，1944年初夏返国。在这一年里，我主要是利用各大学的设备和一些教授的帮助来编译我那本在芝加哥大学出版的*Earthbound China*一书。我在哥伦比亚、芝加哥和哈佛三个大学呆的时间较长，也到过其他一些大学作短期的访问或演讲，所以当时在美国结识了不少同行的学者。我在访美期间，又用通讯方式给昆明的一些报纸写了一些介绍美国社会的小文。返国后，整理成《初访美国》一本小册子出版，抗日战争后期在西南大后方曾流行过一时。有些朋友还记得这本书，所以这次我返国后，就约我再写一本《重访美国》。但由于这次访问为时太短，见闻有限，不敢采用此名。

从初访到重访相隔35年。35年对我个人来说刚占了我过去岁月的一半。35年前还是东华一小生，年华正茂，现已饱经风霜，垂垂老矣。当年在美国相识的学者大多也已经登上鬼录，尚在人间而还没退休的真是凤毛麟角了。

尽管这样，旧地重游还是有方便之处。目前当令的一代不少是我相识的老一辈的子弟。他们虽然没有见过我，但从老一辈的口中听到过我，这次相见也就倍加亲切了。至于那些久别重逢的老朋友，一见面有的甚至含着泪，拉住我的手久久不肯放。他们很多已不相信此生中还会见到我，甚至有人把我早年给他们的通信都交给图书馆作研究资料了。我胖乎乎的形象在他们面前出现时，他们那种惊喜交集之情，反而使我不知所措。

但是当我开始写《访美掠影》时，我才发觉旧地重游对了解这地方的社会面貌虽然容易入门，但也有它不利的一面。因为是重游，所以心中总是有个新旧对比，注意力也就被吸引到新旧差别之处。我在出发之前曾写信给在美国的老同学，就说我30多年没有和美国接触，这样长的时间里美国不知变成什么样子了，我很想亲自来看看。变化成了我注意的焦点，也就使我的观察产生了局限性。这个局限性在一定的条件下是可以很严重地影响我对美国社会的理解，有时也许还会本末倒置。

美国在这30多年里确是有很大的变化。但是那些没有变的方面有时却更为重要，如果由于眼花缭乱而忘记了这一点，那就会迷惘了。从前后对比着眼就容易只看或多看它的变化，而不见或少见它没有变的一面，这就是我说的旧地重游时容易发生观察上的局限性的原因所在。

为了免于使读者被我的掠影导致错觉，我想不妨先把我在离开美国时在飞机上对同行的朋友们说的话，提前写在这里，开门见山的说一说我这次访美所得的总印象。

我们这次一起去访问美国的人不少是上了年纪的。这些老头身边大多怀有一个“保健匣”，里边装着硝酸甘油一类的药片。这是刻不离身，随时备用的必需品。当我想总结我对当前美国的看法时，也就想到身边这一匣东西了。如果说美国这个社会已经面临崩溃，谁也不易相信。它的生产力还在上升，尽管增长率有时停顿，有时下降。这是事实。所以可以说这个社会表面上是健旺的，说它的健旺是表面的，那是因为它之所以能保持生产力的继续上升，并不是出于解决了它原有的基本矛盾，而是不断采取一套缓和矛盾的措施。这就有点像我们这些老头了，我们的心脏在衰老，随时可以发生使它停止跳动的生理变化。但是有了经验的老头在有一些不正常的感觉时，立刻掏出经常准备着的“保健匣”，把一颗硝酸甘油含在嘴里，闭目养一会儿神，就打回了上帝的请帖。美国这个社会不也就是这样一次一次渡过它越来越频繁的危机么？硝酸甘油据说根治不了心脏病，但能把心肌放松一下，不致一命呜呼。美国这样的社会对付危机的一系列办法，并没解决这种社会的基本矛盾，而是头痛医头、脚痛医脚地带病延年，维持着它表面的繁荣。

以他们的失业问题来说就是一个例子。他们不能消灭这种社会现象，总是有那么6%以上的人拿不到工资。他们对这个失业问题采取的办法就是救济，名目和方法是多种多样的，而实质就是由社会上拿出一笔钱来养这批失业的人，把他们的生活压在最低的水平上，只要他们不闹事，就行了。如果到了失业人数太多，要影响社会的稳定时，就像含硝酸甘油一般，采取一些办法，如扩大公共工程，雇用一些劳动力，把失业率压低一些。

我这种看法不妨说是掠影感想，是否符合事实还得从长研究；好在这原是本旅游杂话，不必登大雅之堂，有啥说啥，不避陋俗，作为一家之见可也。

# 颠倒了日夜

要说30年来的变化，作为一个旅行者当然首先会想旅行的本身。时间还得推早一些说起。我第一次出国是1936年夏天，赶到英国伦敦去上学。当时坐的是海轮，从上海出发到意大利的威尼斯登陆，转坐火车，然后渡英伦海峡到达目的地，一共走了一个月。第二次出国就是上面提到的初访美国。那是在战时，由美国官方安排，可说是海陆空联运。从昆明出发到印度加尔各答是空运。从印度东部到西部的卡拉奇是陆运，坐的是火车。然后坐军用飞机，经非洲，渡大西洋到美国，是空运。我们一路停了好几次，前后走了有两个星期。回程是走海路到印度，是海运，然后再飞昆明。由于要防德国潜艇袭击，我们这条船并不走通常的航线，所以一共走了一个多月。第三次出国是1946年重访英伦。大战已止，我往返都是空中旅行，但是晚上却要落客店过夜。所以从香港起飞，一路停了三次。回程是坐从伦敦到新加坡的直航飞机，一天一晚除加油着陆外不打尖。在新加坡住了几天，另坐飞机到香港。这次访美是全程空运，而且是高速。我们因为怕老年身体吃不消，所以中途在巴黎休息一天；回来时挑了檀香山作为返程起点，不然从北京到华盛顿一天一夜就可直达。今后中美通航后当天到达的旅行将是极普通的了。

旅行讲究速度应当说是合理的，人们从这里到那里到处奔走，一般不是为了要奔走而奔走，总是为了要办些事，在旅行本身能少费些时间可以多办些事，或把事情办得快些，不是很好么？现在就因为有了高速旅行的条件，国际的政治活动才能十分频繁。报上我们天天可以看到各种国际会议的报道，在电视上天天有外宾访问的镜头，没有喷气式大型高速飞机，这些都是不能想像的。

从工作效率上讲，我当然赞成旅行越快越好，但是说实话，我心里还留恋着海上旅行的日子。那时一上船，心里就踏踏实实的，理直气壮地准备把在船上的那一段时间划出来作为可以自由处理的“外快”。在船上没有生活上杂务要自己处理，有吃有睡，吃得也分外丰富。没有不得不接待的人来打搅，船上都是些不相识的旅客。更重要的是可以和原来的世界隔绝一段相当长的时间，那是多难得的世外桃源！海上固然有些风暴，而我并不晕船，别人吐得好苦，我还是吃得好香。这样过上个把月，身心得到充分休息，上岸精神百倍。

我没有长距离坐火车旅行的经验，最长也不过在车上睡了两晚。火车上当然不如在轮船上。轮船上可以随意走动，可以看书，可以写文章。我在初次出国的旅途上就写完了后来作为毕业论文的那本《江村经济》的初稿。火车上写字是写不成的，看书也伤眼力，所以只有找同座的人聊天，或是打盹。我不大喜欢这样的生活。

飞机的舱内条件和火车车厢相似。现在国际间长距离飞行的飞机设备是相当讲究的。座位、服务等等都比高级的软席火车为优越。前几年坐小型飞机旅行，起飞降落会使人耳力暂时失常，现在大型飞机在这方面也大有改进，旅客不致有这类生理上的变化了。这样说来，我为什么还要留恋海上旅行呢？原来高速本身产生了一种新的使像我这样年纪的人不易适应的因素。英文里有个新字叫做jet-lag。jet是指喷气，也就指超音速的喷气式飞机。lag是延滞。两字连起来是指由于飞机的运动与地球本身的运动之间的差距所引起时间上的延滞。在东京海边向东看见太阳出现在地平线上的那一刻，站在我们山东泰山上看日出的人向东望去还是一片漆黑，要过了大约一个多小时才能看到太阳跃离海面。这一个多小时就叫时差。这是出于太阳对地球上不同经度的“时角”在同一时刻上的差别。现在坐在喷气式飞机上环球西航，追赶太阳，飞了一周，“延滞”了日历上的一天，环球东航，顶着太阳，飞了一周，要在日历上多翻过一张。

这样讲来，像是在答复“十万个为什么”，增加一点常识罢了。而坐了这种飞机去旅行，就因为运动速度太快，日历上的“延滞”在生理上产生了新的问题。那就是如果你向西飞行，当天到了美国，你事实上是过了一个漫长的黑夜。晚上从北京起飞，早上到巴黎，其间不是12小时，而是20多个小时。到达美国还是白天，而中国已是晚上。一个人什么时间醒，什么时间睡着，一般是有个由习惯形成的生理规律。这个生理规律固然与日夜的变换相配合，但是却并不决定于日夜的差别。刚到美国那几天，明明是白天，可是我就是老想睡，睁不开眼皮；到了夜里，我却又毫无倦意。那是因为我生理上习惯并没有改变过来。这个后果就出于jet-lag。听说年轻人生理上的适应力强，几天内就又恢复日醒夜睡了；而我们这些有了点年纪的人可就苦了，要好几天的日困夜醒。

我们到达华盛顿的第二天就开始活动了，不是茶会、酒会、宴会，就是座谈、会客、家访。这次我们访问有个“学者”的规格，所以很少娱乐活动，看来娱乐和“学者”似乎不太搭得上，所以一般晚上还是要见人会客。只有一次我有个机会出去看美国芭蕾舞剧团演出的《天鹅湖》。谁知道我的眼皮到时就不听指挥了，越是台上表演得精彩，我的一双眼睛越是睁不开。结果还是未终场而不得不自动离座了。在自己讲话时当然不能打盹，听别人说话也不好意思闭眼。一整天，用咖啡提神。美国人又没有午休的习惯，餐桌上还是以谈话为主。这种高效率的社交，加上这jet-lag，真把我整得够呛。从此我对超音速航空旅行视作了畏途。当然，这种留恋于海上的低速慢行的感情不免要挨太顽固的批评，而且飞机成了常用的交通工具后，人们在生理上也许也会适应过来的。至于我们这种老年人还有点保守思想大概情有可原，但不足为训。

# 两个“皇后”的下场

飞机成为一种高速的交通工具，应当说是人类科技发展的重要成就。人们对鲲鹏高翔的羡慕是很早就存在的，但是借用机械的力量使人们能像鸟一样在空中飞行这件事，最早是发生在这个世纪的初年。第一次世界大战中，飞机开始被用来作为作战的武器，到了第二次世界大战，飞机才成为重要的运输和交通的工具。而在旅行上，压倒轮船和火车，则是近十年二十年里的事。

到50年代后期，飞机在美国国际旅行和国内长途旅行，逐渐成为主要工具。70年代初，一年的乘客超过1亿人次。民航机场9000多，有定期航线的民航公司近100家。美国人有事要出国很少去订船票了，一般是坐飞机。可以说，在人们的出国旅行的工具上，飞机基本上已代替了轮船。

第二次世界大战之前，轮船在国际旅行上有过一段黄金时代。有两条出名的豪华的海轮，是那个时代的明珠。它们的船名是“玛丽皇后”和“伊丽莎白皇后”。它们以最高速度和最高级的服务往来在大西洋上，有时也偶然到远东来一次。当它到达香港时，报上都会特予报道。现在这些“皇后”已改业了。听说“玛丽皇后”停在英国某港作为旅游的大饭店，让一些怀古的游客来领受一下昔年的风采。“伊丽莎白皇后”年轻一些，还在海洋上活动，但不是作为交通工具，而成了游览船。它载了游客走码头，到一处停上十天半月，游客们可以上岸游览，然后再到一处，绕着世界的胜地转。前年有一位这个“皇后”的旅客，到北京来见我，还送了我一支刻着船名的金笔。她对这个“皇后”的晚景不免有无穷的联想。

这两个“皇后”的际遇并不表示轮船在海上的威风已经丧尽。飞机取得的只是它在人们旅行工具上的优越地位。至于在货物的运输上，轮船这个老大哥依然比飞机这个后起之秀高过一着。它在速度上固然赶不上飞机，但是在运输成本上却比飞机便宜得多。近30年来，飞机和汽车的发达，大大地增加了汽油的消耗。汽油的运输，几乎全靠海轮。油船越造越大，大到有些海峡都嫌太浅太狭了。资源的流通还是轮船所霸占的王国，非飞机所敢问鼎的。

在陆上，火车的处境也有点像海上的轮船。从历史上说，这对海陆弟兄最早都是蒸汽机的产物。轮船诞生略早于火车。美国第一次有实际意义的轮船旅行是发生在1807年，第一条铁路是在1828年筑成的。这一对弟兄为美国开拓了新世界的工业化时代，其功不小。以美国的历史尺度看来，它们都已是相当古老的东西了。

但是以火车来说，我40年代初访美国时，它还是国内长途旅行的主要工具。火车站上人头济济，摩肩接踵，是人群最密集的场合。这次去一看，大大地今不如昔了。

我们代表团有一部分人从纽约去纽黑文访问耶鲁大学，然后再从那里去波士顿。这两截路是坐火车旅行的。纽约的火车站当然远没有当年那样的拥挤，但还不算稀稀落落。这是个交通中心，多少还能维持一点像样的门面。但是在纽黑文和波士顿则大不如前了。在纽黑文上车的，除了我们这几个外宾外，只有一群到野外去旅行的中学生。我们坐的是头等车厢，设备已陈旧，哪有当年的富丽堂皇，更出乎我们意料的，这段并不太长的路程，竟然误点了好长一段时间。我们下车时发现我们的车厢停在月台的后面，我这个胖子也不得不跟着别人高高地从车门挡蹬上向下跳跃。这一切都给我以而今安在之感。

火车和轮船相比，处境更为艰苦。它碰到的对手除了飞机之外还有汽车。一般说来，在相距较远的城市之间的交通已由飞机取代，在相距较近的市郊及市镇之间，由于下面即将说到的公路建设的发展，也被汽车所取代了。不但在人的流动上火车处于劣势，在货物的流动上，火车也有大型运货汽车的竞争。大型运货汽车把货物从一个仓库运到另一个仓库，只要装卸各一次，而火车运输则没有这样送货上门的方便，这又是火车吃亏之处。

当然，飞机在旅行事业上声势很旺盛。新的机场气魄宏伟，设备也在精益求精。比如现代化的机场，是个圆形建筑，外周一圈是停放飞机的出入口。飞机停妥，即有活动的走廊接上舱门，旅客不必像我们现有的机场那样上下飞机都要用舷梯。旅客的行李有传送带自动运入行李室，旅行者看到传送带送来了自己的行李，取下就行，不像我们机场的行李室那样嘈杂混乱。

但是飞机旅行还是有它一时难于克服的弱点。第一是机场离市区距离远，而且似乎越来越远。市民讨厌机场，它是污染都市环境的一个要害。离市区远，下了飞机还得坐好长一程汽车。日本东京的国际机场到市区要走三四个小时。华盛顿和纽约的机场离市区较近些，但也要走好久。所以飞机速度固然快，两头要加上两段坐汽车的时间，总起来也就不一定比直达的汽车或火车为快了。第二是起飞和降落的时间似乎不易搞得很准。原因很复杂。空中航行多少要受人们还不易控制的自然条件的限制，误点还是司空见惯的。

航空旅行的安全目前似乎已不成为一个人们所要担心的问题了。在事故率上和汽车相比，飞机要低得多，多少已近于火车。如果说已经万无一失，那亦未必。我们从底特律去芝加哥的飞机，一起飞就发生引擎故障，斜着机身降落，幸免出事。过了一个星期，就是这一个型号的飞机在从芝加哥去洛杉矶的空中失事，死了200多人。据说这是美国民用航空史上最大的一次事故。因之，这一型号的飞机全部复检，停止飞行。

值得附带提到的就是当我们的座机被迫降落时，全机旅客没有一点声音，神态自若，秩序井然。直到安全着地时，才听到有些人在“感谢上帝”。

# 车、油、路的三位一体

交通和运输工具的变化无可避免地会引起社会的一系列变化。前个世纪之初利用蒸汽力推动机器，发明了轮船和火车，大大地提高了社会生产力，促进了工业革命。这些是上一代人所经历的大事。内燃机的发明又是一个技术上的突破，它使小型快速的如汽车、飞机等交通工具成为可能。这些是这个世纪初发生的事。后来被称为汽车大王的福特，在1908年试制成功有效和廉价的汽车，并大量生产——“把美国装上了轮子”。

汽车当然不能算是件新事物了。在美国，现在活着的人很少不是从小就见过它的。但是汽车成为大多数美国人的生活必需品，那么深入地影响着美国社会，则还是第二次世界大战之后的事。或者可以这么说，这30年里汽车这种交通工具在美国大为普及，为美国人的生活带来了很大的变化。这些变化发生在我两次访美之间，前后对比，给我的印象也特别深刻。

为什么在这世纪之初已经装上了轮子的美国，要过了半个多世纪才引起美国社会在最近二三十年里发生的巨大变化呢？我看到了美国当前那种像蛛网般覆盖全国的平坦宽阔、四通八达的超级高速公路，才明白了这个道理。陆上行车，不仅要有能转动的轮子和推动轮子转动的能源，而且还要有轮子能在上面转动的路面。路面平硬，车子才能跑得稳、跑得快。所以要汽车跑，就得有汽油和公路。车、油、路是三位一体。美国固然早就有汽车，但是这种布满全国的、规模宏大的高速公路网，却是在第一次大战前开始，到第二次大战后才建成的。70年代初，这种公路已有170万公里，如果并行地横贯这个大陆，可以往返380次。除了高速公路外，还有其他一般的公路100多万公里。到现在，大规模的公路建设计划还在继续进行。

高速公路是用高级混凝土筑成，往返都是单行道，好几辆汽车可以同时并行前进，并且设计了称作“苜蓿叶型”的立体交叉点，使得纵横的道路不相交割。汽车上了这样的公路，就碰不到红灯，一直向前开，在你离开高速公路前不用停车。因之可以开足马力，高速前进，每小时80多公里到100公里是通常的速度。这样高速前进中的汽车如果突然煞车，由于惯性，坐在里面的人就会向前倾而发生事故，所以现在美国的汽车里的座位上都有条皮带，把坐客当胸勒住。我最初坐这种车时，对这条引起我被捆之感的皮带颇有反感。但为了安全，我的主人还是说服了我，乖乖地钻进圈套里。这是我的新经验，上一次去美国坐汽车时没有受过这种罪。其实那时已经开始在建筑这种高速公路，只是因为我那时的生活里没有使用这种公路的需要，所以以我本人说还没有这种体会。

美国建造高速公路有一段历史。在20年代末，30年代初，美国爆发了一次严重的经济危机，工厂纷纷关门，机器停止转动，社会上到处是失业的人。岌岌不可终日的形势下，罗斯福被选为总统。他出了个主意，由联邦政府拿出大笔钱来兴办公共工程，建筑这种高速公路就是其中的一项。很多失业的人有工作可做，有工资可拿，这些钱又回到市场上去买东西，工厂里的出产有了销路，开始生产；于是工厂的烟囱里又冒烟了，经济危机总算渡过。初访美国时我还认为罗斯福的这些被称作“新政”的社会福利政策真了不起，并没有发生过他怎么会挑中建设全国高速公路网作为“新政”的一个重要项目的问题。这次我看到了汽车加上了高速公路，使已经装上了轮子的美国如虎添翼地大大地改变了社会的面貌，才想起了罗斯福下这只棋子实在是胸中大有文章的。

我们都知道美国这座财神庙里有哼哈二将，就是汽车大王福特和煤油大王洛克菲勒。他们象征着两大企业：汽车和汽油。这两种企业能发展得那么庞大，背后还隐着个搭配，车、油、路三位一体中的第三位。这一位却不是什么私人企业而是政府的事业。公路不像铁路。铁路和在铁路上运行的火车，都可以私有。造了公路，在公路上行驶的汽车却各有其主。要向这些汽车收费，当然并非做不到，比如现在有些高速公路是按车收养路费的，但是要每辆汽车买了票才上路，就会影响汽车大王的发展了。为了那两大企业的利益，最上算的办法是让联邦政府用国家的税收来建造这个需要投入大量资金的工程。这是谁出的主意，我们不用多问。这主意至少可以说正中了这两大企业的下怀。

在这三位一体中，其实最根本的和起决定作用的是公路。公路越长，汽车越多，汽油也消耗得越快。美国在70年代初汽车数目已达到近9000万辆，现在已超过1亿4000多万辆，汽油的消耗也已超过2000亿公升。美国大体上说来平均每家可以分到两辆汽车了。这是这两大企业的物质基础，而支持着这基础的正是这个大造高速公路的联邦政府。这个三位一体很能说明美国资本主义政治经济结构的本质。

# 城乡对流、南北对流

由于有了汽车，通了公路，很多以往住在市里的人搬到郊外去了。他们每天可以开车到机关里办公，到工厂里上工，到学校里教书。下了班，又开车回家。在郊外，花同样的钱可住得舒畅，而且环境清静，污染少。

这是一个大变化。上面说过，上次在美国我没有坐过高速汽车，那是因为我要见的朋友们都住在大学附近。我到学校去上班也是步行去的。如果要去市里买东西，吃中国饭馆，坐地道车或公共汽车就行了。这次在美国就不同了。约我去家里吃饭、叙谈的朋友都住在郊外，他们得用汽车来接我。这一点似乎并没有什么困难，他们都有汽车，而且都会开汽车。连90多岁的老教授赵元任先生，都自己开了汽车来往。他住的房子在山坡上，路很陡，我真替他担心，可是他却并不在乎。

住在郊外确是比住在城市里优越得多。我这次去登门拜访的大多是在大学里当教授的朋友们。他们住的房子，大致都有三四间卧室、一两间起居室、一两间书房、一间厨房、若干间卫生间和汽车房、堆房、小作坊等。这样一幢小楼房里住着夫妇两人和一些未成年的儿女。楼房四周是草地，有些还保留着相当古老的树木。绿阴如盖，杂花满庭，颇像乡村别墅。

这种独门独户别墅式的住宅，一幢幢地分布在每个城市的四周，离市中心大约在半小时快速汽车行程之内，一般要走一段高速公路。这种居住布局在飞机接近机场降低高度时可以从窗里看得很清楚：一小点一小点的住宅布满在城市的周围。有时原来的两个城市，现在被这类住宅区衔接了起来，连成一片。

人口从都市外流，据说是美国近二三十年来的普遍趋势。但是都市人口并没有显著的减少，那是因为有人出去，也有人进来；换了一批住在都市的人。出市的是那些有汽车的人，进市的却大都是没有汽车的人。没有汽车和有汽车的区别，当然也可以说是贫富之别，但是把贫富的界限划在有没有汽车这区别上并不够正确。在美国一辆汽车可以很贵，也可以很便宜。时式的高级汽车要上万元，而第二手的旧货千把块钱也可以买得到。

所谓旧货并不是破烂货，凡是用过一年的车就被认为旧货了，有些人要时髦，又想避免维修的费用和麻烦，每年要换当年时式的新车，旧的给拍卖行出卖。中等收入的人家，讲究实用，就可以买这种价贱而物亦不坏的汽车。从收入的总数来计算，不到一个月的工资，按比例说来比我们的自行车还便宜。所以够不上称富裕的普通工人也可以占有一辆到两辆汽车，而且每天所消耗的汽油，在最近涨价之前，比了坐公共汽车还可以便宜些。

没有辆汽车的人当然不能住到郊外去，但有汽车而收入较低的人却并不都能离市。在郊外买个住宅目前大概要5万元，相当于高级教授和技术工人的一年工资。当然，买房子的人不必一下交这样一笔现款，可以先付一部分，比如说两万元，然后每年付几千元，多少年付清，利息加在总数里。换句话说，有房产公司做这种分期付款的买卖，买房子的人在一定期间是这公司的债户。这种吃利息的债主有房屋作抵押，没有多大风险。而且买房子的债务，还可由政府向银行保险，据说这是为了便利老百姓，解决住的问题。当然，这也是支持建筑企业的一项政府措施。由于这种种办法，一般中上人家也有条件到郊外去住。

谁来接替这些离市的人呢？这里要讲一下这30年来另一方面的变化了。这个变化发生在农村里。由于最近几十年来农业技术的改进，大量采用了机械耕种，同样一块土地，农业生产上所需的人力大大减少了。在30年代，美国一个农民可以生产10个人所需要的农产品，包括粮食和纤维；70年代初提高了4.5倍，到目前已到了6到7倍，就是说一个农民可以供给60到70人的需要。所以美国农业人口已大大减少，到1978年全国农村人口不到900万人，总人口的1/20都不到。原来住在农村里的人很多已进入都市了。

美国人口在这二三十年里发生了相当大规模的城乡对流。这里所说的“乡”指的不只是农村，也包括郊外的住宅区和5万人以下的小镇。

过去美国和我们中国一样把乡字、土字都看成是贬词，比如“乡巴佬”“土头土脑”，总是表示文化低，生活穷苦，和“城里人”相对而言的。高贵、时髦、斯文、漂亮这些形容词都用在市民身上。现在的美国却正在反转过来，至少现在的“城里人”没有过去那样体面了。

人口流动里还有一种很显著的倾向是南北的对流。

美国的社会、经济和文化的发展，在地理上说是由东及西，由北及南。东北部开发最早，所以地位也最高，西南部靠近拉丁美洲的一带多少有点蛮荒之区的意味。东北的新英伦是人文荟集之区，美国最早建立的高等学府就是麻省康桥的哈佛大学。至今这地区大学林立，也是我们这次访问的中心。芝加哥大学崛起于美国中部是第一次大战之后的事，西部海岸加州大学问鼎中原是在第二次大战之后，而南方的得克萨斯大学直到70年代才不甘落后，以太阳光和高薪为诱力，吸引大批学者，大有后来居上之势。学术的盛衰表示着社会经济的起伏。第二次大战之后，飞机、电子和太空工业的中心是在南方，因而改变了南北的差距。

70年代发展起来的新型工业，和早年工业革命初期兴起的工业不同的地方是前者依靠技术和科学，后者依靠机器和人力。所以这些在南方兴起的新型工业要吸收的是科学工作者和技术工人，一般说来是社会的中上层，而不是文化较差、从农村里出来不久的非技术工人。新型工业引起大批社会中上层的人由北向南的流动，同时却由于南部社会经济的发达，农业技术的改进，送出了大批多余的劳动力，特别是有色人种的少数民族，他们正在由南向北地流动。美国西南部墨西哥边界那边流入的拉丁美洲人和从西印度群岛美国属地上流入的波多黎各人，大量地集中在东北部的大城市里。以纽约一市说，波多黎各人多到100万，他们到处用他们的乡音说话，所以有人夸大地说，不久纽约要成为西班牙语的殖民地了。关于这方面的情况，在下面谈到民族问题时再细说。

城乡对流、南北对流的结果出现了许多前所未有的新情况，我在这次访美之前也听说过纽约市财政已濒临破产，乞求联邦政府挽救。我怎么也不能理解。这次亲自到了这地方才恍然大悟。原来市政府的收入主要靠居民的所得税分成。一个都市如果收入高的人多走了，进来了大批需要救济的人，这个地方的政府就容易入不敷出了。不仅纽约如此。我去美国钢都匹兹堡访问，从平坦的高速公路上下来进入市区，水泥大路上坎坎洼洼地车子颠簸得厉害。对照着宏壮的高速公路，市区道路未免有点寒伧了。

# 地道车和“涂抹”

我这次访美多少算是个“上宾”。当了上宾接触面就有了限制，整天忙着“学者派头的交流”，看到的不是学者教授，就是社会名流。我这个人生性不习惯这种儒林风雅，总是想到社会下层访问访问。我在纽约哥伦比亚大学里讲演完毕，向我相熟的一位人类学教授提出了个要求，至少得带我去坐一趟地道车。他欣然从命。

30多年前我在这个大学里工作过一个月，其时住在纽约的一个名叫科罗纳的意大利移民住宅区里，每天坐地道车来上班。虽则时间上相隔已久，对这段地道车记忆中还留着些印象。

我们一进地道车站，那位朋友就掏出两枚5角的钱币按进自动化的售票机里。我一怔，好贵！因为我记得当时坐地道车只要花一个镍币，值5分钱，就可以进站，要到哪里去都行。30年中票价涨了十倍。我口边流露了一个字“货币贬值”。我的朋友一听，先是点了一下头，接着又补充了一段话：过去5分钱票价是因为当时有市政府补贴，后来补贴取消了，票价就涨了。当然，票价不断上涨，确是出于通货膨胀，但是用地道车票价来衡量这30年的货币贬值率却未免过于简单化了。

当然，这些年来美国的货币贬值是众所周知的事实，但还没有到恶性膨胀的地步，每年据说还能控制在一位数字之内，直到最近才出现了两位数字。不论怎样，他们一面让物价涨，一面跟着调整工资。除了少数几种行业由于工会的势力强，工资得按物价指数上涨外，一般是工资在后面赶物价，中间总是存在着一个弥补不了的距离。这距离的存在给老板们一个剥削雇员的机会。这些对资本家有利而对拿固定工资和靠储蓄生活的人来说是倒霉的事，似乎都是没有多大办法予以制止和消灭的。

我的朋友看我在买票机前发呆还以为我对这自动化设备发生兴趣，就催促我快走，因而也打断了我们对货币贬值的讨论。

我进入车厢，举目一看，使我吃惊的是四壁都涂满了横七竖八的用油漆写的人名和数字。这是怎么一回事呢？我的朋友向我解释说，这叫graffitti。请原谅我在这里用原文，因为我一时实在翻译不出来。他说，大约是在1965年有个青年名叫Taki的，在地道车车厢里用斗大的字签上他的名，并在名后写上138这个数目，据说是他家的门牌号码。谁也不明白他这样做是为了什么，表示什么意思。说也奇怪，像一阵风似的，在车站墙上、车厢壁上、厕所里以及许多公共场所，到处有人学样，签名画押，写门牌。起初管理地道车的卫生员还忙着擦刷，后来发展成油漆涂写，也就擦不胜擦，索性听之任之。一过14年，把个地道车搞得乌七八糟，对我这样旧地重游的人觉得新奇难解，对于天天坐地道车的人却已熟视无睹了。

这种涂名抹号的graffitti，使我想起了我们自己国内名胜古迹到处也常见的“某某到此一游”的留念笔迹，甚至怕人擦掉，磨灭了游者永垂不朽的愿望，用刀刻在墙壁上、古木上、竹子上。回国后，我把这些新奇事儿讲给一位老朋友听，他为我找出了个有根有据的出典，说是在晚唐有个名叫薛逢的诗人，看不惯那些到处题诗签名的自名风雅之士，称他们作“东涂西抹手”，所以他建议graffitti不妨译作“涂抹”。他还说，唐代在驿亭和寺馆题诗成了风气，而所题的诗大多不堪卒读的多，搞得亭馆主人大伤脑筋，后来想出了个办法，专门备有一块木板，雅其名曰诗版，看到有些客人手痒了，立刻呈上请他挥毫发泄，等他走后，擦不掉的用刀刮掉。他说此法可供美国地道车卫生员参考。

我记下他的建议，但是我认为美国青年人的涂名抹号，和我们当代留名胜迹及唐代的题诗抒情所要发泄的情绪，可能毫无相同之处。Graffitti在我看来多少是在发泄鲁智深的那股憋不住的“鸟气”，来自对那宏伟的高速公路所象征的新社会和它所带来的社会两极化的反抗。这种情绪在现在美国的社会制度下是洗刷不清的。

我在这掠影中记下我在地道车里所见到的涂抹是出于好奇之感。至于它所反映的社会问题究竟是什么，那是可以议论的。我并没有深入调查，只能把我的直觉的感想作为杂话谈出来。杂话有如漫画，在关键处夸张一些也是允许的吧。

# 家务机械化

我从地道车里出来，又坐进汽车，捆住身子，走上高速公路，到了我朋友的家里。这种人家的外貌我上面已经讲过，现在可以讲讲这些人家的生活了。

我这位朋友是个快要退休的教授，年纪和我差不多。因为这几年有些大学把退休年龄推迟了，他才算没有打入冷宫。一般说来，在美国，人老了，一退休，在社会上就失去了地位，销声匿迹，被人遗忘了，所以我称之为打入冷宫。像我这样年纪的人，儿女们也都已成人。在美国成年的儿女劳燕分飞，除了“母亲日”很少还想到父母。即使感情好，又住得近，往来勤一些，也是走亲戚的意思。我还没有听说过美国人闹婆媳纠纷，因为她们根本不在一起住，闹不上。

我这位朋友的家里只有老夫妇两人，都有工作，各人一辆汽车，白天各走各的路。我们到家时女主人不在家，家里没有人。汽车开到楼下底层的车房前，突然车房门自动打开了。原来车内装有遥控设备，我没有注意主人怎样动了一下，车门就自动打开了。我们进了车房才下车，闭门上楼。

为了我说要看看他们的生活实况，所以我的朋友就让我到厨房里参观家务机械化。这应当说是一件大事，至少对我来说，意义特大，因为这些年来我身体力行，对家务之累，大有体会。我们为了吃饱肚子一天到晚要花多少时间，从排队买菜起，一直到洗碗添煤，忙得团团转。到了星期天，根本谈不上休息，搞卫生，洗大件。我有时插不上手，但是看着老伴、孩子那样劳动，心里也过意不去。我常说，如要落实5/6，必须从家务机械化着手，只有这样才能把干部从生活七件事里解放出来，把劳力和精神用到工作和生产上去。要讲现代化，这是重要的一条。

到了厨房里，我的朋友打开冰箱，整整齐齐地安放着一盆盆已经准备好就可以下锅的鱼肉鸡鸭这类东西。他先倒了两杯桔子汁。我们坐下，他问我是否要学习一下美国式的厨房操作。他指导我在壁架上取下两个罐头，放在锅里一热，倒出来是一盆鲜红柿奶油汤。把鸡蛋打在捣搅器里，又从冰箱里取出新鲜的猪肉，塞在绞肉机里，开动电钮，肉心蛋饺的原料都已齐备，只要在平锅上一煎，加上作料，就可上桌。再从冰箱里端出一盘沙拉和一盘生菜。加上几片面包，不到10分钟，一顿丰富的午餐已经做好。我们一边吃，一边谈，那么轻松愉快，家务显然已不再是麻烦人的负担了。

喝过咖啡，他就给我表演洗衣机。只要把脏衣放入机箱，加上洗衣粉，关上盖，开动机器，你就可以袖手旁观，它会自动把洗干净的衣服送进干燥箱，你只要打开干燥箱，取出就可上身的衣服来好了。像衬衫、短裤、睡衣、袜子等等小件，几分钟就解决了。至于大件如何处理我没有看见。总之，不需要人工在搓板上横搓竖搓地折腾了。而且由于衣服原料的改变，一般也用不到人工烫熨。洗衣机的广泛普及，使得许多过去搞洗衣为业的华侨不得不改行了。

我们从厨房走到客厅，地面上全是长绒地毯。弄脏了怎么办呢？我的朋友就端出吸尘器来，一面表演给我看，一面解释说，美国就是人工贵，要请个人来帮着做些事都得花钱。那些有小孩的人家，父母有约会要出门，请个邻居的小姑娘在家里照顾一下孩子，都得按时付酬。最麻烦的是水管坏了，汽车出了障碍，要请人来修理一下，从他离家时算起都要按钟点给工资，修一次管子和汽车要花百元以上。他笑着说，如果天天有活干，一个修理工一个月的收入，比他当教授的还多。他说，也正是由于这个原因，人们生活在这个机械化了的环境里必须学会一些基本功，能自己动手，才能应付得了。

他说着把我引到了楼下的一间“小作坊”里去，这里木工、铁工、电工的各种工具一应俱全。推门出去，他指着正在修筑的一个花坛，告诉我说这是他最近动工的建设计划。美国知识分子喜欢动手搞体力劳动，这一点是值得我们学习的。我在初访美国时已经注意到，回国后还写过一篇文章，提倡“积铁”那种儿童玩具，因为我当时认为他们这种喜欢工艺的习惯是出于儿童时期的培育。这种看法并不错，我那位朋友自己和他的儿女们都是在这种“小作坊”里长大的，许多机械原理就是在玩具的实践里理解的。现在还可以说，美国人工贵也是养成自己动手这种习惯的一个原因。

我们一讲到机械化，脑筋里想到的总是些机器。没有机器当然说不上机械化，但是机器是要人去使用的，这个道理却不大注意。比如说，我们讲农业机械化总是用有多少拖拉机来表示，而我们究竟培养了多少在使用拖拉机的人，有多少拖拉机真的有人在使用，使用的效果怎样，关于这些在我看到的一些报告里，就不大提到的了。

家务机械化也是这样，我很羡慕我这位美国朋友有这么多听他使唤的机器，他不会陷入家务劳动中而心烦意乱，相反的，他还有那种兴致把修建花坛的劳动作为乐在其中的享受。但是再想一想，如果真的我一下也置身在这样一个机械化的环境里，我能像我朋友一样生活得那样自如么？一旦这些机器造起反来，不听我使唤，我又怎样办呢？铁牛不一定比黄牛强，黄牛不听使唤可以轰它、打它，死了还可吃它的肉；铁牛抛起锚来，不懂得修理，求它也不抵事。看来光是羡慕人家有机器使唤是不够的，还得练出一套会驾驭这些机器的本领，才谈得上改变我们这种被家务所困的现状。

# 殷实之家

汽车和公路的大发展，改变了美国的城乡面貌，出现了我30多年前没有见过的新型的郊外住宅区。在这种住宅区里生活的主要是美国的中产阶级。

我没有接触过美国的百万富翁，这种富翁据说有30万左右，他们怎样生活我不清楚。我这次访问中也没有机会去接触所谓贫困线以下的人家。我在上面说过，在地道车里也许曾和他们坐在一个车厢里过，但不认识他们，也没有和他们交谈过。

所谓贫困线，是由美国官方规定的。70年代初期，凡四口之家每年收入不超过3130元的称为贫困户，国家给予特别照顾，是一些福利计划的受益者。由于通货膨胀，规定的收入标准随着上升，现在已到6191元。大体上说来，这种福利计划受益者占美国家庭的1/6。

上述两端之间的所谓中产阶级，并没有严格的标准。在70年代初，他们每人平均的年收入（包括小孩及不工作的人在内）约2000元，四口之家约8000元，是贫困户的两倍以上。由于通货膨胀，他们现在的平均收入当在1.5万元以上。大学教授平均年收入在1967年约1.7万元，1978年约3万元。比上述平均收入高出一倍以上。大学教授的收入和技术工人的收入相近，有些行业的技工，如管子工，就比大学教授收入多些；也有些行业低些。但都在上述平均收入的一倍上下。这些人可以算是中产阶级中的上层，也就是住在我上面所说的郊外住宅区里的人物。

这些中上人家的生活，如我上面所描绘的那个轮廓，在物质生活上虽说不上豪华，也称得起殷实之家了。看来颐和园里展出的慈禧的寝室，和这些人家一比，还是相形见绌的。我看了我这位朋友家里的生活之后，总想知道一下他们的家计。所以我坐下来就和他的夫人谈起家常来了。她说，支出中最大的一项是纳税，所得税跟着收入增加税率，工资提高了，有时实惠不大。像她丈夫那样一年2.5万元工资的教授要交35%的税。她自己是个讲师，1.5万元。双职工的税率特别高。总的说来，各种税合在一起，占了收入的40%。4万元的收入就去了1.6万元。房子是前几年买的，分期付款，第一次付了1/4，以后每月付600元，一年是7200元。汽车两辆，光是保险费，一年就要500元，汽油和维修约1500元。吃是比较便宜的，每月他们两口300元就够了，但不包括吃馆子，一年2600元。这位夫人年龄也近六十，不讲究时髦，全家衣服一年1000元。

我扳着手指算，有点乱了。那位女主人就递给我一只小小的采购时用的随身携带的电子计算机，我就一项一项地加起来，一看已近3万。她还在接着说，美国税高保险多。汽车要保险，房子要保险，人的健康、寿命都要保险。不保险，一出事就会倾家荡产，无依无靠。单说健康保险吧，保了险，生病时的医疗费用可以由保险公司支付。医疗费用之高是惊人的，住院费一天要100多元，医生来查一次病房就要向每个病人收几十元，医疗药物另外。反正普通人如果不保险，生一场比较严重的病，即使病治好了，也成了个穷措大了。保险就得按期交费，我刚要问女主人总共多少保险费，她就说大约共占收入的12%左右，一年约4800元。然后她把话转到她孩子的教育费上去了。

她说，像她这样年纪，原本可以不必出去工作了，就为了她的小儿子在医学院还没有毕业，她还得熬上两年才退休。在美国，当医生是收入比较高的职业，一般靠工资生活的中产阶级都有把孩子培养成个医生的愿望。但是学医年份长，普通的大学是四年，医学院要七八年。美国大学收费按科不同，医科最贵。比较有名的医学院，单是学费一年就要七八千到一万元。

我听到这里也不想再把这家计调查继续算下去了，因为计算机上的数字已经快超过4万元了。我插了一句话，“按你这样说来，你怎么买得起家里这样的陈设呢？你们一家收入要维持日常门面也够紧的了，不是么？”

女主人一点不紧张，她笑了笑说，“瞧你这样性急。我们先吃了饭，我带你去看看超级市场和大型折扣商店，你就明白了。”我想我这个问题和这些新型市场有什么关系呢？一个人袋里的钱都快花完时，去市场去干啥呢？但是主人既然这样说，我也只好从命了。

# 新型市场

下午我就和我朋友夫妇两人驱车去参观新型市场。

我这次访美在生活上是很特殊的，那就是衣食住行一切都不必自己操心，按主人安排好的办事，除了有时候要我自己在账单上签个字之外，完全不接触财务，身边根本就不用带钱包。因此，我对美国的商场、商店几乎不发生关系。最后到旧金山，我想回国后总得给人送一些纪念品，所以自己上街去找百货商店。30多年前，我要买日常用品时总是上那种联号商店，也叫10分钱商店，因为在这种商店里都是价钱便宜的东西，1角钱就可以买上一件东西。有名的联号商店名叫伍尔沃思，那时每条比较大的街道上就有这家商店的分店。我按老皇历办事，还是想去找伍尔沃思。在旧金山市中心区打听了好几次，才找到。据说这种联号商店已经快被淘汰完了，代替它的是在郊区发展起来的新型市场。

想一想这也是理所当然的。郊外新型住宅区的扩大，具有较大购买力的中上层住户自应有为它们服务的市场。这种市场不能离开这种住宅区太远，而且它的规模和设备也必须适应这些住户的特点。

首先这些顾客都是以汽车代步的，所以这种市场四周必须有宽阔的广场以供停车之用。在郊外土地较多，没有必要像市中心那样建筑高楼大厦，所以这种郊外的新型市场一般是宽敞的平房，至多是加一层楼，可以在自动扶梯上升降。

这里要说明一下：我这里所说的新型市场，包括美国话里用两个名词来指的两种市场：一是他们称作“超级市场”，大体相当于我们的副食品商店或菜市，规模则大得多。一是所谓“折扣商店”，供应日用百货，它的特点是价廉，通行市价上打个折扣。它的商品价钱较低，是因为它已全部电子化，节省大量人员，管理费少，得以标榜打折扣来吸引买客，扩大销售额，谋取利润。

我们到了一个新型市场的广场上，广场上一行行停满了汽车。可以说场内有多少家顾客，场上就有多少辆汽车。没有汽车的人本来就不可能到这地方来买东西的。我们一进门，女主人就把事先已准备好的购货清单递给坐在柜台里的服务员。服务员一边看着清单，两手就在座前的一个带着荧光屏的打字机上打字。这是一个电子计算机的终端显像部分。她稍等一下，荧光屏上出现了一行行字号。她就向女主人点了点头，给她一个号目领货证。女主人告诉我，这个服务员通过电子计算机已经知道她所要的东西，仓库里都有，等她到交货部去领取了。

在领取货物之前，我的朋友就带我去参观这个市场。我在他家里看到的东西，这里可以说全有。换一句话说，要布置一个像我朋友那样的家，你可以把清单写下，一次在这里配备齐全。厨房里的各种机器，甚至整个卧室、客厅里的床铺、被褥、沙发、地毯等等，这里应有尽有。光是缝衣机就有多少种，有一种还能绣花。我突然想到，这里大有学问，我们的外贸部同志应当在这里考察考察，了解了解美国的消费者究竟要买些什么样的东西。有许多东西，在我们国内至多值几毛钱，在这里却标价 10 多元。我们必须改变“闭门造车”为“开门学样”才是。

我们走累了，就在陈列家具那部分挑了个椅子坐下。我就想起四川的竹椅和藤榻来了，如果在形式上改一个适合于美国人的胃口，这里的这些东西哪个能和我们相比。这种市场一打开，四川的农民的收入不是可以大大提高么？我想得出神，坐着发呆。女主人看了看表，催我快同她一起去领货。“你还是去研究研究怎样领货吧。”

到了领货部门，给服务员看了领货证，她把已经包装好的东西递给女主人。我觉得有点奇怪，包里的东西总得打开来看一看才放心。女主人明白我的疑虑，补了一句，“不用。”原来货物都是标准化的，保质保量，这是工厂的信用，可以信得过的，坏了信用，资本家受不了。至于你要什么式样，什么规格，什么颜色，早就在购货清单上写明，电子计算机也可以保证不会在传达、选货中发生错误。

我看我的朋友拿了货却不交钱，只从手提包里取出一叠塑料卡片，挑了一张给服务员。女主人告诉我，这是信用卡。那个服务员又在一架电子计算机上琢磨了一番，向我的女主人点点头，不到一分钟，手续完毕，我们提了包包向外走了。

在路上，女主人把信用卡的奥妙讲给我听。她说只要你有固定的职业，也就是有固定的收入，你就可以向你经常购买东西的商店登记，它就给你一张信用卡。这就是你在这商店里立了个户头，并把你的银行户头告诉它。凭这个信用卡，你就不必付现款了。商店会和你的银行结账，你就可以省很多事。我一听，这倒不新奇，在解放前我在清华教书，北京城里的稻香村就按我们电话通知送货上门，逢节算账。

再讲下去，那就和我的老经验不同了。信用卡不仅可以赊货，或者说直接由银行代为付款，而且还可以向商店搞分期信贷，只要你银行里的存款有保证，就可以拖长欠账的时期，分期慢慢拨清。用我们老话来说，买客是“寅吃卯粮”，商店是“放债盘剥”，但用现代名词来说却是预支购买力，扩大消费，刺激生产。

我们从小的教育是宁愿饿肚子也不要欠人债。这是一条教训，得自封建剥削制度下高利贷肆虐，把人搞得家破人亡的惨痛经验。资本主义的经济出现了所谓分期付款这种名堂，人们却把它看做是促进生产、提高生活的一项妙诀。它是否如此，还有待今后的历史来评说。但是已经明白的，就是在美国，包括房屋抵押贷款、购物分期付款信贷等等私人债务，今年3月底止，全国已超过 1.2 万亿美元，平均每个美国人积欠的债款已达 5500 美元。这个数目据说已相当于人们可供开支的收入（即纳税后的收入）的 80% 以上。欠债是要付利息的。美国资本家放的债，利息固然不像封建高利贷者那样重，但是债越滚越大，利息总有一天会积累到使人们不能继续这样放手消费的程度。到那时不是会走到刺激生产的反面去了么？这笔账让经济学家去计算吧。

我在这里要解决的还是上一节里留下来的问题：一个中上层的人家收支尽管相当紧，而生活设备为什么还能这样阔绰的问题。如果我上面所记下的观察和实际相差不太远的话，住在郊外新型住宅区的人们多多少少都是这些新型市场的债户。这个所谓“信用”的纽带把他们牢牢地绑上了这个近 20 多年里出现的“巨灵”。这些殷实其表、亏空其实的人家已成了这“巨灵”王国的俘虏了。

# 能源危机

汽车、石油、公路是三位一体，也许可以说是美国当前维持着它社会新面貌的基本三角。上面我已讲了许多关于汽车加上公路所引起的社会变化，而这种社会的高速活动一刻不能离开石油。没有石油，一切都要停顿。

美国人从这个世纪初年就有汽车，70多年来似乎没有人认真想到过如果没有了汽油他们的生活怎么办。早年如果有人提这个问题，还可能人人会说他杞人忧天或故意耸人听闻。但是时至如今，这已是一个现实问题。在我们离美前这个星期里，硬是亲眼看见加油站前排着几里路长的汽车队伍，标志着美国能源危机开始的信号。

美国这2.4亿辆汽车耗油量之大实在是惊人的。它所消费的石油总量在世界各国中首屈一指，一年达9亿吨。而且说来也确实不太公道，他们占全世界1/20的人口竟消耗了世界石油消费量的1/3。当然他们消耗的石油并不都是用在开动汽车的，但是最大的部分还是花在这一项上。单以消耗在汽车上的石油来说，其中用来作旅游、娱乐之用的却又占了很大的部分，有些人说要占一半，那未免夸张了一些。但是周末开了车一家人去海滨、名胜远游一番则是极普通的事。过去在美国很少人把汽油的消费看成是一项负担。

美国是个得天独厚的国家，石油资源还是比较丰富的，年产4.6亿吨。但是像它这样的挥霍，资源再多也满足不了要求。自己国家生产的石油不够用，就得向别的国家买。它是世界上最大的石油进口国，差不多一半以上的石油是靠从国外输入的。从数字上看，美国人只要少开些汽车出去寻欢作乐，他们自己国产的汽油是足够使他们正常的活动运转自如的。但是尽管当家的能源部长口口声声地提倡节约用油，还是挡不住能源危机的发生。

这次能源危机的直接原因，据说是因为伊朗发生政变，一度中断了石油出口，使美国每天少进了几十万桶石油。这个数量原本也不难从其他产油国家补足，至多再动用一些库存也就过得去的。但石油危机却正是石油老板发财的好机会，他们怎肯放过。一闹石油供应少了，油价就可以高抬，大家再一抢购，大叠钞票就从消费者手上流入大老板袋里，储存的油转眼之间就能换得几倍的钱，何乐而不为呢？倒霉的还不是离了汽车寸步难行的住在郊外的这些住户吗？

我们到达加州洛杉矶的第二天，该州开始实行单双制供应汽油。所谓单双制，就是凡是汽车牌号最后一字是单数就只能在单数的日子去购油，是双数就只能在双数的日子去购油。如果你的汽车牌号最后一字是单数，1、3、5等，这个月的1日那天排不上号，买不到油，就得等到3日去，那天有事不能去排队，那就得再等两天到5日去。这一下可把很多住在郊外的人急坏了。脾气大、性急的人也有竟动手伤人，闹起事来。报纸上、电视屏上，有了新题目，这几天可真热闹。

这次能源危机究竟怎样渡过我还不知道，我猜想大老板赚够了钱还是要收敛的，还是要用“硝酸甘油”使这个危机停下来的。我们也不值得为此而大惊小怪。值得我们深思的是这次能源危机所发出的信号。这信号暴露了整个美国社会的结构是建筑在一个日益枯竭的基础上的。它这种无计划的高生产和高消费，把人和自然的生态平衡给冲破了。毫无顾忌地消耗自然资源，固然可以显赫一时，但是自然的报复已经出现。资源的消竭，环境的污染，使这种社会正在走向繁荣富裕的反面。

这里提出的实际上是这样一个问题：科技知识的飞跃发展使人类具备了空前巨大的制服自然的力量。这个力量正在被用来作什么呢？谁掌握着和使用着这股力量呢？这股力量可以为人类造福，也可以为人类造祸。是祸是福显然不是决定于科技的本身，而是决定于谁掌握科技所给人的这种力量。对这种日益在增长中的力量发生畏惧和反感是开倒车，是没有出息的；但是听任这种力量被少数人用来把人类引向毁灭自己的道路也是不负责的、不应该的。

我自知多年和美国这样的世界隔绝，很多情况不了解，对许多问题没有研究，当然不具备发言权，但正因为这些，我想我有发问的责任。我问过几位有交情的朋友，他们对美国的前途怎样想法。有的很老实地对我说：我们这里对个人的前途想得多。像我们这些年老快退休的人，就得细细考虑退休之后怎么办。年轻一些的为买所住宅，争个收入较多、地位较高的工作岗位，煞费心计，好像是在定有谱法的棋盘上走棋，看不到棋盘之外的局面，很少去想那些人类社会的根本问题。在越南战争时，我们是有许多人把越南战争打下去会发生什么结果作为一个问题来思考的，因为这个问题牵连到自己的前途。越南战争一停，大家就惟恐不把这件倒霉的事忘得干净，有谁还在把这件事作为美国历史上的一个重大教训来研究呢？当然这些问题不是没有人想，但是想了又怎样呢？写文章，有哪个报纸和杂志会发表？写书，谁替你出版？在美国这样的社会里，除了那些传道说教的骗子外，对美国社会在向何处去的问题，还很少被作为现实的严肃的科学问题来对待的。

这些朋友所说的这种态度究竟有多大代表性，我无法答复。但是为当前变化很急速的美国社会作出全面的解释，提出有说服力的理论体系的学者，目前似乎还是不多的。

## 电子系统

细心的读者看到这里会发现我上面所说的话里有个问题没有说清楚。我把在对比两次访美中所见到的变化联系到了汽车和公路的发展。这样联系起来确是可以帮助我们理解许多现象：没有汽车的普及，没有高速公路的扩张，当然不会有大批原来住在都市的殷实人家搬到郊外去住，也就不会有现在郊外的那种新型住宅区和新型市场等那一套代表美国社会新面貌的新事物出现了。但是我也已说过，汽车和高速公路，以美国历史尺度来说原是些上一辈就早已有之的老东西了。这些老东西为什么会在近10年中突然发挥了这样大的作用，引起了这样大的变化的呢？

按这个问题寻根究底地追查一下，原来在我所掠得的浮光下面确有个表面上看不大见的新东西在起作用。这个新东西就是用电子传递消息来进行管理的自动控制系统，简称之为电子系统。有了它，前人无法控制的许多物与物、人与物、人与人之间错综复杂的相互关系可以纳入受人们管理的范围之内，听人使唤了。我在上面所讲到的飞机场、公路网、新型市场等等都是受到电子系统管理的。如果没有这个系统控制着它们的活动，满天飞的飞机、满街跑的汽车都会成为玩儿命的东西了。

任何到美国访问过的人不会不承认它是个高速度、高效率的社会。高速度是指人和物活动得快，高效率是指事务完成得快。许多高速度活动着的人和物要能高效率地完成一项牵涉到很多人和物的集体事务，必须要把无数的活动密切组织起来。活动的速度越高，牵涉的人和物越多越广，组织工作也就越复杂。美国的飞机场上不断地有飞机起落，成千上万的旅客，出出进进，上上下下。这样复杂的集体活动能有条不紊地进行，如果我们闭目想一想，真是不简单。这样一个瞬息万变的局面，怎么会这样容易指挥的呢？

控制着整个飞机场上一切活动的中心枢纽，一般旅客是看不到的。控制这样复杂的集体活动单凭人的脑力是做不到的。这里有着个电子系统即所谓电脑，帮助人脑在指挥。让我举一件我自己的经历来说明。我和代表团里的另一位同志去访问匹兹堡大学。我们约定分别活动之后同班飞机回纽约。飞机票是早就订好的，但飞机里的座位却要在上机前到入口处安排。那天我早到，已领了座号，我的朋友比我迟到了10分钟，去领座号时，向服务员说，我们两人希望坐在一起。这位服务员听着，随手在手边的电子系统终极打字盘上发出一些信号，盘后的荧光屏上出现了答复，她把我的座号收回，另外给了我们两个相连的座号。整个手续不到一分钟，不用吵嘴，不用生气，服务员微笑地满足了我们的要求。并不是我们进入了一个“君子国”，而是我们进入了一个利用电子系统进行管理的机场。通过这个电子系统，服务员瞬息之间掌握了飞机上还有哪些连号的空位，她很容易作出安排，适应了我们提出的新的要求。并不是这些服务员本领大，而是她们有电脑帮助，所以她们效率高，事情办得迅速利落。她们的服务态度也就容易受人欢迎了。

我们看到的飞机场其实不过是美国整个大社会的缩影。高速活动的无数可变因素组织配合起来完成多项关联的任务，是当前像美国那样现代社会的特点。由于电子系统的精益求精，人们活动的速度和工作的效率都不断提高，而且把越来越多的人组织进了相互配合的关系中去，他们之间的关系也越来越密切。这种现代的大社会和人类早期的简单社会一对比，它的特点就更容易明白了。

我早年是学社会人类学的。社会人类学是从研究简单社会起家的。早期的社会人类学家，像我的老师马林诺斯基那样，长期在孤立的、很少和外界接触的海岛上，和当地居民一起生活，调查研究他们的社会生活。当时这些岛民多少还生活于类似我们传说中的“桃花源”，与世隔绝，自给自足，聚族而居，人数不过几百几千人，形成一个集体生活的单位。这些人朝夕相处，人人相识，闭了眼都能以足音辨人。他们日出而作，日入而息，不用钟表计时。一年四季：春播、夏耨、秋收、冬藏，周而复始。男女老少，按性别、年龄，各有所务，不用临时商量决定。是非善恶，有规可循。在这种社会里，人和物、人和人的关系都可以靠传统的习惯俗尚来配合，世世代代这样绵续下去，千百年如一日。它是一个静止的乡土社会。

这种接近于与世隔绝的乡土社会在当前的世界上已经越来越少了。看来这是人类发展的历史必然。现在整个地球上的人都正在被吸进一个息息相关、彼此牵连的大网之中，形成了一个大社会。上面所说的美国的机场正是这个大社会的一角。这里每个人、每架飞机不是靠各自的习惯来活动的，他们是按着预先的约定来行动的。他们相互约定的办法，又可以按照任何一个因素的变动而调整。所以不是刻板的、静止的，而是可以不断改变的，是个所谓“动态的”系统。这个系统里如果各因素的活动速度加高，相互间约定和调整的组织活动也会更复杂，而且要进行得及时，以致到一个程度，单靠人的脑子就不够了。人的脑子记不住这么多在不断高速活动和变化着的因素，更来不及照顾到它们之间的牵扯和影响，结果就会控制不了，管理不好，事故频繁，效率低落，甚至搞不下去。自从电子计算机的发明和推广，人脑的限制才被突破。可变因素尽管多，变化尽管快，相互牵扯和影响尽管复杂，一到这电脑里都可以极迅速地处理得井井有条。这样就大大地提高人对复杂活动的控制和管理了。美国当前这样的现代化大社会才有出现的可能。

# 斗智的世界

也许应当先说明一下，谈到了美国当前社会的变化，无可避免地要提到这10年来飞跃发展中的电子技术，而我对这项技术却又一窍不通。作为一个现代科技的文盲，我确是十分苦恼。不谈，等于画龙不点睛；谈，又会是瞎子摸象。无可奈何，只能有啥说啥，作为杂话，想亦无妨。

电子技术大量和普遍地应用到组织管理上去提高效率据说是出于科技研究工作本身的需要。还在1957年，美国发现苏联在太空航行上领了先。他们认为这是一个有关国家安全的大问题，于是下了个决心，在这方面一定要赶上和超过苏联，提出了研制月球登陆规划的任务。他们认真地把我们嫦娥奔月的神话变成事实，而且不像我们那样忍心让嫦娥一去不返，一辈子在广寒宫里过着寂寞的生活，他们把人送上月球之后，还要接回到地球上来。这个任务是十分繁重的，有成千上万的具体的科技问题要解决，其中任何一个问题不能解决，“嫦娥”就会飞不到月球，飞到了也会回不来。而且各个问题都是互相关联的，一环扣住一环，设计时要面面顾到。比如，“嫦娥”本身有多重，住多少天，要准备多少什么样的营养食品，这些是决定登月卫星的重量的一部分因素。卫星有多重，送它上天的火箭就得有多大。凡此种种都是相互联系的可变因素。某一因素稍稍有一点变动，其他因素也跟着必须作出相应的变动，而每个因素都要经过实验才能找到它变动的规律，在分别研究有关各因素的问题时必须联系到其他因素的研究成果。因之这样一个庞大的研究计划本身，发生了极端复杂的互通情报、密切协调的需要。这种全面的管理工作绝不能单靠人脑来进行。在进行研究的实践中充分利用了电子通讯系统，并且发展了不断配合和协调经常处于变动状态的众多因素的活动的系统工程学。美国月球登陆计划的完成和实现，不仅标志了美国太空航行赶上了苏联，而且在科技研究的方法上、组织上大大的迈进了一步。

这门新学科很快被应用到其他生产过程，大大促进了生产效率，提高了生产力，受到了广泛的重视。电子计算机成了个活宝。在许多科技水平不高的群众，只看到各大商店、旅馆、机场、车站的服务员在打字盘上按信号，在荧光屏上看答案，迅速地解决服务上的问题，不免有点好奇，扩散着夸张的形容，说什么出现了神奇的“机器人”，电脑代替了人脑等等。这些当然是言过其实，但是我们也决不应轻视这个新工具。它确是现代生产过程中不能缺少的工具。它并不是为制造哪一种特定产品之用的工具，而是一切复杂的生产过程、管理系统里都需要的工具。控制一个宏大的飞机场需要它，控制一个自动找目标的导弹需要它。它到处在帮助人脑进行配合、调整人的活动和物的活动，使高速度、高效率的现代社会成为可能。

有人把一个国家拥有电子计算机的质量和数量来衡量它的国力。现在美国当权的政治家中有人对美苏争霸的形势抱着有恃无恐的态度，也是因为他们相信在电子计算机的质量和数量上远远超过苏联，苏联在科技上一直会被抛在后面。当然把电子计算机看得这么重要也许是过分的，而且还应当记住的，就是促进美国生产发展的是因为有了这工具而发展起来的一套如系统工程学那样的知识。所以有人认为最近10年里美国科技的发展，使科技知识在生产过程中取得了主导地位。有人指出过去的生产企业比资本、比规模，资本大，工人多，力量就大，大鱼可以吃小鱼。现在不同了，比创新、比知识，谁在技术上跑在前面，能突破技术上的难关，生产新的，就能淘汰旧的。比如有了彩色电视，黑白电视就被淘汰了。投资大，规模大，有时反而更新困难，被淘汰的机会也大。

知识在生产过程中的重要性，反映在美国新兴工业劳动队伍中科技和管理人员比例的增加。据说，1975年这个比例已达1/4，估计到本世纪末，科技和管理人员将占劳动队伍中人数最多的地位。这就是说脑力劳动将取代体力劳动的地位了。现在的工厂经理最关心的已是技术革新。以电子计算机本身来说，我们前几年在国内看到的那种占着几间房屋的大型装置，在美国早已成了古董。机身越来越小，真是日新月异地在变化。

在一次和一位以研究技术和社会关系著名的教授谈话时，他对我说：当前是个技术不断在革新的时期。从历史上看，技术上有所突破，引起一系列新的变化后，总有一段平稳的时期，现在好像是超过了这个规律，似乎将不断地突破、不断地革新。在这种状态下要赶上先进的技术水平，不能只靠引进，因为引进到投产总要一段时期，作为先进技术引进的东西到投产时已经陈旧了。不如采取小规模、多样性、试验性质的引进，在引进过程中建立自己能不断革新技术的科技队伍。有了这个队伍才能谈得到跻入先进行列。我听来很有启发，科技知识必须要做到能自力更新。不然，跟在人家屁股后面讲引进，就免不了“捡破烂”。不能专怪别人存心不良，给我们当上，而是自己不太争气。要争这口气，还是靠自己努力。

现在这个世界有一点成了“封神榜”里祭法宝的局面。强弱之分，不在蛮干比力气，而在斗智。“知识就是力量”这句话是很现实的。我们中华民族要在这个日新月异的世界里生存下去，不挨打，不受气，提高全民族的文化水平是最基本的条件。

# 一种新的社会纽带

电子系统正在为美国社会的集体行为提供一种新的纽带。它使得分散在天涯海角的人可以在瞬息之间组织起集体行动。这些集体行动又可以因事而兴，事终即止，并不需要固定的地点，也不需要长期的存在。一种新型的社会集体正在形成。这种新事物我是从打电话中体会到的，所以先得说一说美国的电话。

我到了美国，为了要和一些分散在各地的老朋友们发生联系，当天就发了好几封信。过了两三天我才陆续接到他们打来的电话。他们说收到了我的信很高兴，但是几乎都接着把他们的电话号码告诉我，并且补上了一句，以后请用电话联系，不要写信，邮政太慢。美国的长途电话已成了家常便“事”了。

我对电话一直没有好感。在北京打电话是够麻烦的。接通个电话就不太容易；接通了，有时声音像蚊子叫，听不清；放大嗓子叫，闹得四邻不安。要办事，附近的，我宁愿跑路，当面才说得清；路远的或是外埠的事，以通信为主，我很少打长途电话。因而养成了我不喜欢用电话的习惯。

我到了美国，我的朋友们多次告诉我，最方便是用电话办事，又快又利落。而且越是距离远的越是要用电话联系，信件是远远赶不上电话那样快，更不便对话商量。我有一位朋友知道我要到他的大学里去访问，为我安排一些活动，至少打了近百次长途电话。他还告诉我，美国别的东西都在涨价，而只有电话费却在跌价。目前每天美国全国各地间来往的长途电话，据估计要达到4000万次，以美国人口去平均，每天每五个人中就有一个人打过长途电话。

美国的电话成为人们这样普遍的交谈工具，据说是10多年来的新事，也是应用了电子技术的结果。由于技术革新，美国的电话不论接通到什么地方都一样又快又清楚。本市的电话不用说，国内的长途电话都可以直接拨号，自动接线，立刻可通。我问过一位朋友，为什么美国电话这样容易接通。他说，现在一条从甲地到乙地的电话线由无数细如头发的小丝编成，每根小丝利用不同波长的载波可以作为700多个通道使用，就是说同时可以有700多人在这根小丝上通话。现在芝加哥和波士顿市试用的激光电话还远远超过这个数字。所以一条电话线上同时通话的人数是极大的。如果要通话的人超过了这个极大的数目，还可以用通往其他地方的线路绕道通过去。比如甲地到乙地路线已挤满，就可以绕道丙地；丙地不通，就绕道丁地。每地和外地联系的线路，何止千百条，所以总是绕得通的。当然，这样复杂的绕道如果要用人工来处理，那就太费事了。有了电子计算机每秒钟之内可解决无数这样的问题，一点也不麻烦。

美国现有电话已超过1亿部，平均两个人就有一部电话。普通人家都装有电话，而且很多人家不止一部，书房里、卧室里，甚至浴室里都有电话。任何人在任何时候可以和任何人交谈，只要你知道对方在什么地方。不仅如此，在汽车、火车、飞机里同样可以用电话和外界联系。联系的范围可远到太空里的人造卫星。

我到美国后10来天，我们的主人建议我打个长途电话回家，免得患病的老伴挂念。那时我住在波士顿旅馆里，早上9时就从床头的电话机要了通往北京我家里的线路。不到10来分钟，我的电话铃响了，一听是我爱人的声音，清清楚楚完全像是在对面讲话。我问她北京什么时间，她说9点过了有一刻钟，大致上和我的表上一样，可是她说已吃过晚餐，准备睡觉了。我们相隔半个地球，也可以说是脚底对脚底。对答之间似乎既无空间之隔，又无时间之差。原来我们是利用人造通讯卫星在说话。

我放下电话，心情却一时平静不下来。从这部电话上我体会到一个相当深刻的社会变化正在开始。学过社会学的人总是喜欢讲人们的集体是依附着某种基本纽带结合起来的。人类最早的集体是血缘的结合，以亲子关系为核心构成整个亲属体系，依附着这个纽带形成家庭、家族、氏族、部落等等的血缘集团。在社会经济的发展过程中，单靠血缘来组织集体生活越来越捉襟见肘，不够应付日益复杂的社会生活上的需要，于是构成共同生活的集体成员不一定限于有亲属关系的人了。凡是住在同一地方的人必须结合起来经营共同生活，于是地缘的结合逐渐突出，由守望相助的邻里，扩大到村落，许多村落结合起来进行经济上的互通有无，又在保卫共同安全上团结在一起，形成邦国，直到现代国家，领土还是一个重要的基础。从过去的人类社会看来，血缘和地缘总是把人们组织到集体活动中去的基本纽带。

从这个角度看去，利用电子技术所构成的那个传递消息的系统，能不能说又提供了人们超越空间限制的一种新的社会纽带，通过这个纽带可以把分散在各地的人参加进一项共同的集体活动？现在已有所谓“电话会议”，人们可以不必坐在一个圆桌旁，或是一个会议厅里，进行讨论，并作出共同的决定，组织不同地方的人们互相配合的集体行动了。沿着这个方向发展下去，比如传形电话的普及，对人类集体活动的组织会起什么影响，确是一个值得思索的问题。

我们姑且不必想得那么远，即以当前的情况来说，电话的普及已使过去做不到或不容易做到的事，成了各工厂、企业、机关的日常的例行公事。就是以我们这次访问来说，我们这个10人代表团，各有各的学科，一起要访问10个地方，20多个学校和机关，一共要见几千人，进行各种方式的活动，时间是一个月。总的看来，确是一项头绪多端、千嘴百舌的集体活动。而我们的主人在接到我们最后决定出发日期之后，在短短的十几天里，把我们到达美国首都那一刻起到离开美国国境那一刻止，每天每人的活动全部安排定当，我们也就按照着这约定的日程，像在工厂的传送带上一样，把一项项活动进行下去。且不说和我见面的几千人，分别要约定和我们会晤的时间和地点，而他们各人都有自己的活动日程，他们的日程要和我们的日程配合起来，才能在某一时间、某一地点，二者合在一起进行一项共同的活动——吃饭也好、谈话也好。这笔复杂的账目，我是连想都怕想。单说安置我们住宿的旅馆已经够复杂的了。每个旅馆都要尽力做到充分利用它们的设备，所以事前都要安排好，此人出、那人进，不使有人等着没有房间住，也要不使房间空着无人住。据说檀香山一地每天出进的旅客达四五万人，而这四五万人并非有组织的军队，而是来自五湖四海，萍水相逢的各自为谋的人。各地的旅馆管理得井井有条，来去自如，真是不简单。这样不简单的事能看上去似乎很简单，举重若轻，那就是因为有个包括电话和电子计算机等在内的现代信息系统在帮助服务员进行工作。

美国这个高速度、高效率的社会是有它的物质基础的，这10多年来飞跃发展的电子技术是形成这个物质基础的重要因素。

# 博闻强志的电脑

现在美国电子计算机的使用范围确是很广，我在上面讲到了飞机场、新型市场、大旅馆、电话系统中怎样在使用电子计算机，这些不过是举例说明之意。我到过的不少研究机关，许多大学，几乎都有这种设备在帮助研究工作。他们带我去参观，并给我讲解，但我基础知识差，很多还是不懂。这里讲一讲我有限的体会。

不论做什么科学研究工作，必须熟悉与研究课题有关的文献和掌握充分资料、数据。熟悉文献是要知道前人在这个课题上已做过多少研究工作，解决了些什么问题，还有哪些问题没有解决；也就是总结在这个课题上的研究经验。如果不熟悉有关文献，不仅不能利用前人的成就向前推进，而且还会重复已解决了的问题，作为练习固然也有好处，但在科学的总账上却添不上什么新的分数，白费精力。既然明确了自己要努力求得解决的问题，接着就要搜集解决问题所必需的资料、数据。有些资料、数据是现成的，可以加以利用，只有那些还没有人搞出来的资料、数据才必须自己动手进行试验或调查。科学知识是社会积累的产物，新的发明、创造都是在前人遗产的基础上得来的。这是做过研究工作的人都明白的道理。

我们的前人早就懂得这个“为学之方”，总结为“博闻强志”四字，就是见闻广博、记忆力强。所以要做学问就得多读书，多背书，要做到得心应手地把前人积累下来的知识用起来。我年幼时，家长总是逼着我背书，背错了还要受罚。我一直佩服陈寅恪老先生，听说他两眼失明后还能继续做研究工作，因为他不但早就熟悉前人的有关文献，而且研究时所需要的历史资料早都储存在他的大脑里，什么时候要用，什么时候就能记起来。他能随口说哪一段记载见于哪本书，哪一卷，哪一节，准没有错。大家公认这是过硬的真工夫，很少人比得过他。

如果一个学者只有“博闻强志”这一手本领，现在就逞不了能了。电脑一出世，在这项本领上，人脑是相形见绌的。

我在匹兹堡大学社会学系座谈会里，他们给我表演了怎样用电子计算机查文献、查资料。他们知道我研究过中国农村社会，所以向电子计算机提出要查研究中国农村家庭问题最近三年内有多少重要的文章。计算机的荧光屏上显示了一篇篇文章的作者、题目、发表在什么杂志上，哪一期，哪几页。于是再向它提出要看哪一篇文章的提要，荧光屏立刻出现该文的提要。看了之后觉得有参考价值，就可以按一下电钮，要这计算机把这篇提要印出来，带回去。还可以再问它要有关中国农村家庭的资料、数据。比如提出要有关农民家庭人口历年的平均数字，要有关农民家庭收入的数字，只要这电子计算机储存着这些资料的话，在几秒钟之间立刻会在荧光屏上显示出来，如果需要的话，立刻可以印出来。

这次表演确实开了我的眼界，使我深有感触。只要想一想我自己要想写一篇文章，要引用一次自己明明记得的资料，为了要核实一下，去图书馆借书查阅，不知要花多少唇舌，多少时间。有时生了气，文章也吹了。如果我们也能像美国学者那样有这样方便的条件，那该可以节省多少工夫！而且我年老了，记忆力越来越差。有时要找一些人名、地名、年份等都免不了要搜索枯肠，不知它们躲到哪里去了。人脑会衰老，而电脑却不受岁月的消蚀。

电子计算机当然不是什么神仙现世。它不产生知识，它所能显示出来的是人们预先装进去的，叫做储存。这是计算机的软件，我叫它知识库。把一项资料、数据储存进知识库里，要经过一定的经费，用一定的“语言”，这些我没有学，讲解员讲了一番，我还是不大懂。我所了解的是刚才我提到的那次表演，荧光屏上所显示的论文资料是匹兹堡大学社会学系自己储存的，来源是若干种重要的杂志。如果碰到某一个问题，在他们自己的知识库里没有可提供的资料，或是感觉到所提供的资料还不够，就可以用电话接通其他大学或研究机构的知识库，请它们补充。据说，美国各大学和研究机构已经组成一个全国性的研究资料网，瞬息之间可以遍索全国的知识库来寻到自己要的资料。比如说，任何机关要了解我这个人的履历，出版过什么书，写过什么文章，只要有一个地方花过工夫，把这些资料放进了知识库里，在几秒钟之间就可以找到。我到美国国会图书馆参观时，从他们的电子计算机的荧光屏上，看到了他们所收藏有关我的著作的书目，如果我提出要求，他们还可以同其他图书馆联系，把其他图书馆里所收藏的有关书目在他们的荧光屏上显示出来。但是如果美国所有各图书馆里都没有收藏我某一本书，或是虽则收藏了而没有把书名储存到知识库里，那么任何一部电子计算机的荧光屏上也显示不出这本书的书名了。如果储存的人把书名弄错了，又没有人复查改正，那么荧光屏上显示出来的也总是这错误的书名。电子计算机是个“驯服工具”，它是忠实的，但不会创新。

如果做学问只要“博闻强志”，那么我们可以由电脑来替我们搞学术了。以“博闻”来说，哪一个人脑都装不下全国，将来可以包括全世界，知识库里所储存的资料；以“强志”来说，哪一个人脑都不能不发生遗忘的作用。所以人脑比不上电脑。但是人类的知识是不断推陈出新的东西。电脑只能存而不能生，在这一点上，电脑和人脑在本质上是不同的，因而电脑永远不能代替人脑。做学问重在突破旧的，创造新的，促进知识的发展，单靠“博闻强志”是不行的，尽管“博闻强志”确是做学问的人必须努力去做到的条件。电脑之大大帮助了人类知识的发展也正在把人脑从“记忆”中解放出来，使它可以致力于创新的活动。轻视电子计算机，说它是“垃圾进去，垃圾出来”，那是不对的，但迷信电子计算机，认为从此人类思想都可以用机器代劳，那也是错误的。

上面说的只是电子计算机的一项功能，简单说就是可以帮助我们查资料。只就这一项讲，它对我的吸引力就很大。如果我有这样一个助手，我在研究工作上的效率一定能大大地提高。当然电子计算机的用处还不止这一项。它还有其他的本领，比如用极短的时间演算极为复杂的公式，确是人脑所不及的。它的这项本领使人们发展了我上面讲过的那门新学科——系统工程学。我不懂得这门新学科，在这里不能班门弄斧。但是我在下面还想提一提系统工程学对社会科学的影响，也是电子计算机在社会科学里的一项应用。

# 应用压倒理论

我这次去美国访问主要任务是学术交流。我感到最苦恼的是我碰到社会学和社会人类学里许多我不熟悉、不好理解的新名词。这是我和西方学术界长期隔离的结果，我跟不上他们在这30多年里的变化。我要和他们交流，那就必须弄清楚这些新名词，这却不是这一个月蜻蜓点水式的访问所能做到的。如果对这些新名词不搞清楚，谈话也只能平行前进，流而不交。幸亏我见到了不少熟人，他们知道我的底细，我向他们请教一些基本概念并不致见怪。我也不肯放过这些机会，老老实实说清楚哪些字眼我不懂，请他们指教。

其实正是这些我不清楚的新名词给我提供了了解这几十年来美国这些学科变化的钥匙。举个例子来说，谈话中常常出现model（“模式”）那个名词，我越听越糊涂。在伯克利的加州大学的社会人类学座谈会上，我就开门见山地捅出这个名词来要求他们讲解。我说30年代和40年代我们讲type（“类型”）。我用我自己的研究为例，说明“类型”是怎样建立的，又怎样用比较方法找出不同的“类型”，然后研究它们之间异同的原因，即找出那些变数引起各类型的差别。我在过去的著作中所用“江村”、“禄村”、“易村”等等，都是中国的不同农村类型的名称。我所说“类型”，和现在西方社会学者所说的“模式”有什么不同呢？

经过在座的六七位同行的热烈讨论，我逐渐自以为领会了“模式”的意义。从字面上说“类型”和“模式”似乎是差不多的东西。它们都是研究者应用来进行寻找社会变化规律的手段；都是一种概念结构，从具体复杂的现象中抽象出来的一种概括。但是二者所用的方法不同。模式是从一套虚构的前提出发，用演绎法严格地推理，得出来的逻辑结构。简单地说，如果在某些事实的前提下，比如某某地方（它的条件是如此如此）引进了一个原子能工厂（它的条件是如此如此），这地方在某一方面（如人口结构）将会产生什么变化？在这个课题下，研究者就得分析其中种种可变因素之间的变动关系，得出种种可能的结果。从命题到结果整个是假设性的，以这种模式作为范型来测定现实的事例，推测它会出现的结果。在处理为数众多的可变因素的动态关系时，需要相当复杂的公式，只有利用电子计算机才能进行演算。所以相应地发展为数理社会学。

这显然和我早年用“类型”来进行研究的方法是不同的。类型始终是实有的，是以经验为基础的。类型是归纳的结果，是经验和实践的总结。通过比较各类型的异同找出其间的客观规律，用以指导人们按照客观规律行事。

前者，我认为，是实用主义的方法，而后者是实验主义的方法。实用主义本来是美国的产品，这种根深蒂固的思想在新的技术发展下进一步影响着当前美国的社会科学。上述那种所谓“模式”，实际上是用来解决具体问题的方法，在帮助企业及政治机关作出行政决定上是有用处的。比如探索各种能源的使用对社会可能产生的不同影响的系统比较，对能源选择是很具说服力的；又如测定行政效果的研究，对改进社会福利措施发生直接的作用。这些尽管是实用主义的性质，还是值得我们学习的。

我们到兰德公司参观时，他们特地为我安排了一个小型的讨论会，主要是介绍他们正在进行的测定医疗补助计划的效果的研究工作。医疗补助计划是美国联邦政府实行的一项社会福利工作，按这项计划的规定，凡在贫穷线之下的人，有疾病，可以得到政府补助，到公立医院治疗。为此联邦政府每年要支出几十亿美元。政府支出了这大笔钱，必须向国会作出交代，究竟收到多大效果。兰德公司承包了这项研究项目。这一类的研究并不需要多少高深的理论，但是牵涉的面广，疾病种类又多，要处理的资料、数据是很繁重的。他们一共只有几十个调查员，按规定要及时提出研究结果，没有电子计算机的帮助便做不到。

上述这类应用社会科学的发展，不能不说是电子计算机普及的结果之一，但同时却使知识商品化的风气日益深深地侵入了社会科学的领域。

最初，如上所述，在科技领域里，政府为了要实现各项有关国家安全的计划，动员全国科学家各就所长承担研究任务，研究费用自然由国家负担。这种由出资的方面提出任务，由科学家承包的办法逐渐改变科研的性质。过去是科学家提出研究课题，向各种基金会申请资助。基金会当然可以根据某个集团的要求，通过给不给资助，来左右科研的方向和内容。但这种控制是间接的，而且当时的学术界还标榜着崇尚独立研究。现在在应用科学的牌子下，这些也可以不再讲究了。知识实际上已成了商品，甚至有开公司，接受定单，按工议价。这些对我来说还是怪新鲜的事情。

回想起40年代我初访美国，当时罗斯福起用一些教授到政府里去当官，“智囊团”还是个新名词。这些“学而优则仕”的人物当时还被那些政党头儿侧目而视。罗斯福的“新政”后来被搞臭了一阵，那些新政人物灰溜溜地回到大学里去，流行着“书生论政，害大于利”的论调。现在谈起这些往事，当年的智囊人物不免有“白头宫女”之感了。

现在，以社会科学来说，实力最强，水平最高，人才济济，著作最多的学术机关，已经不是那些名牌大学，而是布鲁金斯学会、司密斯学会、威尔逊中心、兰德公司等等实际上为政府服务的研究机关了。这些高级研究机关当然至今还都自称不是营业性的，但是它们都承担约定的研究项目，接受约定机关的资助，其中政府“定单”占重要部分。兰德公司原是战时空军的研究机关，战后取得独立的法人身份，所以称为“公司”，实际上和前身究竟有多大改变，我并不清楚。它研究的项目都是与当前国防、外交相联系的重要课题，比如对苏联国防实力的估计、苏联发动战争的可能性等等。

社会科学与实际问题联系并非坏事，实用主义也要看为谁实用，但是应用科学冲淡或冲走了理论科学则可说是遗憾。当前美国社会科学的特点，也许可以说是见树不见林，重资料而轻理论，好“微观”而避“宏观”，搞具体实际问题而不接触全面、系统的根本问题。这些在我看来和知识商品化是有密切联系的。

社会研究成了一个新型的服务行业。它可以为政府服务，有如上述的这些名牌研究机关。也可以为政党竞选服务，有如那些民意测验机关为政客们提供资料来决定他们竞选的方针策略，甚至演说口径。它们也可以为那些饮料公司服务，提供广告效果测定。这一行道似乎正在走运看涨。据说美国的社会科学在60年代到70年代中期有过一个繁荣时期，最近才和美国经济一样有点走下坡路的趋势。

也许在这里要补充一句：我是从电子技术讲到社会科学的。电子技术对社会科学的直接影响当然是有的，也相当大，但是社会科学中应用压倒理论的趋势当然不应当由电子计算机来负责的。这里因素比较复杂，值得引起我们进一步的注意和分析。

# 黑人问题

美国社会科学界出现那种见树不见林、重应用轻理论的风气，以我看来，和美国当前的统治阶级头痛医头、脚痛医脚，用“硝酸甘油”防止发生致命危机的战略思想是有密切联系的。我想我说到这里应当转过来看看美国社会究竟存在着些什么问题，严重到什么程度，他们用来对付这些问题的“硝酸甘油”是什么配方了。

我明白，我在这次访问过程中，如果满足于贵宾的身份，天天在“水门宾馆”、“教授俱乐部”等场所跟名牌博士欢聚座谈，这次访问中所能得到的印象必然会是只见上层欢，不见下层愁了。因此，我总是想至少也得去看一看隐伏在繁华世界底下的情形。我尽管有此心愿，也尽力争取，但始终没有真的做到。如上所述，这次访美，只坐过一次地道车。我坚持要我的朋友带我去看看纽约的黑人聚居区哈兰姆，他只让我坐在车里去转了一圈。我在波士顿去看公助寓所区，也是在车里隔着玻璃参观的。除了这几次总算到了美国底层社会的边缘外，我成天在美国社会的中上层里浮动。所以要讲美国的社会问题，我未免缺乏感性知识，能讲的大多是从别人口上听来的话，在此我必须交代清楚。

讲起美国的社会问题，由于我这几十年经常接触民族工作，首先想到的很自然是美国的民族问题，话也不免要从此说起。

我们从小听惯了哥伦布发现美洲新大陆，其实这是白人的胡说。最早发现美洲的是从亚洲去的黄种人，也就是现在被称为印第安人的祖先。从现在已有的证据看来，他们是在距今3万年以前从西伯利亚越过白令海峡移入美洲的。那时他们的文化已进入旧石器的末期。至今美洲还没有发现过原始人的遗骨，也没有发现过初期旧石器的残迹。大概在8000年前，北美已到处有这种人的踪迹。

1492年哥伦布从欧洲越大西洋到达美洲，当时他还以为是到了印度，所以把他所遇到的当地居民称作“印度人”，我们翻译作印第安人，以免和亚洲的印度人相混淆。那时，北美的印第安人大约有100万到200

万。他们已有部落联盟，主要依靠狩猎和耕种生活。到了16世纪，大批白种人从欧洲移入，和当地的印第安人发生冲突。印第安人是个不肯屈服、酷爱自由独立的民族。在和白种人冲突中，由于武器的落后，大批死亡，残余下来被孤立在“保留地”里。本世纪里他们在保留地里过着被遗弃的屈辱生活，人口略有增长，至今还不过79万人。

17世纪初年从欧洲去的第一批移民被称为WASP，W指白人，AS指盎格鲁-萨克逊，是白种人中的北欧人，P指基督教里的新教。他们先在北美东海岸北部定居下来。这些移民的后裔一直是美国文化的骨干，掌握政治和经济的大权。

白种人用民族屠杀政策占领了美洲，他们要开发这“新大陆”，却需要廉价的劳动力，因此很早西班牙的殖民者就从非洲去掳黑人运到美洲当奴隶。最早移民北美的盎格鲁-萨克逊人，先从西班牙人手里接纳黑奴。到1619年，北美的白人殖民地上已有大批黑人在种烟草和棉花等经济作物。我们幼年时所读到的林琴南翻译的《黑奴吁天录》就是一本反映当时北美黑人悲惨生活的写实小说，描绘了这种出现于北美资本主义社会里的奴隶制度。

美国独立后工业兴起，北部的工业集团和南部蓄奴的农业集团矛盾日益尖锐，引起了武装冲突。南北战争中林肯代表北方工业集团的利益，于1863年宣布解放黑奴，在美国历史上留下了美名。但是所谓“解放黑奴”并不是指黑人在美国社会上获得了平等。黑人仍然在政治上受压迫，经济上受剥削，社会上受歧视，继续过着黑暗的日子。即在30多年前当我初访美国时，南方诸州中还有不准黑人居住的旅馆，还有白人和黑人分厢而坐的公共电车，还有夜里蒙了脸聚众向黑人进行打、砸、抢的三K党。

这次我到美国，最初使我感到惊异的，这种情况似乎有了很大的改变。美国电视里的报告员很多是黑人，飞机上的服务员既有白人也有黑人。旅馆、饭馆黑人出出进进，昂首挺胸，无人阻拦。街上黑白男女并肩齐行，不以为奇。有些朋友向我指出这是美国这30年的一大社会革命，现在和美国历史一样长的种族问题已经解决了。如果这是事实，当然是件值得庆贺的天大好事。

我的朋友们告诉我说，这是从50年代开始的黑人运动和60年代末黑人大造反所取得的胜利。他们说，大约在1967年由反对越南战争引起的轰动全国的青年运动，带动了压迫已久的黑人进行暴力反抗。黑人学生携枪上课，在校舍里开枪射击，把教授们吓得不知所措。美国华盛顿一夜之间，起火有60多处。这股风席卷美国北部各大城市。电视荧光屏上不断显示各城在焚烧，黑人在暴动的镜头。当时各地警察不敢干涉，最后总统下令出动军队来维持秩序。这段时期，社会学者和心理学者纷纷条陈意见，各基金会出高价奖励研究黑人问题，也闹得够热闹的。

大约一年到一年半之后，风暴平息了。为平息这场大风大浪，政府采取一系列的措施来表示保护黑人的“平等权利”。它用立法手段规定政府机关、学校和企业必须雇请一定比例的有色人种，而且不少还安排在显著的位置上。这是为什么我们在访问各大学时常有黑人副校长出来接待我们，为什么电视上黑人的镜头特别多，为什么美国派到联合国的大使有黑人等等。全美国大约有40个大城小镇选出了黑人当市长、镇长，包括洛杉矶、克利夫兰和南方重镇亚特兰大。

政府也用立法来保障黑人在居住和教育上的平等权

利。如果还有人以种族为理由不租和不卖房屋给黑人，或是餐馆戏院拒绝黑人入内，都可以牵入法庭判罪。为实现教育平等，也采取了不少措施。其中一项是用公共汽车运送学生，以调整各公立学校的黑白学生比例，使其符合于当地人口的黑白比例的规定。国家为落实这项规定，每年支出几十亿美元。

如果从每一项措施本身来看，不能不说是对黑人有利的。但是即使把所有的这些措施加在一起，是否真的实现了种族平等，消灭了种族歧视了呢？有一些数字是耐人寻味的。以失业率为例，美国在一般情形下，失业率是6%上下，而青年人的失业率加一倍，黑人的失业率再加一倍，那就是24%；能就业的黑人中有1/4没有职业，以黑人青年来说几乎有一半找不到正当的劳动机会。这些数目，可以说明上述的种种措施实际上并没有根本改变种族不平等的事实。

我坐在朋友的车上到纽约黑人聚居区哈兰姆所看到的情况是十分凄凉的。许多楼房的窗户用木板顶住，看来很久已没有人住。有些窗户甚至残缺不修。路旁堆着垃圾没有清除，街头有些无所事事的人，低着头，闲呆着。路角上的小商店，门前冷落，看不到人出入。我示意我的朋友停车去看看，他当作没有听见，疾驰而去。后来明白，这是为了我的安全，即使在白天，像我这样穿着制服的外来客人，说不定会引起一些闲呆着的人的邪念，动起手来。据说，在晚上这些地方更是个不敢踩入的危险区。奇声怪叫的警车经常在这里穿行，报纸上耸人听闻的犯罪特写又多取材于这些地区。显然，这些像哈兰姆的地区是被“搞臭”了。

我到了波士顿，就打电话去找我初访美国时结识的一位人类学教授的女儿。这位教授已经去世，但当年他家里那位还梳着小辫子的姑娘，现在已在麻省理工学院当人类学教授了。她兴冲冲地来看我，并告诉我，她正在研究波士顿近郊公助寓所的问题。她邀我去看看。在车里，她把所研究的问题一五一十地讲给我听。很多确是我闻所未闻的。

原来联邦政府大建公路，把许多原来的贫民区给拆除了。政府为了安置这些住户，在近郊建造了一批公寓楼房，降低房租，由政府津贴，所以我叫它作公助寓所。问题是发生在寓所造好了，很少人愿意搬进去住。我亲眼看见七八层的高楼，只有下面两层有人住，上面的窗户全部紧闭。这是为啥呢？那位女教授说，在美国贫穷和犯罪总是被连在一起的。原来的贫民窟里住所相邻的人多年相处，互相信得过。现在老区破坏了，被安置到这些寓所里来的人互不相识，各怀猜疑。而最容易发生事件的地方是电梯。两层以上的房屋谁都不愿住。市政府觉得难办，所以要求麻省理工学院人类学系进行研究。这里所指的贫民绝大多数是黑人。

从我在美国下层社会边缘上，坐在车里看到的一些情况，似乎和那位告诉我美国进行了一场社会革命消灭了种族歧视的朋友的话对不上口。我那位朋友所说的也是事实，这些事实也是我亲眼看到的。70年代美国黑人问题上究竟发生了些什么变化呢？

五六十年代轰轰烈烈的黑人运动似乎是过去了，所谓黑人大造反是“平息”了。许多消除种族歧视的法律已经通过，而且是认真执行的。黑人中许多多才多艺的人才得到了一露身手的机会了。不少黑人已经取得政府里的显要地位。我们访问白宫时，就有一位黑人大法官为我们讲有关保障黑人权利的司法问题，我们每人都得到了一本他的著作作为纪念。这一切能不能说美国的黑人问题已经解决了呢？或者是否可以这样提出问题，这一切为谁解决了什么问题？

当我想到这个问题时，眼前出现了纽约哈兰姆和波士顿公助寓所的凄凉景象，似乎有点条件反射，在怀里摸到了随身携带的“保健匣”。也许是我的过敏，我想说，美国统治阶级又默默地吞下了一颗“硝酸甘油”。黑人的队伍被分裂了，黑人的上层确是解决了他们自己受歧视的问题了。而受苦受难的广大黑人群众的生活依然如故。所谓“社会革命”受惠的是谁呢？

# 民族拼盘

黑人问题只是美国的民族问题的一部分。它比较突出，一则是历史长，而且和美国历史上的重大事件如南北战争联系密切；二则是黑人人数多，至今占全国人口的11%；三则是斗争尖锐，在白人中甚至有以残杀黑人和压迫黑人为宗旨的三K党。因之我们一讲到美国的民族问题总是首先想到黑人问题。但是黑人问题之外还有其他的民族问题。

美国的白人也都是不同时期入境的移民和他们的后裔。第一批是17世纪从英格兰来到东海岸定居的，称为新英伦人，他们至今是美国人的骨干。同时还有来自荷兰和瑞典的北欧人。这些早期移民的后裔就是上面说到过的WASP。第二批是18世纪从苏格兰和德意志来的移民。第三批是南北战争前二三十年间移入的数以百万计的爱尔兰人和德意志人，其中大多数信天主教。其后到第一次世界大战止，进入的移民大多来自比较贫困的东南欧各国，如意大利人和波兰人等，这可说是第四批。第二次大战后由于工业化的进一步发展，又有大批移民进入，其中有很多来自东亚和拉丁美洲。从1820年到1969年，前后移居美国的人超过4400万，其中从东欧和南欧移入的达2800万，约占半数。

美国曾以“民族熔炉”自称，意思是不管什么民族的人到了美国就会熔成一个样子，这个过程叫做“美利坚化”，据说所有的美国人都已化成了一个统一的民族。这种看法逐渐被看成是一种神话了。美国人是由世界各地的许多民族的移民构成的。美国也是一个多民族国家，不是民族熔炉而是民族拼盘。

一个民族学者到了美国，如果想用原有的一套概念来理解美国的民族情况，不免会碰到许多难题。以黑人来说，他们能不能算是一个民族呢？他们的祖先是从非洲来的，现在已没有人会说非洲语言了。他们的生活习惯和白人并无什么民族上的差别。他们和白人在社会上却历来被隔开，而且人为地突出生理上的特点，首先是皮肤的色素，作为不得享受和白人平等社会地位的根据和标志。所以一般称美国的黑人问题为种族问题，我们把它包括在民族问题之内，是就民族一词的广义来说的。

黑人和美国的其他少数民族不同之处，在于他们虽然和其他美国人一样都是从别的地方来的移民的后裔，但是却和原来的民族已没有联系。美国的华人，尽管是出生于美国，和中华民族总是有千丝万缕的联系，黑人则不然。他们至多能说是非洲人的后裔，但究竟是非洲哪个民族的后裔则大多答不上来。在鼓励民族意识的风气里，黑人也有追源寻根的要求，但是即使追到了根，回到老家，老家并不认为这些是自己的“骨肉”。在这一点上，和美国的华人一比较，就很清楚地显示了黑人是断了线的风筝。他们和非洲已经丧失了血肉的关系。

美国的民族问题确是不能离开种族区别这个要素来讲的。不同的民族首先要划一条种族的杠杠，那就是白皮肤还是有色的皮肤，后者包括黑皮肤、棕皮肤、黄皮肤等等。用皮肤色素来作为种族的标志本来是人为的、虚妄的、不科学的。但在美国过去是，至今还是，决定个人社会地位的一个重要因素。有色人种，不论什么民族，生来都比白种人低一等。

白人中还有许多民族，它们之间也不平等。在美国社会上居于最高地位的，历来掌握政治和经济权力的，是上面已说过的WASP。他们就是最早移入的那一批北欧的盎格鲁-萨克逊人，信奉基督教的新教徒。他们是讲英语的，英语成为美国人的通用语言就表示了他们在美国各民族中的优越地位。其实美国即在独立之初英语也并非惟一的语言，南方有以说法语为主的地区，西南有以说西班牙语为主的地区，只是占少数地位罢了。19世纪中叶开始涌入美国的欧洲移民中民族成分是很复杂的，他们说着不同的语言，带来了不同的风俗习惯，而且到了美国大多在城市里聚居在一起，形成以若干街道为基础的民族聚居区，称小俄罗斯、小德意志、小意大利等等。

我40年代初在纽约就住在一个叫科罗纳的意大利人聚居区。这个区里当然并非全是意大利人，也有华人，我的一个老同学的丈人家就住在这里，所以我就在他们附近租了一间房住下。这些街道上小店里的那些又矮又胖、满口意大利土音的老板娘对我们这些东方顾客的殷勤接待，常给我非常深刻的印象，至今记忆犹新。她们自家人中，即在顾客面前，也讲意大利话，并不避讳。在那时，芝加哥大学的社会学系正当它的全盛时期，他们研究的项目中就有许多是这种保持着浓厚本乡色彩的移民区域的调查。

这次我到美国问起有关过去见过的小俄罗斯、小意大利等民族区的情况时，答案却各持一说。有人告诉我，我原来到过的那些民族区已经消失了，又有人告诉我，现在又有些民族区比过去的更民族化了。原来两说都是事实，旧的去了，新的又生了。

我早年接触到的满口意大利土音的女老板，如果还活着，也是老奶奶了。她们的儿孙们在家里都已讲一口流利的美国话，有些孙子连意大利话都讲不上口了。这些老奶奶的媳妇们不少并非意大利移民的后裔。在这些东欧、南欧的移民中，不同原籍间的通婚，从第二代起就非常普遍。有人告诉我，历史上有名的被称作Ghetto的犹太人区，在美国可以说已不再存在了。犹太人不再受人歧视了。这么讲来，美国确乎在发生“民族熔炉”的作用了。

这些老的民族孤岛即使已经被美利坚民族吸收掉了，新的孤岛却又产生了。那是发生在第二次大战之后的事。这时美国经济曾出现过一次工业发展的高潮，相应地又从南欧和东欧移入了一大批劳动力。比如芝加哥有个卫星城，新兴的钢铁业的中心，印第安纳州的加里城。城里一条条街道住着清一色的波兰人，他们中间竟有大部分不懂英语，生活中甚至工作上都用波兰话，在四周全是说英语的美国人中坚持他们的民族本色。这里的气氛和40年代我所接触的民族区据说很不同。那些老区的女老板当时是一心想说美国英文的，她们只在家里说意大利语。那些新区的移民说波兰话以表示他们不忘本，受到移民的支持，所以前者容易入“炉”，而后者今后是否也会跟着进去，现在还难说。

上面所说的只是种族界线的那“没有颜色”的一边，限于白人的民族情况。至于“有色”的一边又怎样呢？这一边有关黑人的情形上面已经说过；黑人之外，按美国目前的分类，还有两种人，一是说西班牙语的民族，一是东方民族。前者英文是Hèspanic，后者是Oriental。其实还有印第安人，但他们好像被一般美国人所遗忘了似的。

西班牙语是拉丁美洲的通用语，那是历史上西班牙殖民者强占了这地区的结果。以说英语的殖民者为主而建立起来的美国，不断扩张，把一部分原属西班牙势力的地区并入了版图，所以美国西南部早就有说西班牙语的地区，而且不断有说西班牙语的人从墨西哥越境进入美国。但说西班牙语的移民大批的涌入美国，则是二三十年来的新现象。他们有两个来源，从两条路线进入美国的。其一是越过美墨边界，进入美国的西岸及西南部各州，已使得克萨斯、新墨西哥、加利福尼亚，以至路易斯安娜和佛罗里达等州都蒙上厚厚的一层西语民族色彩。加州和得克萨斯等州的城市都在搞双语教育，英语已非惟一语言，新墨西哥等地早就实行法律上的双语制，英文不是惟一的合法语言了。另一部分的西语移民来自波多黎各，进入美国东岸的各大城市。波多黎各是美国的属地，其居民有自由移居美国的权利。从50年代开始，这些会说西班牙语而不会说英语的波多黎各人大批移到纽约市和北部城镇，在纽约市现在已有100多万波多黎各人。我以前住的科罗纳区的意大利语居民，已经让位给这些年里来的西班牙语居民了。我的朋友对我说，如果有机会到现场去看一看，一定会觉得出了美国国境了，因为在这里商店、电影院的牌子和广告全是西班牙语，买东西时用英文还会发生困难。

我在纽约住在市中心的一家旅馆里，食堂里的服务员都是波多黎各人，皮肤是黑黝黝的，但面形和黑人不同。我到波士顿近郊去参观公助住宅区时，就经过好几条街道，商店的牌子全是西班牙文。所以有人说，由于波多黎各人生育率高，而白种人又正在从城市向郊区外移，所以一二十年后如果我还活着，又来纽约，也许必须带着西班牙的翻译才能进行访问了。

美国目前流行的所谓“东方人”，指的主要是华人、日本人、菲律宾人、泰国人、越南人等亚洲人。过去亚洲的黄种人和黑人一样受到种族歧视，凡是不准黑人进入的饭馆和旅馆，黄种人同样在排斥之列。自从黑人大造反，政府采取了许多所谓纠正种族歧视的措施后，东方人也得到了好处。比如规定了各公共机关、各学校必须有多大比例的有色人种的教职员后，有不少机关、学校宁愿招纳东方人以凑足定额，增加了东方人的就业机会，特别是知识分子。40年代中国学者在美国大学里教书，很少能取得教授的地位，能被聘为终身职教授的屈指可数。可是目前很多大学里都有了华人教授，有些当上了系主任、教务长。

美国政府为了表示纠正种族歧视还放宽了从亚洲去的移民。中国人被准许入境的限额过去规定为每年200人，第二次大战结束后增至2万人。美国的华人已从40年代的七八万人增至目前的60多万人了。各城市的“唐人街”都大为扩张，旧金山、纽约这些地方的“唐人街”都像个“小香港”。

除了华人之外，在这二三十年里其他的东方人也大量涌入。其中有大批越南人并不算在移民摊额里的，因为在美国侵越战争期间，美国和南越这个傀儡政府算是联盟关系，所以曾由国会通过特别法案，并拨巨款，便利12.5万名越南“难民”入境，而且今后每年继续放一万几千名入境。所以这几年在各城市的街道上和超级市场里，到处可以见到他们的面貌。

日本人的大量移到美国也是很显著的。太平洋中间的夏威夷群岛现在是美国的一州，它的居民中按民族来说日本人首屈一指。有人说，40年前日本偷袭珍珠港，破坏了美国海军，想用武力占领这个群岛，把太平洋变成一个日本海，战败后终于化为历史上的一个幻觉。但是目前美日建立了和平关系，日本人在这个群岛上的人口却大有增长，对这个地区的繁荣做出了贡献。我们这次到檀香山访问，受到夏威夷州长亲自接待，十分热情。这位州长是当地美籍日人。日本选民在选举中团结得紧紧地一致投自己民族成分的候选人。在绝对人数上虽然还没有超过全民的半数，但有这样多的可靠票数为基础，美籍日人当选州长的机会实际上可以压倒其他候选人的。

# 美国的华人

我们这次访美，受到所到各地华人同胞的热烈欢迎和招待。他们的处境确是比我在30年前看到的情形好得多了。自从1965年修改移民法以来，最近这10多年在华人移民美国的历史上出现了第二个高潮，每年以超过2万人的数目进入美国。第一次高潮是在从1854年到1882年，两次高潮大体上相隔一个世纪。

引起第一次高潮的是上一世纪40年代末在美国西海岸发现了金矿。当时美国西部大半还属印第安人的势力范围，自东海岸到西海岸不仅交通不便，而且旅途不靖。矿主们要从东海岸招募劳工，须取海道，绕南美南端，才能到达。合算起来还不如从中国来招工为便宜。所以发现金矿后不到6年，从中国广东及福建南部到美国加州招去的所谓“苦力”，据美国官方公布的统计，1854年达1.3万人。由于金矿的发现，促进了横贯北美大陆的铁路建筑。为了造这条铁路，更多的华工被运入美国。在60年代，在这条铁路上使用的华工超过10万人。华人进入美国人数最高的年度记录是1882年的39579人。在此之前的28年中，华人入境超过1万人的有10个年头。从1882年以后的80多年中，因为受到排华法案的限制，合法进入美国的华人每年至多不过几千人。1965年新移民法案通过后，才和其他国家一样得到“不得超过2万名”的所谓限额，而开始第二次移民高潮。

提起第一次高潮，那真是一把把辛酸泪。他们中间绝大多数以“猪仔”身份被骗去的。“猪仔”是当时对那些契约华工的侮称。他们由人贩子到农村里拐骗，有时甚至绑架有劳动力的男子，给一些“安家费”后，作为欠债的人运到“金山”去用劳动来偿还，经过规定的多少年后才能回乡。这完全是变相的奴隶劳动，当时曾引起各国舆论的指责。等到上个世纪80年代初，金矿告竭，铁路完成，这些勤劳耐苦的华工却成了当地居民的眼中钉，掀起了惨无人道的排华运动。很多为建成美国经济动脉流血流汗的华工被杀害、被驱逐。很多逃到东岸城市里，靠经营被认为低贱的行业，如开洗衣房和饭馆等过日子。纽约、芝加哥等“唐人街”就是这样开始的。

在禁止或限制华人移民的年头，事实上还是有被生活所迫，历尽艰险，非法越境的华人进入美国。我上次访美时，在纽约的一位朋友的丈人就是当“黄鱼”，伏在海轮的锅炉房里，潜入美国的。当然有很多人受不住折磨死在半途，又有很多人被发觉而被关在黑牢里送了命。那些侥幸进得美国的，没有不是埋头苦干，胼手胝足，经年累月地在洗衣房里、在厨房的炉火旁辛勤劳动，积得一点钱就托人带回家乡。很多这样的华工根本娶不到老婆，独身终生。其中能成家立业的实在是少数。这些人很多是一辈子为儿女做牛马，自己节衣缩食，把血汗换来的钱用来培养儿女，怎么苦也要把儿女送进学校，使他们能进入美国的社会。我上次访美时亲眼见到过这样的老人，也亲自听过他们自述的身世，曾经想把这些有教育意义的事迹记录下来，让后代人知道，我们的同胞怎样在海外艰苦立业，发扬了我们民族的优良风格。但流光易逝，匆匆已几十寒暑，而我的宿愿却依然未酬，奈何！

第二次高潮另有它的历史条件和特点。这次移民中很多是从台湾、香港等地方去的知识分子，只是从台湾去的留学生每年平均有2000人以上。这些知识分子学成后不愿回去，留在美国的总共不下5万人。如我上面所说的，到了60年代后期，美国为了要表示反对种族歧视，对过去被歧视的民族开放就业机会，所以这许多华人知识分子就被吸收进了各大学、各研究机关、各医院、各工厂，甚至许多政府部门。他们的聪明才智得到了优越的发展条件，在过去几年中，人才辈出，在美国的科学界、技术界做出了重要贡献。为人们所熟知的是在科学界里已经有三位华人教授获得了诺贝尔奖金。华人建筑师中已有人获得了美国最高的荣誉。在实现月球登陆研究计划的科学家队伍中有华人几千人。这些成就已为中华民族的优良品质做出了见证，而且也说明了华人在美国社会经济和文化的进一步发展中将是一个重要的力量。美国总统今年春节代表美国人民公开承认和表扬了美国华人的功绩。

但是美国的华人能不能说在社会、政治、经济各方面已得到了平等的地位了呢？这问题似乎还不能很快地做出肯定的答案。

# 出路总是会找到的

我在访问美国前曾经去找一位在北京工作的美国朋友，问他我去美国应当注意些什么。他想了一想说，你如果一个人出门，身边不要多带现款，但也不能不带一些，最好是带30美元。我觉得这个关照很有意思，所以一定要他解释为什么最好带这个数目的现款。

他说抽一次大麻要30美元。美国抽大麻的青年很多，大麻上起瘾来是很痛苦的。如果一个上瘾的青年，身边没有钱，路上碰着你，他实在熬不过时，就会打你的主意。他并不是对你有意过不去，素不相识，无冤无仇，只是想从你身上找到过瘾必要的30美元。你如果慷慨解囊，他不但不伤你一根毫毛，还会向你表示感激。可是如果他已经动了手，而又拿不到这笔钱，那就会火从中来，什么都干得出来了。很多命案是这样引起的。于是有人总结出一个处世之道，身带30元现款，作为保险金。

这番话当然不能太认真。那位诙谐成性的朋友，无非是要把美国的吸毒和犯罪问题说得有声有色罢了。而且我认真对待也没有用，因为我在这次访问期间不大可能一个人在街上去溜达。但是这句话在我脑中却印得很深。为什么被誉为最繁荣的国家会流行这种保险办法呢？

我问过一些朋友，都承认美国青年人确是有吸毒的，大麻是毒品中最轻的。至于普遍到什么程度，并没有一致的意见。有人说美国人中吸过大麻的有4300万人，占人口总数的1/5。今年1月份，吸这种毒品的还有1600万人。吸毒之风在青年人中较为盛行。每11个高中学生中，便有一人每天要吸大麻。有人统计，去年一年里，美国在国内外成交的兴奋剂和毒品共达450亿元之巨，相当于通用汽车公司和埃克森石油公司的营业额。

当然我并没有见过毒品和吸毒的人。以我的印象来说，这次访美中一提到吸毒问题都有点谈虎色变。据说最近几年似乎已经好了一些，过去毒品种类多、毒性烈，很多名称我从来没有听到过，听了也记不住。目前比较还相当普遍的是用大麻叶子当卷烟抽，据说毒性比过去那些是低一些。使我惊异的是说这些话的人口气里好像已相当满意似的。甚至有人还告诉我，近来有人提出大麻能否认为是毒品的问题。意思是说它的毒性是在淡巴古，即一般香烟的原料和鸦片里提出来的海洛因之间。香烟不算毒品，为何大麻要算毒品？毒品和非毒品之间的界限何在？这种论调显然是在为大麻争取合法化的舆论准备。据说已有几十个城市可以公开吸大麻。社会上容忍这种论调和事实，表明了在这些人看来吸毒之成为问题不在吸而在毒，不去研究为什么有人吸毒而着眼于吸了之后毒到什么程度，这倒是当前美国社会里存在着的一个值得思索的问题。

那位关照我身带保险金的朋友把犯罪联系到吸毒，对我也颇有启发。美国生产力高，国民收入高，在世界各国里名列前茅，这些是不容否认的事实。他们自称“富裕社会”。他们有力量可以采取种种社会救济，使得境内不致有人挨饿。他们把贫穷线划在一家每年收入在大约6000元这条线上，贫穷线下可以享受到政府的种种补助。失业的人在一定时期内有保险金可领，保险期过了还有救济金可领，总之饿得不能不铤而走险的人，在美国可能实在是不大有的。然而，犯罪又何其多也！“衣食足而后知荣辱”这句话似乎在美国不大能适用了。

我两次访美都没有遇到过小偷，更不用说别的了。但是这次访美却常常有人提醒我要提高警惕。比如说，一进旅馆的房间里，门上就挂着个“须知”，其中一条就是注意把门上的销链插住。门上有条销链在我们国内是没有见过的。它是一根铜的或铁的链条，一头钉在门边，把门关上后，另一头插在门框上的配搭里。有人打门，可以开条门缝，向外看一看那人是谁，有那条铁链挡着，外边的人不能顺势夺门而入。这条铁链给你最后拒绝不受欢迎的人进入你房间的保证。而且据说那些有意要偷窃的人都有万能钥匙，门上的锁只是防防君子而已。所以晚上必须插上销链，才能安睡。我对这些防盗设备，很不习惯，总是觉得有点故作紧张的味道，还认为是被靠惊人消息卖钱的那些小报制造出来的反常空气。但是有一次晚上同一位已退休的华裔朋友夫妇一起回他们家去，家里并没有人，但灯火不熄。我问他们为什么出门不关灯。那位女主人指着老高的一扇窗说，已有两次他们出了门有人从这窗里爬进去偷窃。现在把窗子钉死了，晚上还得记着不要灭灯。看来防盗是必要的。

我在这次访问中很少有机会在街上溜达。快离美前，在旧金山遇到了个老朋友，我们在中国饭馆里吃过饭，到他的旅馆里坐了一会儿。他催我回去，两人在街上走到半路，他说我向前走到我的旅馆是闹市，没有问题了，他却要早些回去，太迟了恐怕在这行人较少的街上会出事。我们真的就这样告别了。如果路劫不是常有的事，他决不会这样半途而辞的。

美国犯罪多看来是确实的。也许因为我本身没有受害，而被那些防窃防盗措施搞得神经好紧张，所以特别注意他们怎样对待这个问题的方针、态度。看来美国当前对付犯罪的办法是防和抓。在个人来说是防止自己受害，在这方面的花样真是不胜枚举，什么现代化的技术都用上了。在政府方面说就是见犯就抓。奇声怪叫的警车满街跑。警察的队伍越来越大，工资也越提越高，一个低级警官收入高于高级教授。即使这样，警察还要闹罢工，要加薪，因为他们的任务太危险。谁都看得明白，防不胜防，抓不胜抓，但是除了这种头痛医头、脚痛医脚之外，还能有什么办法呢？办法当然还有，但是我在这次访问中还没有看到苗头。我只能这样说：吸毒，不问为什么有人吸；犯罪，不问为什么有人犯——这是美国对付社会问题的特点。

为什么有人要吸毒？为什么有人会犯罪？这些问题是应当问的，但当然不是我能解答的问题。上面曾提到过我在纽约地道车车厢里看到的“涂抹”时，曾经提出过我当时直觉的反应是想到了鲁智深所说的那股“鸟气”。鸟气者即在心头涌来的那股对当前社会的无名之火。无名是指不知其由来之意。怒火出自不平，不平何起却搞不清楚。肚子里憋着这股气，实在难受，找个渠道发泄一通。于是有人在车厢壁上涂它个乌七八糟。有人吸一阵大麻，虚无缥缈地沉醉一时。有人拦路打劫，横行一下。如是种种，是否可以说，表现不同，其意一也？我说这几句，倒不在自作聪明，发人深省，只不过是希望美国同行多多指教罢了。

这次访美实在过于匆促，我多少接触到一些值得深入探讨的社会问题，但都是过眼烟云，无缘细察，甚至坐定了向朋友们详求指教的机会都没有。在这里不提吧，美国社会的这一方面付之阙如，未免有失全貌；提吧，也提不出个恰如其分的轮廓，更提不出个公正的评说。我写到这里，确是有点苦恼。

比如说，我听到一些议论，就是第二次大战之后，特别是60年代，美国社会最大最严重的是青年问题和两性问题。而似乎大多数人都同意的是，最近几年来社会风气已经比较正常了些。当时社会风气“不正常”到什么程度，很多人也不愿和我多谈。

我反过来问他们从哪些方面能说现在比较正常了呢？不少人指出街上那种男不男、女不女的青年少得多了。他们一提起，我也觉得前些年我在国内接待美国访华客人时所见到的那种满腮胡子、披发及颈的年轻人，在这次访问中我的确接触得不多。男男女女一般说是一眼就分得清的了。当然这是就我接触到的范围而说的。有人告诉我，如果我要看看还余留着的那种不男不女的标本，时报广场霓虹光下，还是满街都是。这句话是否确实，我没有去核对，因为没有人保镖，这种30年前的繁华中心，现在已成了洁身自好之徒不宜涉足之区了。

往者已矣，我们自可不必追问，但就目前已经比较正常的社会风气来说，从来没有人讳言的是离婚率已达到了50%。当一对男女结婚时，他们会不会白首偕老的机会是一半对一半。据说一“家”的孩子各有各的姓的情况，即使不说很普遍，也决不是个别的。没有父亲的孩子已成了一个严重的儿童教育问题。当然我也听到有人在引用不少统计数字来证明美国家庭基本上是稳定的，“核心家庭”，就是我们所说的“小家庭”，一直是，至今仍是美国家庭的基本形式。我并不怀疑这些统计数字，以及这些调查研究的结论，我感到有意思的是美国家庭稳定性已成了需要摆事实来说服人的事情了。

两性关系究竟有多大变化，在我这次访问所接触到的小圈子里，似乎也是难于深谈的问题。有一次有一位老教授无可奈何地吸了一口气说，这几年是好多了，有人宣传口服避孕药丸有导癌性，居然起了作用。还有一次在关于中国文学座谈会上有位女教授谈到了我国的旧小说《金瓶梅》时，引起了我国学者有点不太自然的神气。美国朋友中有人诙谐地在旁加了一句：如果中国这样的作品上不了讲台，当代欧美文学这一课就该休息了。

至于这些社会风气怎样变的，变得怎样，究竟表示什么社会意义，是不是《罗马衰亡史》的新版——这些还是留待今后去研究和讨论吧。我记得有人告诉过我：正当美国青年中盛行hippi（嬉皮士）之风时，有些来华访问的青年问过周总理对这种风气怎样看法。周总理和蔼可亲地向他们指出，“这不是表明青年人要寻找出路么？出路总是会找到的。”我并没有亲自听到周总理的话，我也不能保证我听到的是周总理的原话。但是我永远记得我从这句话里体会到的精神，我想就是，表面上看来有点乌烟瘴气的许多现象，正在透露着新生的消息。我们要相信每一个民族的人民，他们都会找到自己前进的道路。

# 信心危机

在我写这本《访美掠影》时，回国已两个多月了。从报上看到，美国的能源危机日益严重。据说，卡特总统在自己的山头别墅里，平心静气地思考了几天，发现美国真正的问题不是在能源危机，而是在信心危机。据所传的说法，信心危机就是广大人民对当前的政府以及政治制度丧失了信心，不相信政府里这些人按照现在政府里这套办法来工作，能解决得了当前一系列的危机；更严重的是，他认为群众对美国传统的价值标准发生了怀疑，这样下去，在他看来美国的前途是不堪设想的。他发了一通言，确是忧心忡忡。我没有机会读到他演说的原文。如果他果真发现了当前美国的社会制度已经不得人心，那应当说是件好事，因为至少表示了过去那种头痛医头、脚痛医脚的办法是行不通了。

其实，美国的广大人民对当前的社会制度丧失信心，并不是从能源危机开始的。美国这一二十年来科学技术的突飞猛进，生产力的不断提高，这些都是好事，但是他们的社会制度却并没有变，生产关系还是原来的资本主义性质。生产力和生产关系之间的矛盾不是削减了，而是加深了。统治阶级固然还有能力不断地采取各种措施来应付层出不穷的危机，但是广大人民却日益感到没头没脑地陷入了一个受着别人支配的命运中去，像是一只飞蛾扑入了蛛网，无法挣脱。不仅是哈兰姆的黑人明明有自食其力的能力，却不得不靠救济过着屈辱的生活，甚至在花园式的郊外住宅里居住的殷实之家，也是整天担心着一旦发生什么事故，顷刻之间会丧失目前暂时似乎是属于自己的一切。个人之间相互依赖的关系越来越深，而每个人的心理上却觉得这个社会对自己越来越靠不住。年年月月付出各种各样的保险费，谁都心里明白保险公司自己并不保险。它一倒闭，自己也就完蛋。保险公司倒不倒，这是件不由个人意志为转移的事。无怪有人感叹地说，人造了这文明，文明奴役了人。在美国这样的社会里这种情绪是很自然的。卡特把这种无可奈何的情绪称之为“信心危机”也未始不可，因为它确是对当前文化的怀疑。只是他应当知道的是这危机由来已久，陷入已深。

在这里插入一段关于美国宗教的话也许是合适的。对社会文化的信心不容易用数量来直接表达，有关宗教这方面的统计资料却在一定程度上也许可以反映出一些人们对现实社会丧失信心的地步。人穷则呼天，一个人在现实社会里心理上得不到安身立命的保证时，有宗教传统的国家里，很自然地会心向上帝，求个倚靠，求个着落。

美国是个有宗教传统的国家。最早从欧洲来的移民很多就是被排挤出来的新教徒。但是在我30年前访问美国时，我也好奇地问起过一些朋友关于他们的宗教生活。据说，至少在年轻的一代很少认真地过宗教生活，我所认识的人中没有见过他们在星期天到教堂里去做过礼拜。他们说，年幼时父母抱着他们到教堂里去受洗，结婚时要去找牧师证婚，朋友死了就去教堂送葬，此外很少和教堂打交道了。至于思想上受到多少宗教的影响，那就很难说了。至少《圣经》里有关伊甸园的那一套，大多只是作为民间传说来欣赏的了。

这次我又问过一些朋友关于这方面的变化。他们指出了两点要我注意：一是30年来教徒人数有显著的增加，二是宗教性的小组织盛行一时。我翻了一下美国的统计手册，在人口调查时登记为教徒的，1950年是8680万人，1960年突出增加到11440万人，1969年是12850万人。50年代开始有大批的原来不大信宗教的人参加了宗教组织。最令人注意的是“杂牌”的宗教徒从1950年的14万人增加到1968年的218万人。这些“杂牌”宗教就是指各种各样的以宗教名义组成的小团体。

从美国历史上说，最早的白人移民传入的是基督教里的新教这一派。这一派的基督教始终在美国占主要地位，现在拥有7000万教徒。后来从南欧、东欧陆续进入的移民带来了罗马天主教、犹太教和东正教，现在它们分别拥有4700万、500万、300万信徒。其他还有佛教徒和伊斯兰教徒等。据说世界上各种宗教，美国应有尽有。这句话是有点夸大，但是意思是言其五花八门，派别极多。

我在旧金山一家中国餐馆里吃饭，就看见一个穿着袈裟、剃光头的，大概是一种佛教的信徒，但是从他吃的是大鱼大肉，而且陪伴他的是一个白种女子，看来又不是一般的佛教徒。当我们私下议论时，当地的朋友说，美国这10多年来宗教界的一个倾向是越怪僻越有人着迷，着迷到几百人相约集体自杀。这件轰动一时的案件，除了富有新闻价值外，却并没有引起社会上严肃的反省。一个社会不得人心到这个程度，尽管丧命者不过几百人，却决不能掉以轻心。如果说美国当前确是发生了“信心危机”，这种事件应当可以说是有力的警报了。

美国的科学技术正在使神话变成现实，而美国的社会却在使其成员心向上帝、厌弃人间。

《访美掠影》的杂话说到这里应当可以结束了，但结束在“信心危机”上实在有违我的初衷。历史原是一泓流水，抽刀断水水更流。话不能不打断，历史还在滚滚东流。美国不可能停留在任何危机之上的。我们对伟大的美国人民有充分的信心，祝愿他们将不断为人类的前进做出更大的贡献。

我这次访问美国是为了促进两国人民之间的文化交流。尽管时间短、码头多，感谢现代化的交通工具，我还是从东海岸到西海岸，会见了许多多年不见的老朋友，又结识了许多神交已久的新朋友。作为一个重温旧谊的机会和一个今后互相学习的新起点，在主人们的殷勤款待和推诚相见下，一个月里经历了多少难忘的事迹，给了我无穷的鼓励。当然交流是为了进一步的相互了解，相互进一步的了解才能使双方都能取长补短共同前进。

我这些杂话，是凭我的直感写下来的，有许多事实没有机会核对，留待以后更正；有许多议论也缺乏推敲，颇有冒失之愆，留待以后讨论可也。我所做到的是畅所欲言而已，能起些抛砖引玉的作用，于愿足矣。

1979年

**图书在版编目（CIP）数据**

访美四书 / 张喆主编 ; 费孝通著. -- 重庆 : 重庆出版社, 2025. 7. -- ISBN 978-7-229-20192-0

Ⅰ. I267.4

中国国家版本馆CIP数据核字第2025Z3C284号

**访美四书**

FANGMEI SISHU

**张　喆　主编　　费孝通　著**

策划编辑：李　雯
责任编辑：符　蕾　李　雯
责任校对：刘春莉　李小君
装帧设计：刘　尚

重庆出版社　**出版**

重庆市南岸区南滨路162号1幢　邮编：400061　http://www.cqph.com

重庆出版社有限责任公司品牌设计分公司制版

天津淘质印艺科技发展有限公司印刷

重庆出版社有限责任公司发行

全国新华书店经销

开本：787mm×1092mm　1/32　印张：15　字数：300千

2025年7月第1版　2025年7月第1次印刷

ISBN 978-7-229-20192-0

**定价：75.00元**

